S0-BEC-260

文化苦旅

余秋雨 著

爾雅出版社印行

爾雅出版社特別推薦

余秋雨，曾任上海戲劇學院院長，也是白先勇最推崇的大陸當代學人。他寫得一手好散文，「文化苦旅」就是一本最令人動容的散文集，透過中國大陸的自然景物，寫這一代中國人心靈中的糾結，是一本有關中國美學的書，深入淺出，你從來不曾想到，中國深沉的文化，可以用這樣漂亮乾淨的白話文表達出來！

自序

我在好些年以前寫過一些史論專著，記得曾有幾位記者在報紙上說我寫書寫得輕鬆蕭灑，其實完全不是如此。那是一種很給自己過不去的勞累活，一提筆就感覺到年歲陡增。不管是春溫秋肅，還是大喜悅大悲憤，最後總得要閉一閉眼睛，平一平心跳，回歸於歷史的冷漠，理性的嚴峻。由此，筆下也就一派端肅板正，致使海內外不少讀者一直認爲我是一個白髮老人。

我想，任何一個真實的文明人都會自覺不自覺地在心理上過著多種年齡相重疊的生活，沒有這種重疊，生命就會失去彈性，很容易風乾和脆折。但是，不同的年齡經常會在心頭打架，有時還會把自己弄得挺苦惱。例如連續幾個月埋首於磚塊般的典籍中之後，從小就習慣於在山路上奔跑的雙腳便會默默地反抗，隨之而來，滿心滿眼滿耳都會突湧起向長天大地釋放自己的渴念。我知道，這是不同於案頭年齡的另一種年齡在搗亂了。助長這種搗亂的外部誘惑也很多，你看眼前就有一個現成的例子，紐約大學的著名教授 Richard Schechner 比我大二十多歲，卻冒險般地遊歷了我國西南許多少數民族地區，回到上海仍毫無倦色，逛城隍廟時竟像頑童一樣在人羣中騎車而雙手脫把、引吭高歌！那天他送給我一部奇怪的新著，是他與剛滿八歲的小兒子合著的，父子倆以北冰洋的企鵝爲話題，癡癡地編著一個又一個不著邊際的童話。我把這本書插在他那厚厚一疊名揚國際的學術著作中間，端詳良久，不能不開始嘲笑自己。

即便是在鑽研中國古代線裝本的時候，耳邊也會響起一批大詩人、大學者放達的腳步聲，蘇東坡曾把這種放達稱之爲「老夫聊發少年狂」。你看他右手牽獵狗，左手托蒼鷹，一任歡快的馬蹄縱情奔馳。其實細說起來，他自稱「老夫」那年才三十七歲，因此他是同時在享受著老年、中年和少年，把日子過得顛顛倒倒又有滋有味。

我們這些人，爲什麼稍稍做點學問就變得如此單調窘迫了呢？如果每宗學問的弘揚都要以生命的枯萎爲代價，那麼世間學問的最終目的又是爲了什麼呢？如果輝煌的知識文明總是給人們帶來如此沉重的身心負擔，那麼再過千百年，人類不就要被自己創造的精神成果壓得喘不過氣來？如果精神和體魄總是矛盾，深邃和青春總是無緣，學識和遊戲總是對立，那麼何時才能問津人類自古至今一直苦苦企盼的自身健全？

我在這種困惑中遲遲疑疑地站起身來，離開案頭，換上一身遠行的裝束，推開了書房的門。走慣了遠路的三毛唱道：「遠方有多遠？請你告訴我！」沒有人能告訴我，我悄悄出發了。

當然不會去找旅行社，那種揚旗排隊的旅遊隊伍到不了我要去的地方。最好是單身孤旅，但眼下在我們這兒還難於實行：李白的輕舟、陸游的毛驢都僱不到了，我無法穿越那種似現代又非現代、由擁塞懈怠白眼敲詐所連結成的層巒疊嶂。最方便的當然是參加各地永遠在輪流召開著的種種「研討會」，因爲這種會議的基本性質是在爲少數人提供揚名機會的同時爲多數人提供公費旅遊，可惜這種旅遊又都因嘈雜而無聊。好在平日各地要我去講課的邀請不少，原先總以爲講課只是重複早已完成的思維，能少則少，外出講課又太耗費時日，一概婉拒了，這時便想，何不利用講課來遊歷呢？有了接待單位，許多惱人的麻煩事也就由別人幫著解決了，又不存在研討會旅遊的煩囂。於是理出那些邀請書，打開地圖，開始研究路線。我暗笑自己將成爲靠賣藝闖蕩江湖的流浪藝人。

就這樣，我一路講去，行行止止，走的地方實在不少。旅途中的經歷感受，無法細說，總之到了甘肅的一個旅舍裏，我已覺得非寫一點文章不可了。

原因是，我發現自己特別想去的地方，總是古代文化和文人留下較深腳印的所在，說明我心底的山水並不完全是自然山水而是一種「人文山水」。這是中國歷史文化的悠久魅力和它對我的長期薰染造成的，要擺脫也擺脫不了。每到一個地方，總有一種沉重的歷史氣壓罩住我的全身，使我無端地感動，無端地喟嘆。常常像傻瓜一樣木然佇立著，一會兒滿腦章句，一會兒滿腦空白。我站在古人一定站過的那些方位上，用與先輩差不多的黑眼珠打量著很少會有變化的自然景觀，靜聽著與千百年前沒有絲毫差異的風聲鳥聲，心想，在我居留的大城市裏有很多貯存古籍的圖書館，講授古文化的大學，而中國文化的真實步履卻落在這山重水複，莽莽蒼蒼的大地上。大地默默無言，只要來一、二個有悟性的文人一站立，它封存久遠的文化內涵也就能嘩的一聲奔瀉而出；文人本也萎靡柔弱，只要被這種奔瀉所裹捲，倒也能吞吐千年。結果，就在這看似平常的佇立瞬間，人、歷史、自然渾沌地交融在一起了，於是有了寫文章的衝動。我已經料到，寫出來的會是一些無法統一風格、無法劃定體裁的奇怪篇什。沒有料到的是，我本爲追回自身的青春活力而出遊，而一落筆卻比過去寫的任何文章都顯得蒼老。

其實這是不奇怪的。「多情應笑我早生華髮」，對歷史的多情總會加重人生的負載，由歷史滄桑感引發出人生滄桑感。也許正是這個原因，我在山水歷史間跋涉的時候有了越來越多的人生回憶，這種回憶又滲入了筆墨之中。我想，連歷史本身也不會否認一切真切的人生回憶會給它增添聲色和情致，但它終究還是要以自己的漫長來比照出人生的短促，以自己的粗線條來勾勒出人生的局限。培根說歷史使人明智，也就是歷史能告訴我們種種不可能，給每個人在時間座標中點出那讓人清醒又令人沮喪的一點。不知天高地厚的少年英氣是以尚未悟得歷史定位爲前提的，一旦悟得，英氣也就消了大半。待到隨著年歲漸趨穩定的人倫定位、語言定位、職業定位以及其他許多定位把人重重疊疊地包圍住，最後只得像《金色池塘》裏的那對夫妻，不再企望遷徙，聽任蔓草堙路，這便是老。

我就這樣邊想邊走，走得又黑又瘦，讓唐朝的煙塵宋朝的風洗去了最後一點少年英氣，疲憊地伏在邊地旅舍的小桌子上塗塗抹抹，然後向路人打聽郵筒的所在，把剛剛寫下的那點東西寄走。走一程寄一篇，逛到國外也是如此，這便成了《收穫》上的那個專欄，以及眼下這本書。記得專欄結束時我曾十分惶恐地向讀者道歉，麻煩他們苦苦累累地陪我走了好一程不太愉快的路。

當然事情也有較爲樂觀的一面。真正走得遠、看得多了，也會產生一些超拔的想頭，就像我們在高處看螞蟻搬家總能發現它們在擇路上的諸多可議論處。世間的種種定位畢竟都還有一些可選擇的餘地，也許，正是對這種可選擇性的承認與否和容忍的幅度，最終決定著一個人的心理年齡，或者說大一點，決定著一種文化、一種歷史的生命潛能和更新可能。事實上，即便是在一種近似先天的定位中，往往也能追尋到前人徘徊的身影，那我們又何必把這種定位看成天生血緣呢？

啊，故鄉，故鄉是什麼，所有的故鄉都從異鄉演變而來，故鄉是祖先流浪的最後一站！

王鼎鈞：《左心房漩渦》

我拋棄了所有的憂傷與疑慮，去追逐那無家的潮水，因爲那永恆的異鄉人在召喚我，他正沿著這條路走來。

泰戈爾：《採果集》

既然是漂泊旅程，那麼，每一次留駐都不會否定新的出發。基於此，我的筆下也出現了一些有關文化走向的評述。

我無法不老，但我還有可能年輕。我不敢對我們過於龐大的文化有什麼祝祈，卻希望自己筆下的文字能有一種苦澀後的回味、焦灼後的會心、冥思後的放鬆、蒼老後的年輕。

當然，希望也只是希望罷了，何況這實在已是一種奢望。

文化苦旅

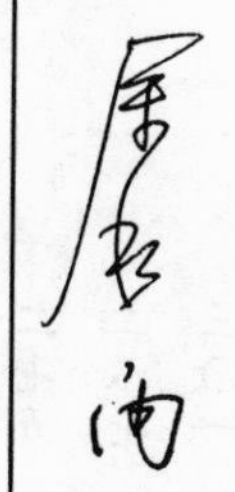

道士塔

1

莫高窟大門外，有一條河，過河有一溜空地，高高低低建著幾座僧人圓寂塔。塔呈圓形，狀近葫蘆，外敷白色。從幾座坍弛的來看，塔心豎一木樁，四周以黃泥塑成，基座壘以青磚。歷來住持莫高窟的僧侶都不富裕，從這裏也可找見證明。夕陽西下，朔風凜冽，這個破落的塔羣更顯得悲涼。

有一座塔，由於修建年代較近，保存得較爲完整。塔身有碑文，移步讀去，猛然一驚，它的主人，竟然就是那個王圓籙！

歷史已有記載，他是敦煌石窟的罪人。

我見過他的照片，穿著土布棉衣，目光呆滯，畏畏縮縮，是那個時代到處可以遇見的一個中國平民。他原是湖北麻城的農民，逃荒到甘肅，做了道士。幾經轉折，不幸由他當了莫高窟的家，把持著中國古代最燦爛的文化。他從外國冒險家手裏接過極少的錢財，讓他們把難以計數的敦煌文物一箱箱運走。今天，敦煌研究院的專家們只得一次次屈辱地從外國博物館買取敦煌文獻的微縮膠卷，嘆息一聲，走到放大機前。

完全可以把憤怒的洪水向他傾洩。但是，他太卑微，太渺小，太愚昧，最大的傾洩也只是對牛彈琴，換得一個漠然的表情。讓他這具無知的軀體全然肩起這筆文化重債，連我們也會覺得無聊。

這是一個巨大的民族悲劇。王道士只是這齣悲劇中錯步上前的小丑。一位年輕詩人寫道，那天傍晚，當冒險家斯坦因裝滿箱子的一隊牛車正要啟程，他回頭看了一眼西天淒豔的晚霞。那裏，一個古老民族的傷口在滴血。

2

真不知道一個堂堂佛教聖地，怎麼會讓一個道士來看管。中國的文官都到哪裏去了，他們滔滔的奏摺怎麼從不提一句敦煌的事由？

其時已是二十世紀初年，歐美的藝術家正在醞釀著新世紀的突破。羅丹正在他的工作室裏雕塑，雷諾瓦、德加、塞尚已處於創作晚期，馬奈早就展出過他的《草地上的午餐》。他們中有人已向東方藝術投來歆羨的目光，而敦煌藝術，正在王道士手上。

王道士每天起得很早，喜歡到洞窟裏轉轉，就像一個老農，看看他的宅院。他對洞窟裏的壁畫有點不滿，暗乎乎的，看著有點眼花。亮堂一點多好呢，他找了兩個幫手，拎來一桶石灰。草紮的刷子裝上一個長把，在石灰桶裏蘸一蘸，開始他的粉刷。第一遍石灰刷得太薄，五顏六色還隱隱顯現，農民做事就講個認真，他再細細刷上第二遍。這兒空氣乾燥，一會兒石灰已經乾透。什麼也沒有了，唐代的笑容，宋代的衣冠，洞中成了一片淨白。道士擦了一把汗憨厚地一笑，順便打聽了一下石灰的市價。他算來算去，覺得暫時沒有必要把更多的洞窟刷白，就刷這幾個吧，他達觀地放下了刷把。

當幾面洞壁全都刷白，中座的塑雕就顯得過分惹眼。在一個乾乾淨淨的農舍裏，她們婀娜的體態過於招搖，她們柔美的淺笑有點尷尬。道士想起了自己的身分，一個道士，何不在這裏搞上幾個天師、靈官菩薩？他吩咐幫手去借幾個鐵錘，讓原先幾座塑雕委屈一下。事情幹得不賴，才幾下，婀娜的體態變成碎片，柔美的淺笑變成了泥巴。聽說鄰村有幾個泥匠，請了來，拌點泥，開始堆塑他的天師和靈官。泥匠說從沒幹過這種活計，道士安慰道，不妨，有那點意思就成。於是，像頑童堆造雪人，這裏是鼻子，這裏是手腳，總算也能穩穩坐住。行了，再拿石灰，把它們刷白。畫一雙眼，還有鬍子，像模像樣。道士吐了一口氣，謝過幾個泥匠，再作下一步籌劃。

今天我走進這幾個洞窟，對著慘白的牆壁、慘白的怪像，腦中也是一片慘白。我幾乎不會言動，眼前直晃動著那些刷把和鐵錘。「住手！」我在心底痛苦地呼喊，只見王道士轉過臉來，滿眼困惑不解。是啊，他在整理他的宅院，間人何必喧嘩?我甚至想向他跪下，低聲求他：「請等一等，等一等……」但是等什麼呢？我腦中依然一片慘白。

3

一九〇〇年五月二十六日清晨，王道士依然早起，辛辛苦苦地清除著一個洞窟中的積沙。沒想到牆壁一震，裂開一條縫，裏邊似乎還有一個隱藏的洞穴。王道士覺得有點奇怪，急忙把洞穴打開，嗬，滿滿實實一洞的古物！

王道士完全不能明白，這天早晨，他打開了一扇轟動世界的門戶。一門永久性的學問，將靠著這個洞穴建立。無數才華橫溢的學者，將爲這個洞穴耗盡終生。中國的榮耀和恥辱，將由這個洞穴吞吐。

現在，他正銜著旱煙管，扒在洞窟裏隨手撿翻。他當然看不懂這些東西，只覺得事情有點蹊蹺。爲何正好我在這兒時牆壁裂縫了呢?或許是神對我的酬勞。趁下次到縣城，撿了幾個經卷給縣長看看，順便說說這樁奇事。

縣長是個文官，稍稍掂出了事情的分量。不久甘肅學臺葉熾昌也知道了，他是金石學家，懂得洞窟的價值，建議藩臺把這些文物運到省城保管。但是東西很多，運費不低，官僚們又猶豫了。只有王道士一次次隨手取一點出來的文物，在官場上送來送去。

中國是窮。但只要看看這些官僚豪華的生活排場，就知道絕不會窮到籌不出這筆運費。中國官員也不是都沒有學問，他們也已在窗明几淨的書房裏翻動出土經卷，推測著書寫朝代了。但他們沒有那副赤腸，下個決心，把祖國的遺產好好保護一下。他們文雅地摸著鬍鬚，吩咐手下：「什麼時候，叫那個道士再送幾件來！」已得的幾件，包裝一下，算是送給哪位京官的生日禮品。

就在這時，歐美的學者、漢學家、考古家、冒險家，卻不遠萬里、風餐露宿，朝敦煌趕來。他們願意變賣掉自己的全部財產，充作偷運一兩件文物回去的路費。他們願意吃苦，願意冒著葬身沙漠的危險，甚至作好了被打、被殺的準備，朝這個剛剛打開的洞窟趕來。他們在沙漠裏燃起了股股炊煙，而中國官員的客廳裏，也正茶香縷縷。

沒有任何關卡，沒有任何手續，外國人直接走到了那個洞窟跟前。洞窟砌了一道磚、上了一把鎖，鑰匙掛在王道士的褲腰帶上。外國人未免有點遺憾，他們萬里衝刺的最後一站，沒有遇到森嚴的文物保護官邸，沒有碰見冷漠的博物館館長，甚至沒有遇到看守和門衛，一切的一切，竟是這個骯髒的土道士。他們只得幽默地聳聳肩。

略略交談幾句，就知道了道士的品位。原先設想好的種種方案純屬多餘，道士要的只是一筆最輕鬆的小買賣。就像用兩枚針換一隻雞，一顆鈕釦換一籃青菜。要詳細地複述這筆交換帳，也許我的筆會不太沉穩，我只能簡略地說：一九〇五年十月，俄國人勃奧魯切夫用一點點隨身帶著的俄國商品，換取了一大批文書經卷；一九〇七年五月，匈牙利人斯坦因用一疊子銀元換取了二十四大箱經卷、五箱織絹和繪畫；一九〇八年七月，法國人伯希和又用少量銀元換去了十大車、六千多卷寫本和畫卷；一九一一年十月，日本人吉川小一郎和橘瑞超用難以想像的低價換取了三百多卷寫本和兩尊唐塑；一九一四年，斯坦因第二次又來，仍用一點銀元換去五大箱、六百多卷經卷；……

道士也有過猶豫，怕這樣會得罪了神。解除這種猶豫十分簡單，那個斯坦因就哄他說，自己十分崇拜唐僧，這次是倒溯著唐僧的腳印，從印度到中國取經來了。好，既然是洋唐僧，那就取走吧，王道士爽快地打開了門。這裏不用任何外交辭令，只需要幾句現編的童話。

一箱子，又一箱子。一大車，又一大車。都裝好了，紮緊了，吁——，車隊出發了。

沒有走向省城，因爲老爺早就説過，沒有運費。好吧，那就運到倫敦，運到巴黎，運到彼得堡，運到東京。

王道士頻頻點頭，深深鞠躬，還送出一程。他恭敬地稱斯坦因爲「司大人諱代諾」，稱伯希和爲「貝大人諱希和」。他的口袋裏有了一些沉甸甸的銀元，這是平常化緣時很難得到的。他依依惜別，感謝司大人、貝大人的「布施」。車隊已經駛遠，他還站在路口。沙漠上，兩道深深的車轍。

斯坦因他們回到國外，受到了熱烈的歡迎。他們的學術報告和探險報告，時時激起如雷的掌聲。他們在敍述中常常提到古怪的王道士，讓外國聽衆感到，從這麼一個蠢人手中搶救出這筆遺產，是多麼重要。他們不斷暗示，是他們的長途跋涉，使敦煌文獻從黑暗走向光明。

他們都是富有實幹精神的學者，在學術上，我可以佩服他們。但是，他們的論述中遺忘了一些極基本的前提。出來辯駁爲時已晚，我心頭只是浮現出一個當代中國青年的幾行詩句，那是他寫給火燒圓明園的額爾金勳爵的：

我好恨
恨我沒早生一個世紀
使我能與你對視著站立在
陰森幽暗的古堡
晨光微露的曠野
要麼我拾起你扔下的白手套
要麼你接住我甩過去的劍

要麼你我各乘一匹戰馬
遠遠離開遮天的帥旗
離開如雲的戰陣
決勝負於城下

對於這批學者，這些詩句或許太硬。但我確實想用這種方式，攔住他們的車隊。對視著，站立在沙漠裏。他們會說，你們無力研究；那麼好，先找一個地方，坐下來，比比學問高低。什麼都成，就是不能這麼悄悄地運走祖先給我們的遺贈。

我不禁又嘆息了，要是車隊果真被我攔下來了，然後怎麼辦呢？我只得送繳當時的京城，運費姑且不計。但當時，洞窟文獻不是確也有一批送京的嗎？其情景是，沒裝木箱，只用席子亂捆，沿途官員伸手進去就取走一把，在哪兒歇腳又得留下幾捆，結果，到京城時已零零落落，不成樣子。

偌大的中國，竟存不下幾卷經文！比之於被官員大量糟踐的情景，我有時甚至想狠心說一句：寧肯存放在倫敦博物館裏！這句話終究說得不太舒心。被我攔住的車隊，究竟應該駛向哪裏？這裏也難，那裏也難，我只能讓它停駐在沙漠裏，然後大哭一場。

我好恨！

4

不止是我在恨。敦煌研究院的專家們，比我恨得還狠。他們不願意抒發感情，只是鐵板著臉，一鑽幾十年，研究敦煌文獻。文獻的膠卷可以從外國買來，越是屈辱越是加緊鑽研。

我去時，一次敦煌學國際學術討論會正在莫高窟舉行。幾天會罷，一位日本學者用沉重的聲調作了一個說明：「我想糾正一個過去的說法。這幾年的成果已經表明，敦煌在中國，敦煌學也在中國！」

中國的專家沒有太大的激動，他們默默地離開了會場，走過王道士的圓寂塔前。

莫高窟

1

莫高窟對面，是三危山。《山海經》記，「舜逐三苗於三危」。可見它是華夏文明的早期屏障，早得與神話分不清界線。那場戰鬥怎麼個打法，現在已很難想像，但浩浩蕩蕩的中原大軍總該是來過的。當時整個地球還人跡稀少，噠噠的馬蹄聲顯得空廓而響亮。讓這麼一座三危山來做莫高窟的映壁，氣概之大，人力莫及，只能是造化的安排。

公元三六六年，一個和尚來到這裏。他叫樂僔，戒行清虛，執心恬靜，手持一枝錫杖，雲遊四野。到此已是傍晚時分，他想找個地方棲宿。正在峯頭四顧，突然看到奇景：三危山金光燦爛，烈烈揚揚，像有千佛在躍動。是晚霞嗎？不對，晚霞就在西邊，與三危山的金光遙遙對應。

三危金光之謎，後人解釋頗多，在此我不想議論。反正當時的樂樽和尚，刹那間激動萬分。他怔怔地站著，眼前是騰然的金光，背後是五彩的晚霞，他渾身被照得通紅，手上的錫杖也變得水晶般透明。他怔怔地站著，天地間沒有一點聲息，只有光的流溢，色的籠罩。他有所憬悟，把錫杖插在地上，莊重地跪下身來，朗聲發願，從今要廣爲化緣，在這裏築窟造像，使它真正成爲聖地。和尚發願完畢，兩方光焰俱黯，蒼然暮色壓著茫茫沙原。

不久，樂樽和尚的第一個石窟就開工了。他在化緣之時廣爲播揚自己的奇遇，遠近信士也就紛紛來朝拜勝景。年長日久，新的洞窟也一一挖出來了。上自王公，下至平民，或者獨築，或者合資，把自己的信仰和祝祈，全向這座陡坡鑿進。從此，這個山巒的歷史，就離不開工匠斧鑿的叮噹聲。

工匠中隱潛著許多真正的藝術家。前代藝術家的遺留，又給後代藝術家以默默的滋養。於是，這個沙漠深處的陡坡，濃濃地吸納了無量度的才情，空靈靈又脹鼓鼓地站著，變得神祕而又安詳。

2

從哪一個人口密集的城市到這裏，都非常遙遠。在可以想像的將來，還只能是這樣。它因華美而矜持，它因富有而遠藏。它執意要讓每一個朝聖者，用長途的艱辛來換取報償。

我來這裏時剛過中秋，但朔風已是鋪天蓋地。一路上都見鼻子凍得通紅的外國人在問路，他們不懂中文，只是一疊連聲地喊著：「莫高！莫高！」聲調圓潤，如呼親人。國內遊客更是擁擠，傍晚閉館時分，還有一批剛剛趕到的遊客，在苦苦央求門衛，開方便之門。

我在莫高窟一連待了好幾天。第一天入暮，遊客都已走完了，我沿著莫高窟的山腳來回徘徊。試著想把白天觀看的感受在心頭整理一下，很難；只得一次次對著這堵山坡傻想，它究竟是個什麼樣的存在？

比之於埃及的金字塔，印度的山奇大塔，古羅馬的鬥獸場遺跡，中國的許多文化遺跡常常帶有歷史的層累性。別國的遺跡一般修建於一時，興盛於一時，以後就以純粹遺跡的方式保存著，讓人瞻仰。中國的長城就不是如此，總是代代修建、代代拓伸。長城，作爲一種空間的蜿蜒，竟與時間的蜿蜒緊緊對應。中國歷史太長。戰亂太多、苦難太深，沒有哪一種純料的遺跡能夠長久保存，除非躲在地下，躲在墳裏，躲在不爲常人注意的秘處。阿房宮燒了，滕王閣坍了，黃鶴樓則是新近重修。成都的都江堰所以能長久保留，是因爲它始終發揮著水利功能。因此，大凡至今轟傳的歷史勝跡，總有生生不息、吐納百代的獨特秉賦。

莫高窟可以傲視異邦古蹟的地方，就在於它是一千多年的層層累累。看莫高窟，不是看死了一千年的標本，而是看活了一千年的生命。一千年而始終活著，血脈暢通、呼吸勻停，這是一種何等壯闊的生命！一代又一代藝術家前呼後擁向我們走來，每個藝術家又牽連著喧鬧的背景，在這裏舉行著橫跨千年的遊行。紛雜的衣飾使我們眼花撩亂，呼呼的旌旗使我們滿耳轟鳴。在別的地方，你可以蹲下身來細細玩索一塊碎石、一條土埂，在這兒完全不行，你也被裹捲著，身不由主，踉踉蹌蹌，直到被歷史的洪流消融。在這兒，一個人的感官很不夠用，那乾脆就丟棄自己，讓無數雙藝術巨手把你碎成輕塵。

因此，我不能不在這暮色壓頂的時刻，在山腳前來回徘徊，一點點地找回自己，定一定被震撼了的驚魂。晚風起了，夾著細沙，吹得臉頰發疼。沙漠的月亮，也特別清冷。山腳前有一泓泉流，汩汩有聲。抬頭看看，側耳聽聽，總算，我的思路稍見頭緒。

白天看了些什麼，還是記不大清。只記得開頭看到的是青褐渾厚的色流，那應該是北魏的遺存。色澤濃厚沉著得如同立體，筆觸奔放豪邁得如同劍戟。那個年代戰事頻繁，馳騁沙場的又多北方驃壯之士，强悍與苦難匯合，流瀉到了石窟的洞壁。當工匠們正在這些洞窟描繪的時候，南方的陶淵明，在破殘的家園裏喝著悶酒。陶淵明喝的不知是什麼酒，這裏流蕩著的無疑是烈酒，沒有什麼芬芳的香味，只是一派力、一股勁，能讓人瘋了一般，拔劍而起。這裏有點冷、有點野，甚至有點殘忍；

色流開始暢快柔美了，那一定是到了隋文帝統一中國之後。衣服和圖案都變得華麗，有了香氣，有了暖意，有了笑聲。這是自然的，隋煬帝正樂呵呵地坐在御船中南下，新竣的運河碧波蕩漾，通向揚州名貴的奇花。隋煬帝太兇狠，工匠們不會去追隨他的笑聲，但他們已經變得大氣、精細，處處預示著，他們手下將會奔瀉出一些更驚人的東西；

色流猛地一下渦漩捲湧，當然是到了唐代。人世間能有的色彩都噴射出來，但又噴得一點兒也不野，舒舒展展地納入細密流利的線條，幻化爲壯麗無比的交響樂章。這裏不再僅僅是初春的氣溫，而已是春風浩蕩，萬物甦醒，人們的每一縷筋肉都想跳騰。這裏連禽鳥都在歌舞，連繁花都裏捲成圖案，爲這個天地歡呼。這裏的雕塑都有脈搏和呼吸，掛著千年不枯的吟笑和嬌嗔。這裏的每一個場面，都非雙眼能夠看盡，而每一個角落，都夠你留連長久。這裏沒有重複，真正的歡樂從不重複。這裏不存在刻板，刻板容不下真正的人性。這裏什麼也沒有，只有人的生命在蒸騰。一到別的洞窟還能思忖片刻，而這裏，一進入就讓你燥熱，讓你失態，讓你只想雙足騰空。不管它畫的是什麼內容，一看就讓你在心底驚呼，這才是人，這才是生命。人世間最有吸引力的，莫過於一群活得很自在的人發出的生命信號。這種信號是磁，是蜜，是渦捲方圓的魔井。沒有一個人能夠擺脫這種渦捲，沒有一個人能夠面對著它們而保持平靜。唐代就該這樣，這樣才算唐代。我們的民族，總算擁有這麼一個朝代，總算有過這麼一個時刻，駕馭如此瑰麗的色流，而竟能指揮若定；

色流更趨精細，這應是五代。唐代的雄風餘威未息，只是由熾熱走向溫煦，由狂放漸趨沉著。頭頂的藍天好像小了一點，野外的清風也不再鼓蕩胸襟；

終於有點灰黯了，舞蹈者仰首看到變化了的天色，舞姿也開始變得拘謹。仍然不乏雅麗，仍然時見妙筆，但歡快的整體氣氛，已難於找尋。洞窟外面，辛棄疾、陸游仍在握劍長歌，美妙的音色已顯得孤單，蘇東坡則以絕世天才，與陶淵明呼應。大宋的國土，被下坡的頹勢，被理學的層雲，被重重的僵持，遮得有點陰沉；

色流中很難再找到紅色了，那該是到了元代；

……

這些朦朧的印象，稍一梳理，已頗覺勞累，像是趕了一次長途的旅人。據說，把莫高窟的壁畫連起來，整整長達六十華里。我只不信，六十華里的路途對我輕而易舉，哪有這般勞累？

夜已深了，莫高窟已經完全沉睡。就像端詳一個壯漢的睡姿一般，看它睡著了，也沒有什麼奇特，低低的，靜靜的，荒禿禿的，與別處的小山一樣。

3

第二天一早，我又一次投入人流，去探尋莫高窟的底蘊，儘管毫無自信。

遊客各種各樣。有的排著隊，在靜聽講解員講述佛教故事；有的捧著畫具，在洞窟裏臨摹；有的不時拿出筆記寫上幾句，與身旁的伙伴輕聲討論著學術課題。他們就像焦距不一的鏡頭，對著同一個拍攝對象，選擇著自己所需要的清楚和模糊。

莫高窟確實有著層次豐富的景深（depth of field），讓不同的遊客攝取。聽故事，學藝術，探歷史，尋文化，都未嘗不可。一切偉大的藝術，都不會只是呈現自己單方面的生命。它們爲觀看者存在，它們期待著仰望的人羣。一堵壁畫，加上壁畫前的唏噓和嘆息，才是這堵壁畫的立體生命。遊客們在觀看壁畫，也在觀看自己。於是，我眼前出現了兩個長廊；藝術的長廊和觀看者的心靈長廊；也出現了兩個景深：歷史的景深和民族心理的景深。

如果僅僅爲了聽佛教故事，那麼它多姿的神貌和色澤就顯得有點浪費。如果僅僅爲了學繪畫技法，那麼它就吸引不了那麼多普通的遊客。如果僅僅爲了歷史和文化，那麼它至多只能成爲厚厚著述中的插圖。它似乎還要深得多，複雜得多，也神奇得多。

它是一種聚會，一種感召。它把人性神化，付諸造型，又用造型引發人性，於是，它成了民族心底一種彩色的夢幻、一種聖潔的沉澱、一種永久的嚮往。

它是一種狂歡，一種釋放。在它的懷抱裏神人交融，時空飛騰，於是，它讓人走進神話、走進寓言，走進宇宙意識的霓虹。在這裏，狂歡是天然秩序，釋放是天賦人格，藝術的天國是自由的殿堂。

它是一種儀式、一種超越宗教的宗教。佛教理義已被美的火焰蒸餾，剩下了儀式應有的玄秘、潔淨和高超。只要是知聞它的人，都會以一生來投奔這種儀式，接受它的洗禮和薰陶。

這個儀式如此宏大，如此廣袤。甚至，沒有沙漠，也沒有莫高窟，沒有敦煌。儀式從沙漠的起點已經開始，在沙窩中一串串深深的腳印間，在一個個夜風中的帳篷裏，在一具具潔白的遺骨中，在長毛飄飄的駱駝背上。流過太多眼淚的眼睛，已被風沙磨鈍，但是不要緊，迎面走來從那裏回來的朝拜者，雙眼是如此晶亮。我相信，一切為宗教而來的人，一定能帶走超越宗教的感受，在一生的潛意識中蘊藏。蘊藏又變作遺傳，下一代的苦旅者又浩浩蕩蕩。為什麼甘肅藝術家只是在這裏擷取了一個舞姿，就能引起全國性的狂熱？為什麼張大千舉著油燈從這裏帶走一些線條，就能風靡世界畫壇？只是儀式，只是人性，只是深層的蘊藏。過多地捉摸他們的技法沒有多大用處，他們的成功只在於全身心地朝拜過敦煌。蔡元培在本世紀初提出過以美育代宗教，我在這裏分明看見，最高的美育也有宗教的風貌。或許，人類的將來，就是要在這顆星球上建立一種有關美的宗教？

4

離開敦煌後，我又到別處旅行。

我到過另一個佛教藝術勝地，那裏山清水秀，交通便利。思維機敏的講解員把佛教故事與今天的社會新聞、行爲規範聯繫起來，講了一門古怪的道德課程。聽講者會心微笑，時露愧色。我還到過一個山水勝處，奇峯競秀，美不勝收。一個導遊指著幾座略似人體的山峯，講著一個個貞節故事，如畫的山水立時成了一座座道德造型。聽講者滿懷興趣，撲於船頭，細細指認。

我真怕，怕這塊土地到處是善的堆壘，擠走了美的蹤影。

爲此，我更加思念莫高窟。

什麼時候，哪一位大手筆的藝術家，能告訴我莫高窟的真正奥秘？日本井上靖的《敦煌》顯然不能令人滿意，也許應該有中國的赫爾曼·黑塞，寫一部《納爾齊斯與歌爾德蒙》（Narziss und Goldmund），把宗教藝術的產生，刻劃得如此激動人心，富有現代精神。

不管怎麼說，這塊土地上應該重新會聚那場人馬喧騰、載歌載舞的遊行。

我們，是飛天的後人。

陽關雪

中國古代，一爲文人，便無足觀。文官之顯赫，在官而不在文，他們作爲文人的一面，在官場也是無足觀的。但是事情又很怪異，當峨冠博帶早已零落成泥之後，一桿竹管筆偶爾塗劃的詩文，竟能鐫刻山河，雕鏤人心，永不漫漶。

我曾有緣，在黃昏的江船上仰望過白帝城，頂著濃冽的秋霜登臨過黃鶴樓，還在一個冬夜摸到了寒山寺。我的周圍，人頭濟濟，差不多絕大多數人的心頭，都迴盪著那幾首不必引述的詩。人們來尋景，更來尋詩。這些詩，他們在孩提時代就能背誦。孩子們的想像，誠懇而逼真。因此，這些樓，這些寺，早在心頭自行搭建。待到年長，當他們剛剛意識到有足夠腳力的時候，也就給自己負上了一筆沉重的宿債，焦渴地企盼著對詩境實地的踏訪。爲童年，爲歷史，爲許多無法言傳的原因。有時候，這種焦渴，簡直就像對失落故鄉的尋找，對離散親人的查訪。

文人的魔力，竟能把偌大一個世界的生僻角落，變成人人心中的故鄉。他們褪色的青衫裏，究竟藏著什麼法術呢？

今天，我衝著王維的那首《渭城曲》，去尋陽關了。出發前曾在下榻的縣城向老者打聽，回答是：「路又遠，也沒什麼好看的，倒是有一些文人辛辛苦苦找去。」老者抬頭看天，又說：「這雪一時下不停，別去受這個苦了。」我向他鞠了一躬，轉身鑽進雪裏。

一走出小小的縣城，便是沙漠。除了茫茫一片雪白，什麼也沒有，連一個皺折也找不到。在別地趕路，總要每一段爲自己找一個目標，釘著一棵樹，趕過去，然後再釘著一塊石頭，趕過去。在這裏，睜疼了眼也看不見一個目標，哪怕是一片枯葉、一個黑點。於是，只好抬起頭來看天。從未見過這樣完整的天，一點兒也沒有被吞食，邊沿全是挺展展的，緊扎扎地把大地罩了個嚴實。有這樣的地，天才叫天。有這樣的天，地才叫地。在這樣的天地中獨個兒行走，侏儒也變成了巨人。在這樣的天地中獨個兒行走，巨人也變成了侏儒。

天竟晴了，風也停了，陽光很好。沒想到沙漠中的雪化得這樣快，才片刻，地上已見斑斑沙底，卻不見濕痕。天邊漸漸飄出幾縷煙跡，並不動，卻在加深，疑惑半晌，才發現，那是剛剛化雪的山脊。

地上的凹凸已成了一種令人驚駭的鋪陳，只可能有一種理解：那全是遠年的墳堆。

這裏離縣城已經很遠，不大會成爲城裏人的喪葬之地。這些墳堆被風雪所融，因年歲而坍，枯瘦蕭條，顯然從未有人祭掃。它們爲什麼會有這麼多，排列得又是那麼密呢？只可能有一種理解：這裏是古戰場。

我在望不到邊際的墳堆中茫然前行，心中浮現出艾略特的《荒原》。這裏正是中華歷史的荒原：如雨的馬蹄，如雷的吶喊，如注的熱血。中原慈母的白髮，江南春閨的遙望，湖湘稚兒的夜哭。故鄉柳蔭下的訣別，將軍圓睜的怒目，獵獵於朔風中的軍旗。隨著一陣煙塵，又一陣煙塵，都飄散遠去。我相信，死者臨亡時都是面向朔北敵陣的；我相信，他們又很想在最後一刻回過頭來，給熟悉的土地投注一個目光。於是，他們扭曲地倒下了，化作沙堆一座。

這繁星般的沙堆，不知有沒有換來史官們的半行墨跡？史官們把卷帙一片片翻過，於是，這塊土地也有了一層層的沉埋。堆積如山的二十五史，寫在這個荒原上的篇頁還算是比較光彩的，因爲這兒畢竟是歷代王國的邊遠地帶，長久擔負著保衛華夏疆域的使命。所以，這些沙堆還站立得較爲自在，這些篇頁也還能嘩嘩作響。就像乾寒單調的土地一樣，出現在西北邊陲的歷史命題也比較單純。在中原內地就不同了，山重水複、花草掩蔭，歲月的迷宮會讓最清醒的頭腦脹得發昏，晨鐘暮鼓的音響總是那樣的詭秘和乖戾。那兒，沒有這麼大大咧咧鋪張開的沙堆，一切都在重重美景中發悶，無數不知爲何而死的怨魂，只能悲憤懊喪地深潛地底。不像這兒，能夠袒露出一帙風乾的青史，讓我用二十世紀的腳步去匆匆撫摩。

遠處已有樹影。急步趕去，樹下有水流，沙地也有了高低坡斜。登上一個坡，猛一抬頭，看見不遠的山峯上有荒落的土墩一座，我憑直覺確信，這便是陽關了。

樹愈來愈多，開始有房舍出現。這是對的，重要關隘所在，屯紮兵馬之地，不能沒有這一些。轉幾個彎，再直上一道沙坡，爬到土墩底下，四處尋找，近旁正有一碑，上刻「陽關古址」四字。

這是一個俯瞰四野的至高點。西北風浩蕩萬里，直撲而來，踉蹌幾步，方才站住。腳是站住了，卻分明聽到自己牙齒打戰的聲音，鼻子一定是立即凍紅了的。呵一口熱氣到手掌，捂住雙耳用力蹦跳幾下，才定下心來睜眼。這兒的雪沒有化，當然不會化。所謂古址，已經沒有什麼故跡，只有近處的烽火臺還在，這就是剛才在下面看到的土墩。土墩已坍了大半，可以看見一層層泥沙，一層層葦草，葦草飄揚出來，在千年之後的寒風中抖動。眼下是西北的羣山，都積著雪，層層疊疊，直伸天際。任何站立在這兒的人，都會感覺到自己是站在大海邊的礁石上，那些山，全是冰海凍浪。

王維實在是溫厚到了極點。對於這麼一個陽關，他的筆底仍然不露凌厲驚駭之色，而只是纏綿淡雅地寫道：「勸君更盡一杯酒，西出陽關無故人。」他瞟了一眼渭城客舍窗外青青的柳色，看了看友人已打點好的行囊，微笑著舉起了酒壺。再來一杯吧，陽關之外，就找不到可以這樣對飲暢談的老朋友了。這杯酒，友人一定是毫不推卸，一飲而盡的。

這便是唐人風範。他們多半不會灑淚悲嘆，執袂勸阻。他們的目光放得很遠，他們的人生道路鋪展得很廣。告別是經常的，步履是放達的。這種風範，在李白、高適、岑參那裏，煥發得越加豪邁。在南北各地的古代造像中，唐人造像一看便可識認，形體那麼健美，目光那麼平靜，神采那麼自信。在歐洲看蒙娜麗莎的微笑，你立即就能感受，這種恬然的自信只屬於那些真正從中世紀的夢魘中甦醒，對前路挺有把握的藝術家們。唐人造像中的微笑，只會更沉著、更安詳。在歐洲，這些藝術家們翻天覆地地鬧騰了好一陣子，固執地要把微笑輸送進歷史的魂魄。誰都能計算，他們的事情發生在唐代之後多少年。而唐代，卻沒有把它屬於藝術家的自信延續久遠。陽關的風雪，竟越見淒迷。

王維詩畫皆稱一絕，萊辛等西方哲人反覆論述過的詩與畫的界線，在他是可以隨腳出入的。但是，長安的宮殿，只爲藝術家們開了一個狹小的邊門，允許他們以卑怯侍從的身分躬身而入，去製造一點娛樂。歷史老人凜然肅然，扭過頭去，顫巍巍地重又邁向三皇五帝的宗譜。這裏，不需要藝術鬧出太大的局面，不需要對美有太深的寄託。

於是，九州的畫風隨之黯然。陽關，再也難於享用溫醇的詩句。西出陽關的文人還是有的，只是大多成了謫官逐臣。

即便是土墩、是石城，也受不住這麼多嘆息的吹拂，陽關坍弛了，坍弛在一個民族的精神疆域中。它終成廢墟，終成荒原。身後，沙墳如潮，身前，寒峯如浪。誰也不能想像，這兒，一千多年之前，曾經驗證過人生的壯美，藝術情懷的弘廣。

這兒應該有幾聲胡笳和羌笛的，音色極美，與自然渾和，奪人心魄。可惜它們後來都成了兵士們心頭的哀音。既然一個民族都不忍聽聞，它們也就消失在朔風之中。

回去吧，時間已經不早。怕還要下雪。

沙原隱泉

沙漠中也會有路的，但這兒沒有。遠遠看去，有幾行歪歪扭扭的腳印。順著腳印走吧，但不行，被人踩過了的地方，反而鬆得難走。只能用自己的腳，去走一條新路。回頭一看，爲自己長長的腳印高興。不知這行腳印，能保存多久？

擋眼是幾座巨大的沙山。只能翻過它們，別無他途。上沙山實在是一項無比辛勞的苦役。剛剛踩實一腳，稍一用力，腳底就鬆鬆地下滑。用力越大，陷得越深，下滑也越加厲害。才踩幾腳，已經氣喘，渾身惱怒。我在浙東山區長大，在幼童時已能歡快地翻越大山。累了，一使蠻勁，還能飛奔峯巔。這兒可萬萬使不得蠻勁。軟軟的細沙，也不硌腳，也不讓你磕撞，只是款款地抹去你的全部氣力。你越發瘋，它越溫柔，溫柔得可恨之極。無奈，只能暫息雷霆之怒，把腳底放鬆，與它廝磨。要騰騰騰地快步登山，那就不要到這兒來。有的是棧道，有的是石階，千萬人走過了的，還會有千萬人走。只是，那兒不給你留下腳印，屬於你自己的腳印。來了，那就認了吧，爲沙漠行走者的公規，爲這些美麗的腳印。

心平氣和了，慢慢地爬，沙山的頂越看越高，爬多少它就高多少，簡直像兒時追月。已經擔心今晚的棲宿。狠一狠心，不宿也罷，爬！再不理會那高遠的目標了，何必自己驚嚇自己。它總在的，不看也在。還是轉過頭來看看自己已經走過的路吧。我竟然走了那麼長，爬了那麼高。腳印已像一條長不可及的綢帶，平靜而飄逸地劃下了一條波動的曲線，曲線一端，緊繫腳下。完全是大手筆，不禁欽佩起自己來了。不爲那山頂，只爲這已經劃下的曲線，爬。不管能抵達哪兒，只爲已耗下的生命，爬。無論怎麼説，我始終站在已走過的頂端。永久的頂端，不斷浮動的頂端，自我的頂端，未曾後退的頂端。沙山的頂端是次要的。爬，只管爬。

腳下突然平實，眼前突然空闊，怯怯地抬頭四顧，山頂還是被我爬到了。完全不必擔心棲宿，西天的夕陽還十分燦爛。夕陽下的綿綿沙山是無與倫比的天下美景。光與影以最暢直的線條流瀉著分割，金黃和黛赭都純淨得毫無斑駁，像用一面巨大的篩子篩過了。日夜的風，把山脊、山坡塑成波蕩，那是極其款曼平適的波，不含一絲漣紋。於是，滿眼皆是暢快，一天一地都被鋪排得大大方方、明明淨淨。色彩單純到了聖潔，氣韻委和到了崇高。爲什麼歷代的僧人、俗民、藝術家要偏偏選中沙漠沙山來傾洩自己的信仰，建造了莫高窟、榆林窟和其他洞窟？站在這兒，我懂了。我把自身的頂端與山的頂端合在一起，心中鳴起了天樂般的梵唄。

剛剛登上山脊時，已發現山腳下尚有異相，捨不得一眼看全。待放眼鳥瞰一過，此時才敢仔細端詳。那分明是一彎清泉，橫臥山底。動用哪一個藻飾詞彙，都會是對它的褻瀆。只覺它來得莽撞、來得怪異，安安靜靜地躲坐在本不該有它的地方，讓人的眼睛看了很久還不大能夠適應。再年輕的旅行者，也會像一位年邁慈父責斥自己深深鍾愛的女兒一般，道一聲：你怎麼也跑到這裏！

是的，這無論如何不是它來的地方。要來，該來一道黃濁的激流，但它是這樣的清澈和寧謐。或者，乾脆來一個大一點的湖泊，但它是這樣的纖瘦和婉約。按它的品貌，該落腳在富春江畔，雁蕩山間，或是從虎跑到九溪的樹蔭下。漫天的飛沙，難道從未把它填塞？夜半的颶風，難道從未把它吸乾？這裏可曾出沒過强盜的足跡，借它的甘泉賴以爲生？這裏可曾蜂聚過匪幫的馬隊，在它身邊留下一片污濁？

我胡亂想著，隨即又愁雲滿面。怎麼走近它呢？我站立峯巔，它委身山底；向著它的峯坡，陡峭如削，此時此刻，剛才的攀登，全化成了悲哀，嚮往峯巔，嚮往高度，結果峯巔只是一道剛能立足的狹地。不能橫行，不能直走，只享一時俯視之樂，怎可長久駐足安坐？上已無路，下又艱難，我感到從未有過的孤獨與惶恐。世間真正溫煦的美色，都熨貼著大地，潛伏在深谷。君臨萬物的高度，到頭來只構成自我嘲弄。我已看出了它的譏誚，於是急急地來試探下削的陡坡。人生真是艱難，不上高峯發現不了它，上了高峯又不能與它近乎。看來，注定要不斷地上坡下坡、上坡下坡。

咬一咬牙，狠一狠心。總要出點事了，且把脖子縮緊，歪扭著臉上肌肉把腳伸下去。一腳，再一腳，整個骨骼都已準備好了一次重重的摔打。然而，奇了，什麼也沒有發生。才兩腳，已嗤溜下去好幾米，又站得十分穩當。不前捽，也不後仰，一時變作了高加索山頭上的普羅米修斯。再稍用力，如入慢鏡頭，跨步若舞蹈，只十來下就到了山底。實在驚呆了：那麼艱難地爬了幾個時辰，下來只是幾步！想想剛才伸腳時的悲壯決心，啞然失笑。康德所說的滑稽，正恰是這種情景。

來不及多想康德了，急急向泉水奔去。一灣不算太小，長可三、四百步，中間最寬處，相當一條中等河道。水面之下，飄動著叢叢水草，使水色綠得更濃。竟有三隻玄身水鴨，輕浮其上，帶出兩翼長長的波紋。真不知它們如何飛越萬里關山，找到這兒。水邊有樹，不少已虬根曲繞，該有數百歲高齡。總之，一切清泉靜池所應該有的，這兒都有了。至此，這灣泉水在我眼中又變成了獨行俠，在荒漠的天地中，全靠一己之力，張羅出了一個可人的世界。

樹後有一陋屋，正遲疑，步出一位老尼。手持懸項佛珠，滿臉皺紋佈得細密而寧靜。她告訴我，這兒本來有寺，毀於二十年前。我不能想像她的生活來源，訥訥動問，她指了指屋後一路，淡淡說：會有人送來。我想問她的事情自然很多，例如爲何孤身一人，長守此地？什麼年歲，初來這裏？終於覺得對於佛家，這種追問過於鈍拙，掩口作罷。眼光又轉向這脈靜池。答案應該都在這裏。

茫茫沙漠，滔滔流水，於世無奇。惟有大漠中如此一灣，風沙中如此一靜，荒涼中如此一景，高坡後如此一跌，才深得天地之韻律，造化之機巧，讓人神醉情馳。以此推衍，人生、世界、歷史，莫不如此。給浮囂以寧靜，給躁急以清冽，給高蹈以平實，給粗獷以明麗。惟其這樣，人生才見靈動，世界才顯精緻，歷史才有風韻。然而，人們日常見慣了的，都是各色各樣的單向誇張。連自然之神也粗粗糙糙，懶得細加調配，讓人世間大受其累。

因此，老尼的孤守不無道理。當她在陋室裏聽夠了一整夜驚心動魄的風沙呼嘯，明晨，即可借明靜的水色把耳根洗淨。當她看夠了泉水的湛綠，抬頭，即可望望燦然的沙壁。

——山，名爲鳴沙山；泉，名爲月牙泉。皆在敦煌縣境內。

柳侯祠

1

客寓柳州，住舍離柳侯祠僅一箭之遙。夜半失眠，迷迷頓頓，聽風聲雨聲，床邊似長出齊膝荒草，柳宗元跨過千年飄然孑立，青衫灰黯，神色孤傷。第二天一早，我便向祠中走去。

擋眼有石塑一尊，近似昨夜見到神貌。石塑底座鐫《荔子碑》《劍銘碑》，皆先生手跡。石塑背後不遠處是羅池，羅池東側有柑香亭，西側乃柳侯祠。祠北有衣冠墓。這些名目，只要粗知宗元行跡，皆耳熟能詳。

祠爲粉牆灰瓦，迴廊構架。中庭植松柏，東廂是碑廊。所立石碑，皆刻後人憑弔紀念文字，但康熙前的碑文，都已漫漶不可辨識。由此想到，宗元離去確已很遠，連通向他的祭祀甬道，也已截截枯朽。時值清晨，祠中寥無一人，只能靜聽自己的腳步聲，在迴廊間迴響，從漫漶走向清晰，又從清晰走向漫漶。

2

柳宗元到此地，是公元八一五年夏天。當時這裏是遠未開化的南荒之地，朝廷貶放罪人的所在，一聽地名就叫人驚慄，就像後來俄國的西伯利亞。西伯利亞還有那分開闊和銀亮，這裏卻整個被原始野林籠罩著，潮濕蒸鬱，暗無天日，人煙稀少，瘴疫猖獗。去西伯利亞的罪人，還能讓雪橇劃下兩道長長的生命曲線，這裏沒有，投下多少具文人的軀體，也消蝕得無影無蹤。面南而坐的帝王時不時陰慘一笑，御筆一劃，筆尖遙指這座宏大無比的天然監獄。

柳宗元是趕了長路來到這裏的。他的被貶，還在十年之前，貶放地是湖南永州。他在永州待了十年，日子過得孤寂而荒涼。親族朋友不來理睬，地方官員時時監視。災難使他十分狼狽，一度蓬頭垢面，喪魂落魄。但是，災難也給了他一分寧靜，使他有足夠的時間與自然相晤，與自我對話。於是，他進入了最佳寫作狀態，中國文化史擁有了《永州八記》和其他篇什，華夏文學又一次凝聚出了高峯性的構建。

照理，他可以心滿意足，不再顧慮仕途枯榮。但是，他是中國人，他是中國文人，他是封建時代的中國文人。他已實現了自己的價值，卻又迷惘著自己的價值。永州歸還給他一顆比較完整的靈魂，但靈魂的薄殼外還隱伏著無數誘惑。這年年初，一紙詔書命他返回長安，他還是按捺不住，欣喜萬狀，急急趕去。

當然會經過汨羅江，屈原的形貌立即與自己交疊起來。他隨口吟道：

南來不做楚臣悲，
重入修門自有期。
爲報春風汨羅道，

莫將波浪枉明時。

（《汨羅遇風》）

這樣的詩句出自一位文化大師之手，讀著總讓人不舒服。他提到了屈原，有意無意地寫成了「楚臣」，倒也沒有大錯。同是汨羅江畔，當年悲悲戚戚的屈原與今天喜氣洋洋的柳宗元，心境不同，心態相仿。

個人是沒有意義的，只有王朝寵之貶之的臣吏，只有父親的兒子或兒子的父親，只有朋友間親疏網絡中的一點，只有顫慄在衆口交鑠下的疲軟肉體，只有上下左右排行第幾的座標，只有社會洪波中的一星波光，只有種種倫理觀念的組合和會聚。不應有生命實體，不應有個體靈魂。

到得長安，兜頭一盆冷水，朝廷厲聲宣告，他被貶到了更爲邊遠的柳州。

朝廷像在給他做遊戲，在大一統的版圖上挪來移去。不能讓你在一處滯留太久，以免對應著穩定的山水構建起獨立的人格。多讓你在長途上顛顛簸簸吧，讓你記住：你不是你。

柳宗元淒楚南回，同路有劉禹錫。劉禹錫被貶到廣東連州，不能讓這兩個文人待在一起。到衡陽應該分手了，兩位文豪牽衣拱手，流了很多眼淚。宗元贈別禹錫的詩句是：「今朝不用臨河別，垂淚千行便濯纓」。到柳州時，淚跡未乾。

嘴角也綻出一絲笑容，那是在嘲謔自己：「十年憔悴到秦京，誰料翻爲嶺外行」。悲劇，上升到滑稽。

這年他四十三歲，正當盛年。但他預料，這個陌生的柳州會是他的喪葬之地。他四處打量，終於發現了這個羅池，池邊還有一座破損不堪的羅池廟。

他無法預料的是，這個羅池廟，將成爲他的祭祠，被供奉千年。

不爲什麼，就爲他破舊箱篋裏那一札皺巴巴的詩文。

3

屈原自沒於汨羅江，而柳宗元則走過汨羅江回來了。幸好回來，柳州、永州無所謂，總比在長安强。什麼也不怕，就怕文化人格的失落。中國，太寂寞。

在柳州的柳宗元，宛若一個魯濱遜。他有一個小小的貶謫官職，利用著，挖了井，辦了學，種了樹，修了寺廟，放了奴婢。畢竟勞累，在四十七歲上死去。

柳宗元晚年所幹的這些事，一般被稱爲政績。當然也對，但他的政績有點特別，每件事，都按著一個正直文人的心意，依照所遇所見的實情作出，並不考據何種政治規範；作了，又花筆墨加以闡釋，疏浚理義，文采斐然，成了一種文化現象。在這裏，他已不是朝廷棋盤中一枚無生命的棋子，而是憑著自己的文化人格，營築著一個可人的小天地。在當時的中國，這種有著濃鬱文化氣息的小天地，如果多一些，該多好。

時間增益了柳宗元的魅力。他死後，一代又一代，許多文人帶著崇敬和疑問仰望著這位客死南荒的文豪。重蹈他覆轍的貶官，在南下的路途中，一想到柳宗元，心情就會平適一點。柳州的歷代官吏，也會因他而重新檢點自己的行止。這些，都可以從柳侯祠碑廊中看到。柳宗元成了一個獨特的形象，使無數文官或多或少地强化了文人意識，詢問自己存在的意義。如今柑香亭畔還有一石碑，爲光緒十八年間柳州府事蔣兆奎立，這位長沙籍官員寫了洋洋灑灑一大篇碑文，說他從柳宗元身上看到了學識文章、自然游觀與政事的統一。「夫文章政事，不判兩途，侯固以文章而能政事者，而又以游觀爲爲政之具，俾亂慮滯志，無所容入，然後理達而事成，故其惠化至今。」爲此，他下決心重修柑香亭，沒有錢，就想方設法，精打細算，在碑文中報了一筆籌款明細帳。亭建成後，他便常來這裏思念柳宗元，所謂「每於公退之暇，登斯亭也，江山如是，蕉荔依然，見實聞花，宛如當日」。不能不說，這位府事的文化意識和文化人格，因柳宗元而有所上升。

更多的疑問。重重石碑發出了重重感嘆、重重疑問，柳宗元不斷地引發著後人苦苦思索：

文字由來重李唐，
如何萬里竟投荒？
池枯猶滴投荒淚，
邈古難傳去國神……

自昔才名天所扼，
文章公獨耀南荒……
舊澤尚能傳柳郡，
新亭誰爲續柑香？

這些感嘆和疑問，始終也沒有一個澄明的歸結。舊石碑模糊了，新石碑又續上去。最新的石碑樹在衣冠墓前，郭沫若題，時間是一九七四年十二月。當時，柳宗元變成了「法家」，衣冠墓修得很漂亮。

倒是現任柳州市副市長的幾句話使我聽了眼睛一亮。他說：「這兩年柳州的開放和崛起，還得感謝柳宗元和其他南下貶官。他們從根子上使柳州開通。」這位副市長年歲尙輕，大學畢業，也是個文人。

4

我在排排石碑間踽踽獨行。中國文人的命運，在這裏裸裎。

但是，日近中天了，這裏還是那樣寧靜。遊人看是一個祠堂，不大願意進來。幾個少年抬起頭看了一會石碑，他門讀不懂那些碑文。石碑固執地愴然肅立，少年們放輕腳步，離它們而去。

靜一點也好，從柳宗元開始，這裏歷來寧靜。京都太嘈雜了，面壁十年的九州學子，都曾嚮往過這種嘈雜。結果，滿腹經綸被車輪馬蹄搗碎，脆亮的吆喝填滿了疏朗的胸襟。唯有在這裏，文采華章才從朝報奏摺中抽出，重新凝入心靈，並蔚成方圓。它們突然變得清醒，渾然構成張力，生氣勃勃，與殿闕對峙，與史官爭辯，爲普天皇土留下一脈異音。世代文人，由此而增添一成傲氣，三分自信。華夏文明，才不至全然黯喑。朝廷萬萬未曾想到，正是發配南荒的御批，點化了民族的精靈。

好吧，你們就這麼固執地肅立著吧。明天，或許後天，會有一些遊人，一些少年，指指點點，來破讀這些碑文。

白蓮洞

1

寫完《柳侯祠》，南去二十里，去看白蓮洞。

先我三十餘年，兩位古人類學家到這裏作野外考察。他們拿著小耙東掘掘、西挖挖。突然，他們的手停住了，在長時間的靜默中，三萬年光陰悄悄回歸，人們終於知道，這個普通的溶洞，曾孕育過遠古人類的一個重要繫脈。

今天，至少亞洲的許多人類學家都在研究他們的種族與「白蓮洞人」的血緣關係。更浪漫的學者甚至把聯繫的長線拉上了南美洲的地圖。

在我看來，諸般學問中，要數考古學最有詩意。難怪不少中外大詩人兼通此道。白蓮洞要麼不進，進去便是半個詩人。

2

我走進洞口。

不知是哪一天，哪一個部落，也偶然走進了洞口。一聲長嘯，一片歡騰。他們驚懼地打量過洞內黑森森的深處，野獸的鳴叫隱隱傳出。他們疑慮地仰望過洞頂的鐘乳石，不知它們會帶來什麼災禍。但是，不管了，握起尖利的石塊朝前走，這裏是該我們的家。

洞內的猛獸早已成羣結隊，與人類爭奪這個天地。一場惡鬥，一片死寂。一個部落被吞沒了，什麼也沒有留下。又不知過了多少年月，又一個部落發現了這個洞穴，仍然是一場惡鬥，一片死寂。終於，有一次，在血肉堆中第一個晃晃悠悠站起來的，是人而不是獸。人類，就此完成了一次佔有。

我跌跌撞撞往裏走。

有聲響了。頭頂有「吱吱」的叫聲，那是蝙蝠，盤旋在洞頂；腳下有「喇喇」的水聲，那是盲魚，竄游在伏流。洞裏太黑，它們都失去了眼睛，瞎撞了多少萬年。洞邊有火坑遺跡，人在這裏點燃了火炬，成了唯一光明的動物。深深的黑洞在火光下映入瞳孔，這一人種也就有了烏黑的眼珠。

想起了一篇作品《野古馬》，寫成吉思汗留下的一個馬羣始終活著，奔馳遊觀，直至如今。蝙蝠和盲魚也該是先民留下的伙伴吧?那麼，我是在探尋祖宅。要與蝙蝠和盲魚對話，實在顯得矯情;但是，我直釘釘地看著它們，確也心事沉沉。

論安逸，是它們。躲在這麼個洞子裏，連風暴雨雪也沒挨到一次，一代又一代，繁衍至今。人類自從與它們揖別，闖出洞口，真無一日安寧。兇猛的野獸被一個個征服了，不少伙伴卻成了野獸，千萬年來怔戰不息。在這個洞中已經能夠燃起火炬，在洞外卻常有人把火炬踩滅，把寥廓的天地變成一個黑洞，長年累月無路可尋。無數的奇蹟被創造出來，機巧的罪惡也駭人聽聞。宏大的世界常常變成一個孤島，喧騰的人生有時比洞中還要冷清。

洞中有一石幔，上嵌珊瑚、貝殼、海螺化石無數，據測定，幾億年前，這兒曾是海底。對這堵石幔來說，人類的來到、離去、重返，確實只是一瞬而已。溫軟的手指觸摸著堅硬的化石，易逝的生命叩問著無窮的歷史。理所當然，幾萬年前的祖先也觸摸過它，發出過疑問。我的疑問，與他們相差無幾：我們從何處來到這裏？又從這裏走向何處？

3

也許是對洞穴的早期佔有，使人類與洞穴有了怪異的緣分。據一九八七年世界民意測驗研究所對八百萬美國人的調查，許多瀕死復生的人追述，臨近死亡時，人的朦朧意識也就是進入一個黑洞：

它們覺得自己被一股旋風吸到了一個巨大的黑洞口，並且在黑魆魆的洞裏飛速向前衝去。而且覺得自己的身體被牽拉、擠壓，洞裏不時出現嘈雜的音響。這時，他們的心情更加平靜。

……黑洞盡頭隱隱約約閃爍著一束光線，當他們接近這束光線時，覺得它給予自己一種純潔的愛情。

可見，人類最後還得回到洞穴中的老家。我們的遠祖辛辛苦苦找到了這個家，流血流汗經營了這個家，總得回去，也算葉落歸根。據天文學家說，茫茫宇宙間也有一個深不可測的黑洞，神奇地吸納著萬物，裹捲著萬物，吞噬著萬物。地球和人類，難保哪一天不投入它的懷抱。

依我看，神祕的太極圖，就像一個渦捲萬物的洞口。一陰一陽呈旋轉形，什麼都旋得進去。太極圖是無文字的先民的隆重遺留，人類有文字才數千年，而在無文字的天地裏卻摸索了數十萬年。再笨，再傻，數十萬年的捉摸也夠凝結成至高的智慧。

……

不管怎麼説，走向文明的人類，深層意識中也會埋藏著一個洞穴的圖騰。「『芝麻，開門！』」一個巨大的寶庫就在洞穴之中。幾乎是各民族的民間傳説，都把自己物欲乃至精神的理想，指向一個神秘的洞穴。無數修道者在洞穴中度過一生，在那裏構造著人生與宇宙的平衡。嫉世憤俗的基度山伯爵，會聚著新興資產者的理想，向一個洞穴進發，然後又在那裏，指揮若定，揮灑著人性的偉力。

別有洞天，是中國人創造的一個成語。中國人重義輕利，較少癡想洞中財寶，更想以洞穴爲門徑，走進一個棲息精神的天地。陶淵明的《桃花源記》轟傳百代，就在於它開鑿了這樣一個洞口。

林盡水源，便得一山。山有小口，彷彿若有光。便舍船從口入。初極狹，才通人。復行數十步，豁然開朗……

這個武陵人終於來到一個理想國。從此，哪一個中國人的心底，都埋下了一個桃花源。

桃花源，是對惡濁亂世的一個挑戰。這個挑戰十分平靜，默默地對峙著，一聲不吭。待到實在耐不住的時候，中國人又開掘出一個水簾洞。這個洞口非同小可，大鬧天宮的力量正在這兒孕育。

4

桃花源和水簾洞，氣氛不同，性質相仿，都是羣體意念的會聚。桃花源中人惘然於時間，也惘然於空間，融洽怡和，不見個體衝撞。孫悟空有點個性，卻也只是某種整體意向的象徵，水簾洞裏的秩序，倒是寧謐無波。

這是白蓮人氣質的遺留，先民生態的重溫。白蓮洞人與野獸征戰，與自然搏鬥，只迴盪著一個觀念：爲著我們這種種類的動物。如果他們也有思想家，摸著海底生物的化石低頭沉思，那麼，他沉思的主體只是我們，而不是我。

我是什麼？歷史終於逼迫人們回答。

白蓮洞已經蘊藏著一個大寫的人字。數萬年來，常有層層烏雲要把這個字蔭掩，因此，這個字也總是顯得那麼輝煌、挺展，勾發人們焦渴的期待。當非人的暴虐壓頂而降，挑戰者號航天飛機突然爆炸，不明飛行物頻頻出現，這個字還會燃起人們永久的熱念。但是，這個字倘若總被大寫，寬大的羽翼也會投下陰影。時代到了這一天，這羣活活潑潑的生靈要把它析解成許多閃光的亮點。有多少生靈就有多少亮點，這個字才能幻化成熙熙攘攘的世界。

既然人們還得返回黑洞，爲什麼還要披荊斬棘地出來？出來，就是要自由地享用這個寬闊的空間；出來，就是要讓每個生靈從精神到筋骨都能舒展；出來，就是要讓每個個體都蒸發出自己的世界。這樣，當人們重進黑洞，才不會對著蝙蝠和盲魚羞慚。

此時我已走出白蓮洞口，面對著一片綠水青山。洞口有石，正可坐下歇腳，極目鳥瞰。

我想起了張曉風的《武陵人》。曉風襲用了陶淵明的題材，卻把那個偶入桃花源的武陵人作爲一個單個人細細磨研。他享盡了桃花源的幸福，比照出了原籍武陵的痛苦。但是，奇怪的是，他還是毅然返回。原因是：

武陵不是天國，但在武陵的痛苦中，我會想起天國，但在這裏，我只會遺忘。忘記了我自己，忘記了身家，忘記了天國，這裏的幸福取消了我思索的權利。

於是他苦苦尋找，鑽出了那個洞口。

賴聲川博士的《暗戀桃花源》異曲同工，讓這位進桃花源而復返的武陵人與現代生活相交雜，在甜酸苦辣中品嘗一個人切實的情感價值。

臺灣作家不謀而合地揶揄桃花源，正傾訴了現代中國人對神仙洞府的超越。

又想起了上海一羣青年藝術家寫的《山祭》。愚公的家屬，在一個別有洞天的王國辛勤挖山，這個王國裏有棕褐色的和諧，和無可指摘的紀律。沒想到，一個現代色彩的姑娘飄然而至，誘人的風姿和一連串傻兮兮的疑問，竟使愚公的後代一一反省自身的意義，結果，莊嚴的洞天發生了紛亂。

還想起了《魔方》中的一段，三個大學生誤入一個深深的山洞而找不到出口，生死攸關的時刻，一一迸發出真實的自我。這個山洞應和白蓮洞相仿，人類走了幾萬年，終於會在山洞裏吐露個性的哲學。縱然死了吧，也沒把這幾萬年白活。不久前在新加坡，一羣華裔青年在深夜邀我看他們的排演，演的竟然就是《魔方》中的這一段。演完，這羣青年揮汗微笑，像是獲得了一種擺脫。

為什麼中國藝術家們總纏著山洞死死不放呢？終於，在我眼前出現了一個長長的隧洞，其間奔逐著一個古老的民族。

都江堰

1

我以為，中國歷史上最激勵人心的工程不是長城，而是都江堰。

長城當然也非常偉大，不管孟姜女們如何痛哭流涕，站遠了看，這個苦難的民族竟用人力在野山荒漠間修了一條萬里屏障，為我們生存的星球留下了一種人類意志力的驕傲。長城到了八達嶺一帶已經沒有什麼味道，而在甘肅、陝西、山西、內蒙一帶，勁厲的寒風在時斷時續的頹壁殘垣間呼嘯，淡淡的夕照、荒涼的曠野溶成一氣，讓人全身心地投入對歷史、對歲月、對民族的巨大驚悸，感覺就深厚得多了。

但是，就在秦始皇下令修長城的數十年前，四川平原上已經完成了一個了不起的工程。它的規模從表面上看遠不如長城宏大，卻注定要穩穩當當地造福千年。如果說，長城佔據了遼闊的空間，那麼，它卻實實在在地佔據了邈遠的時間。長城的社會功用早已廢弛，而它至今還在爲無數民衆輸送汩汩清流。有了它，旱澇無常的四川平原成了天府之國，每當我們民族有了重大災難，天府之國總是沉著地提供庇護和濡養。因此，可以毫不誇張地說，它永久性地灌溉了中華民族。

有了它，才有諸葛亮、劉備的雄才大略，才有李白、杜甫、陸游的川行華章。說得近一點，有了它，抗日戰爭中的中國才有一個比較安定的後方。

它的水流不像萬里長城那樣突兀在外，而是細細浸潤、節節延伸，延伸的距離並不比長城短。長城的文明是一種僵硬的雕塑，它的文明是一種靈動的生活。長城擺出一副老資格等待人們的修繕，它卻卑處一隅，像一位絕不炫耀、毫無所求的鄉間母親，只知貢獻。一查履歷，長城還只是它的後輩。

它就是都江堰。

2

我去都江堰之前，以爲它只是一個水利工程罷了，不會有太大的遊觀價值。連葛洲壩都看過了，它還能怎麼樣？只是要去青城山玩，得路過灌縣縣城，它就在近旁，就乘便看一眼吧。因此，在灌縣下車，心緒懶懶的，腳步散散的，在街上胡逛，一心只想看青城山。

七轉八彎，從簡樸的街市走進了一個草木茂盛的所在。臉面漸覺滋潤，眼前愈顯清朗，也沒有誰指路，只向更滋潤、更清朗的去處走。忽然，天地間開始有些異常，一種隱隱然的騷動，一種還不太響卻一定是非常響的聲音，充斥周際。如地震前兆，如海嘯將臨，如山崩即至，渾身起一種莫名的緊張，又緊張得急於趨附。不知是自己走去的還是被它吸去的，終於陡然一驚，我已站在伏龍館前，眼前，急流浩蕩，大地震顫。

即便是站在海邊礁石上，也沒有像這裏這樣强烈地領受到水的魅力。海水是雍容大度的聚會，聚會得太多太深，茫茫一片，讓人忘記它是切切實實的水，可掬可捧的水。這裏的水卻不同，要說多也不算太多，但股股疊疊都精神煥發，合在一起比賽著飛奔的力量，踴躍著喧囂的生命。這種比賽又極有規矩，奔著奔著，遇到江心的分水堤，刷地一下裁割爲二，直竄出去，兩股水分別撞到了一道堅壩，立即乖乖地轉身改向，再在另一道堅壩上撞一下，於是又根據築壩者的指令來一番調整……也許水流對自己的馴順有點惱怒了，突然撒起野來，猛地翻捲咆哮，但越是這樣越是顯現出一種更壯麗的馴順。已經咆哮到讓人心魄俱奪，也沒有一滴水濺錯了方位。陰氣森森間，延續著一場千年的收伏戰。水在這裏，吃夠了苦頭也出足了風頭，就像一大撥翻越各種障礙的馬拉松健兒，把最强悍的生命付之於規整，付之於企盼，付之於衆目睽睽。看雲看霧看日出各有勝地，要看水，萬不可忘了都江堰。

3

這一切，首先要歸功於遙遠得看不出面影的李冰。

四川有幸，中國有幸，公元前二五一年出現過一項毫不惹人注目的任命：李冰任蜀郡守。

此後中國千年官場的慣例，是把一批批有所執持的學者遴選為無所專攻的官僚，而李冰，卻因官位而成了一名實踐科學家。這裏明顯地出現了兩種判然不同的政治走向，在李冰看來，政治的含義是浚理，是消災，是滋潤，是濡養，它要實施的事兒，既具體又質樸。他領受了一個連孩童都能領悟的簡單道理：既然四川最大的困擾是旱澇，那麼四川的統治者必須成為水利學家。

前不久我曾接到一位極有作為的市長的名片，上面的頭銜只印了「土木工程師」，我立即追想到了李冰。

沒有證據可以說明李冰的政治才能，但因有過他，中國也就有過了一種冰清玉潔的政治綱領。

他是郡守，手握一把長鍤，站在滔滔的江邊，完成了一個「守」字的原始造型。那把長鍤，千年來始終與金杖玉璽、鐵戟鋼錘反複辯論。他失敗了，終究又勝利了。

他開始叫人繪製水系圖譜。這圖譜，可與今天的裁軍數據、登月線路遙相呼應。

他當然沒有在哪裏學過水利。但是，以使命爲學校，死鑽幾載，他總結出治水三字經（「深淘灘，低作堰」）、八字真言（「遇灣截角，逢正抽心」），直到二十世紀仍是水利工程的圭皋。他的這點學問，永遠水氣淋漓，而後於他不知多少年的厚厚典籍，卻早已風乾，鬆脆得無法翻閱。

他沒有料到，他治水的韜略很快被替代成治人的計謀；他沒有料到，他想灌溉的沃土將會時時成爲戰場，沃土上的稻穀將有大半充作軍糧。他只知道，這個人種要想不滅絕，就必須要有清泉和米糧。

他大愚，又大智。他大拙，又大巧。他以田間老農的思維，進入了最澄澈的人類學的思考。

他未曾留下什麼生平資料，只留下硬扎扎的水壩一座，讓人們去猜詳。人們到這兒一次次納悶：這是誰呢？死於兩千年前，卻明明還在指揮水流。站在江心的崗亭前，「你走這邊，他走那邊」，吆喝聲、勸誡聲、慰撫聲，聲聲入耳。沒有一個人能活得這樣長壽。

秦始皇築長城的指令，雄壯、蠻嚇、殘忍；他築堰的指令，智慧、仁慈、透明。

有什麼樣的起點就會有什麼樣的延續。長城半是壯膽半是排場，世世代代，大體是這樣。直到今天，長城還常常成爲排場。都江堰一開始就清朗可鑒，結果，它的歷史也總顯出超乎尋常的格調。李冰在世時已考慮事業的承續，命令自己的兒子作三個石人，鎮於江間，測量水位。李冰逝世四百年後，也許三個石人已經損缺，漢代水官重造高及三米的「三神石人」測量水位。這「三神石人」其中一尊即是李冰雕像。這位漢代水官一定是承接了李冰的偉大精魂，竟敢於把自己尊敬的祖師，放在江中鎮水測量。他懂得李冰的心意，唯有那裏才是他最合適的崗位。這個設計竟然沒有遭到反對而順利實施，只能說都江堰爲自己流瀉出了一個獨特的精神世界。

石像終於被歲月的淤泥掩埋，本世紀七十年代出土時，有一尊石像頭部已經殘缺，手上還緊握著長鍤。有人說，這是李冰的兒子。即使不是，我仍然把他看成是李冰的兒子。一位現代作家見到這尊塑像怦然心動，「沒淤泥而藹然含笑，斷頸項而長鍤在握」，作家由此而向現代官場袞袞諸公詰問：活著或死了應該站在哪裏？

出土的石像現正在伏龍館裏展覽。人們在轟鳴如雷的水聲中向他們默默祭奠。在這裏，我突然產生了對中國歷史的某種樂觀。只要都江堰不坍，李冰的精魂就不會消散，李冰的兒子會代代繁衍。轟鳴的江水便是至聖至善的遺言。

4

繼續往前走，看到了一條橫江索橋。橋很高，橋索由麻繩、竹篾編成。跨上去，橋身就猛烈擺動，越猶豫進退，擺動就越大。在這樣高的地方偷看橋下會神志慌亂，但這是索橋，到處漏空，由不得你不看。一看之下，先是驚嚇，後是驚嘆。腳下的江流，從那麼遙遠的地方奔來，一派義無返顧的決絕勢頭，挾著寒風，吐著白沫，淩厲銳進。我站得這麼高還感覺到了它的砭膚冷氣，估計它是從雪山趕來的吧。但是，再看橋的另一邊，它硬是化作許多亮閃閃的河渠，改惡從善。人對自然力的馴服，幹得多麼爽利。如果人類幹什麼事都這麼爽利，地球早已是另一副模樣。

但是，人類總是缺乏自信，進進退退，走走停停，不斷地自我耗損，又不斷地爲耗損而再耗損。結果，僅僅多了一點自信的李冰，倒成了人們心中的神。離索橋東端不遠的玉壘山麓，建有一座二王廟，祭祀李冰父子。人們在虔誠膜拜，膜拜自己同類中更像一點人的人。鐘鼓鈸磬，朝朝暮暮，重一聲，輕一聲，伴和著江濤轟鳴。

李冰這樣的人，是應該找個安靜的地方好好紀念一下的，造個二王廟，也合民衆心意。

實實在在爲民造福的人升格爲神，神的世界也就會變得通情達理、平適可親。中國宗教頗多世俗氣息，因此，世俗人情也會染上宗教式的光斑。一來二去，都江堰倒成了連接兩界的橋墩。

我到邊遠地區看儺戲，對許多內容不感興趣，特別使我愉快的是，儺戲中的水神河伯，換成了灌縣李冰。儺戲中的水神李冰比二王廟中的李冰活躍得多，民衆圍著他狂舞吶喊，祈求有無數個都江堰帶來全國的風調雨順，水土滋潤。儺戲本來都以神話開頭的，有了一個李冰，神話走向實際，幽深的精神天國一下子貼近了大地，貼近了蒼生。

三峽

在國外，曾有一個外國朋友問我：「中國有意思的地方很多，你能告訴我最值得去的一個地方嗎？一個，請只說一個。」一這樣的提問我遇到過許多次了，常常隨口吐出的回答是：「三峽！」

1

順長江而下，三峽的起點是白帝城。這個頭開得真漂亮。

對稍有文化的中國人來說，知道三峽也大多以白帝城開頭的。李白那首名詩，在小學課本裏就能讀到。

我讀此詩不到十歲，上來第一句就誤解。

「朝辭白帝彩雲間」，「白帝」當然是一個人，李白一大清早與他告別。這位帝王著一身縞白的銀袍，高高地站立在山石之上。他既然穿著白衣，年齡就不會很大，高個，瘦削，神情憂鬱而安詳，清晨的寒風舞弄著他的飄飄衣帶，絢麗的朝霞燒紅了天際，與他的銀袍互相輝映，讓人滿眼都是光色流蕩。他沒有隨從和侍衛，獨個兒起了一個大早，詩人遠行的小船即將解纜，他還在握著手細細叮嚀。他的聲音也像純銀一般，在這寂靜的山河間飄蕩迴響。但他的話語很難聽得清楚，好像來自另一個世界。他就住在山頭的小城裏，管轄著這裏的叢山和碧江。

多少年後，我早已知道童年的誤解是多麼可笑，但當我真的坐船經過白帝城的時候，依然虔誠地抬著頭，尋找著銀袍與彩霞。船上的廣播員正在吟誦著這首詩，口氣激動地介紹幾句，又放出了《白帝托孤》的樂曲。猛地，山水、歷史、童年的幻想、生命的潛藏，全都湧成一團，把人震傻。

《白帝托孤》是京劇，說的是戰敗的劉備退到白帝城鬱悶而死，把兒子和政事全都托付給諸葛亮。抑揚有致的聲腔飄浮在迴旋的江面上，撞在濕漉漉的山岩間，悲憤而蒼涼。純銀般的聲音找不到了，一時也忘卻了李白的輕捷與蕭灑。

我想，白帝城本來就熔鑄著兩種聲音、兩番神貌：李白與劉備，詩情與戰火，豪邁與沉鬱，對自然美的朝覲與對山河主宰權的爭逐。它高高地矗立在羣山之上，它腳下，是爲這兩個主題日夜爭辯著的滔滔江流。

華夏河山，可以是屍橫遍野的疆場，也可以是車來船往的樂土；可以一任封建權勢者們把生命之火燃亮和熄滅，也可以庇佑詩人們的生命偉力縱橫馳騁。可憐的白帝城多麼勞累，清晨，剛剛送走了李白們的輕舟，夜晚，還得迎接劉備們的馬蹄。只是，時間一長，這片山河對詩人們的庇佑力日漸減弱，他們的船楫時時擱淺，他們的衣帶經常熏焦，他們由高邁走向苦吟，由苦吟走向無聲。中國，還留下幾個詩人？

幸好還留存了一些詩句，留存了一些記憶。幸好有那麼多中國人還記得，有那麼一個早晨，有那麼一位詩人，在白帝城下悄然登舟。也說不清有多大的事由，也沒有舉行過歡送儀式，卻終於被記住千年，而且還要被記下去，直至地老天荒。這裏透露了一個民族的饑渴：他們本來應該擁有更多這樣平靜的早晨。

在李白的時代，中華民族還不太沉悶，這麼些詩人在這塊土地上來來去去，並不像今天那樣覺得是件怪事。他們的身上並不帶有政務和商情，只帶著一雙銳眼、一腔詩情，在山水間周旋，與大地結親。寫出了一排排毫無實用價值的詩句，在朋友間傳觀吟唱，已是心滿意足。他們很把這種行端當作一件正事，爲之而不怕風餐露宿，長途苦旅。結果，站在盛唐中心地位的，不是帝王，不是貴妃，不是將軍，而是這些詩人。余光中《尋李白》詩云：

酒入豪腸，七分釀成了月光
剩下的三分嘯成劍氣
綉口一吐就半個盛唐

這幾句，我一直看成是當代中國詩壇的罕見絕唱。

李白時代的詩人，既摯戀著四川的風土文物，又嚮往著下江的開闊文明，長江於是就成了他們生命的便道，不必下太大的決心就解纜問槳。腳在何處，故鄉就在何處，水在哪裏，道路就在哪裏。他們知道，長江行途的最險處無疑是三峽，但更知道，那裏又是最湍急的詩的河床。他們的船太小，不能不時行時歇，一到白帝城，便振一振精神，準備著一次生命對自然的强力衝撞。只能請那些在黃卷青燈間搔首苦吟的人們不要寫詩了，那模樣本不屬於詩人。詩人在三峽的小木船上，剛剛告別白帝城。

2

告別白帝城，便進入了長約二百公里的三峽。在水路上，二百公里可不算一個短距離。但是，你絕不會覺得造物主在作過於冗長的文章。這裏所匯聚的力度和美色，鋪排開去二千公里，也不會讓人厭倦。

瞿塘峽、巫峽、西陵峽，每一個峽谷都濃縮得密密層層，再緩慢的行速也無法將它們化解開來。連臨照萬里的太陽和月亮，在這裏也擠捱不上。對此，一千五百年前的酈道元說得最好：

兩岸連山，略無闕處。重岩疊嶂，隱天蔽日，自非亭午夜分，不見曦月。

（《水經注》）

他還用最省儉的字句刻劃過三峽春冬之時的「清榮峻茂」，晴初霜旦的「林寒澗肅」，使後人再難調動描述的詞章。

過三峽本是尋找不得詞彙的。只能老老實實，讓颼颼陰風吹著，讓滔滔江流濺著，讓迷亂的眼睛呆著，讓一再要狂呼的嗓子啞著。什麼也甭想，什麼也甭說，讓生命重重實實地受一次驚嚇。千萬別從驚嚇中醒過神來，清醒的人都消受不住這三峽。

僵寂的身邊突然響起了一些「依哦」聲，那是巫山的神女峯到了。神女在連峯間側身而立，給驚嚇住了的人類帶來一點寬慰。好像上天在鋪排這個儀式時突然想到要補上一個代表，讓蠕動於山川間的渺小生靈佔據一角觀禮。被選上的當然是女性，正當妙齡，風姿綽約，人類的真正傑作只能是她們。

人們在她身上傾注了最瑰麗的傳說，好像下決心讓她汲足世間的至美，好與自然精靈們爭勝。說她幫助大禹治過水，說她夜夜與楚襄王幽會，說她在行走時有環珮鳴響，說她雲雨歸來時渾身異香。但是，傳說歸傳說，她畢竟只是巨石一柱，險峯一座，只是自然力對人類的一個幽默安慰。

當李白們早已順江而下，留下的人們只能把萎弱的生命企求交付給她。「神女」一詞終於由瑰麗走向淫邪，無論哪一種都與健全的個體生命相去遙遠。溫熱的肌體，無羈的暢笑，情愛的芳香，全都雕塑成一座遠古的造型，留在這羣山之間。一個人口億衆的民族，長久享用著幾個殘缺的神話。

又是詩人首先看破。幾年前，江船上仰望神女峯的無數旅客中，有一位女子突然掉淚。她悲哀，是因爲她不經意地成了李白們的後裔。她終於走回船艙，寫下了這些詩行：

在向你揮舞的各色花帕中
是誰的手突然收回
緊緊捂住自己的眼睛

當人們四散離去，誰
還站在船尾
衣裙漫飛，如翻湧不息的雲
江濤
　　高一聲
　　　　低一聲
美麗的夢留下美麗的憂傷
人間天上，代代相傳
但是，心
眞能變成石頭嗎
沿著江岸
金光菊和女貞子的洪流

正煽動新的背叛
與其在懸崖上展覽千年
不如在愛人肩頭痛哭一晚

（舒婷：《神女峯》）

3

終於，人們看累了，回艙休息。

艙內聚集著一羣早有先見之明的人，從一開始就沒有出過艙門，寧靜端坐，自足而又安詳。讓山川在外張牙舞爪呢，這兒有四壁，有艙頂，有臥床。據說三峽要造水庫，最好，省得滿耳喧鬧。把廣播關掉，別又讓李白來煩吵。

歷史在這兒終結，山川在這兒避退，詩人在這兒萎謝。不久，船舷上只剩下一些外國遊客還在聲聲驚叫。

船外，王昭君的家鄉過去了。也許是這裏的激流把這位女子的心扉沖開了，顧盼生風，絕世豔麗，卻放著宮女不做，甘心遠嫁給草原匈奴，終逝他鄉。她的驚人行動，使中國歷史也疏通了一條三峽般的險峻通道。

船外，屈原故里過去了。也許是這裏的奇峯交給他一副傲骨，這位比李白還老的瘋詩人不太安分，長劍佩腰，滿腦奇想，縱橫中原，問天索地，最終投身汨羅江，一時把那裏的江水，也攪起了三峽的波濤。

看來，從三峽出發的人，無論是男是女，都是怪異的。都會捲起一點漩渦，發起一些衝撞。他們都有點叛逆性，而且都叛逆得瑰麗而驚人。他們都不以家鄉爲終點，就像三峽的水拚著全力流注四方。

三峽，注定是一個不安寧的淵藪。憑它的力度，誰知道還會把承載它的土地奔瀉成什麼模樣？

在船舷上驚叫的外國遊客，以及向我探詢中國第一名勝的外國朋友，你們終究不會真正了解三峽。

我們了解嗎？我們的船在安安穩穩地行駛，客艙內談笑從容，煙霧繚繞。

明早，它會抵達一個碼頭的，然後再緩緩啟航。沒有告別，沒有激動，沒有吟唱。

留下一個寧靜給三峽，李白去遠了。

還好，還有一位女詩人留下了金光菊和女貞子的許諾，讓你在沒有月光的夜晚，靜靜地做一個夢，殷殷地企盼著。

洞庭一角

1

中國文化中極其奪目的一個部位可稱之爲「貶官文化」。隨之而來，許多文化遺跡也就是貶官行跡。貶官失了寵，摔了跤，孤零零的，悲劇意識也就爬上了心頭；貶到了外頭，這裏走走，那裏看看，只好與山水親熱。這一來，文章有了，詩詞也有了，而且往往寫得不壞。過了一個時候，或過了一個朝代，事過境遷，連朝廷也覺得此人不錯，恢復名譽。於是，人品和文品雙全，傳之史册，誦之後人。他們親熱過的山水亭閣，也便成了遺跡。地因人傳，人因地傳，兩相幫襯，俱著聲名。

例子太多了。這次去洞庭湖，一見岳陽樓，心頭便想：又是它了。一〇四六年，范仲淹倡導變革被貶，恰逢另一位貶在岳陽的朋友滕子京重修岳陽樓罷，要他寫一篇樓記，他便借樓寫湖，憑湖抒懷，寫出了那篇著名的《岳陽樓記》。直到今天，大多數遊客都是先從這篇文章中知道有那麼一個樓的。文章中「先天下之憂而憂，後天下之樂而樂」這句話，已成爲一般中國人都能隨口吐出的熟語。

不知哪年哪月，此景此樓，已被這篇文章重新構建。文章開頭曾稱頌此樓「北通巫峽，南極瀟湘」，於是，人們在樓的南北兩方各立一個門坊，上刻這兩句話。進得樓內，巨幅木刻中堂，即是這篇文章，書法厚重暢麗，灑以綠粉，古色古香。其他後人題詠，心思全圍著這篇文章。

這也算是個有趣的奇事：先是景觀被寫入文章，再是文章化作了景觀。借之現代用語，或許可說，是文化和自然的互相生成吧。在這裏，中國文學的力量倒顯得特別强大。

范仲淹確實是文章好手，他用與洞庭湖波濤差不多的節奏，把寫景的文勢張揚得滾滾滔滔。遊人仰頭讀完《岳陽樓記》的中堂，轉過頭來，眼前就會翻捲出兩層浪濤，耳邊的轟鳴也更加響亮。范仲淹趁勢突進，猛地遞出一句先憂後樂的哲言，讓人們在氣勢的捲帶中完全吞納。

於是，浩淼的洞庭湖，一下子成了文人騷客胸襟的替身。人們對著它，想人生，思榮辱，知使命，遊歷一次，便是一次修身養性。

胸襟大了，洞庭湖小了。

2

但是，洞庭湖沒有這般小。

范仲淹從洞庭湖講到了天下，還小嗎？比之心胸湫隘的文人學子，他的氣概確也令人驚嘆，但他所說的天下，畢竟只是他胸中的天下。

大一統的天下，再大也是小的。普天之下，莫非王土，於是，憂耶樂耶，也是丹墀金鑾的有限度延伸，大不到哪裏去。在這裏，儒家的天下意識，心之於中國文化本來具有的宇宙意識，逼仄得多了。

而洞庭湖，則是一個小小的宇宙。

你看，正這麼想著呢，范仲淹身後就閃出了呂洞賓。岳陽樓旁側，躲著一座三醉亭，說是這位呂仙人老來這兒，弄弄鶴，喝喝酒，可惜人們都不認識他，他便寫下一首詩在岳陽樓上：

朝遊北海暮蒼梧，
袖裏青蛇膽氣粗。
三醉岳陽人不識，
朗吟飛過洞庭湖。

他是唐人，題詩當然比范仲淹早。但是范文一出，把他的行跡掩蓋了，後人不平，另建三醉亭，祭祀這位道家始祖。若把范文、呂詩放在一起讀，真是有點「秀才遇到兵」的味道，端莊與頑潑，執著與曠達，悲壯與滑稽，格格不入。但是，對著這麼大個洞庭湖，難道就許范仲淹的朗聲悲抒，就不許呂洞賓的仙風道骨？中國文化，本不是一種音符。

呂洞賓的青蛇、酒氣、縱笑，把一個洞庭湖攪得神神乎乎。至少，想著他，後人就會跳出范仲淹，去捉摸這個奇怪的湖。一個遊人寫下一幅著名的長聯，現也鐫於樓中：

一樓何奇，杜少陵五言絕唱，范希文兩字關情，滕子京百廢俱興，呂純陽三過必醉。詩耶？儒耶？史耶？仙耶？前不見古人，使我愴然淚下。

讀君試看，洞庭湖南極瀟湘，揚子江北通巫峽，巴陵山西來爽氣，岳州城東道岩疆。瀦者，流者，峙者，鎮者，此中有眞意，問誰領會得來？

他就把一個洞庭湖的複雜性、神祕性、難解性，寫出來了。眼界宏闊，意象紛雜，簡直有現代派的意韻。

3

那麼，就下洞庭湖看看吧。我登船前去君山島。

這天奇熱。也許洞庭湖的夏天就是這樣熱。沒有風，連波光都是灼人燙眼的。記起了古人名句：「氣蒸雲夢澤，波撼岳陽樓」，這個「蒸」字，我只當俗字解。

丹納認爲氣候對文化有決定性的影響，我以前很是不信。但一到盛暑和嚴冬，又傾向於信。范仲淹寫《岳陽樓記》是九月十五日，正是秋高氣爽的好天氣。秋空明淨，可讓他想想天下；秋風蕭瑟，又吹起了他心底的幾絲悲壯。即使不看文後日期，我也能約略推知，這是秋天的辭章。要是他也像今天的日子來呢？衣冠盡卸，赤膊裸裎，揮汗不迭，氣喘吁吁，那篇文章會連影子也沒有。范仲淹設想過陰雨霏霏的洞庭湖和春和景明的洞庭湖，但那也只是秋天的設想。洞庭湖氣候變化的幅度大著呢，它是一個脾性强悍的活體，僅僅一種裁斷哪能框範住它？

推而廣之，中國也是這樣。一個深不見底的海，頂著變幻莫測的天象。我最不耐煩的，是對中國文化的幾句簡單概括。哪怕是它最堂皇的一脈，拿來統攝全盤總是霸道，總會把它豐富的生命節律抹煞。那些委屈了的部位也常常以牙還牙，舉著自己的旗幡向大一統的霸座進發。其實，誰都是渺小的。無數渺小的組合，才成偉大的氣象。

終於到了君山。這個小島，樹木蔥蘢，景致不差。尤其是文化遺跡之多，令人咋舌。它顯然沒有經過後人的精心設計，突出哪一個主體遺跡。只覺得它們南轅北轍而平安共居，三教九流而和睦相鄰。是歷史，是空間，是日夜的洪波，是洞庭的晚風，把它們堆湧到了一起。

擋門是一個封山石刻，那是秦始皇的遺留。說是秦始皇統一中國，巡遊到洞庭，恰遇湖上狂波，甚是惱火，於是擺出第一代封建帝王的雄威，下令封山。他是封建大一統的最早肇始者，氣魄宏偉，決心要讓洞庭湖也成爲一個馴服的臣民。

但是，你管你封，君山還是一派開放襟懷。它的腹地，有堯的女兒娥皇、女英墳墓，飄忽瑰豔的神話，端出遠比秦始皇老得多的資格，安坐在這裏。兩位如此美貌的公主，飛動的裙裾和芳芬的清淚，本該讓後代儒生非禮勿視，但她們依憑著乃父的聖名，又不禁使儒生們心旌繚亂，不知定奪。

島上有古廟廢基。據記載，佛教興盛時，這裏曾鱗次櫛比，擁擠著寺廟無數。繚繞的香煙和陣陣鐘磬聲，佔領過這個小島的晨晨暮暮。呂洞賓既然幾次來過，道教的事業也曾非常蓬勃。面對著秦始皇的封山石，這些都顯得有點邪乎。但邪乎得那麼久，那麼隆重，封山石也只能靜默。

島的一側有一棵大樹，上嵌古鐘一口。信史鑿鑿，這是宋代義軍楊么的遺物。楊么爲了對抗宋廷，踞守此島，宋廷即派岳飛征剿。每當岳軍的船隻隱隱出現，楊么的部隊就在這裏鳴鐘爲號，準備戰鬥。岳飛是一位名垂史册的英雄，他的抗金業績，發出過民族精神的最强音。但在這裏，岳飛扮演的是另一種角色，這口鐘，時時鳴響著民族精神的另一方面。我曾在杭州的岳墳前徘徊，現在又對著這口鐘久久凝望。我想，兩者加在一起，也只是民族精神的一小角。

可不，眼前又出現了柳毅井。洞庭湖的底下，應該有一個龍宮了。井有臺階可下，直至水面，似是龍宮入口。一步步走下去，真會相信我們腳底下有一個熱鬧世界。那個世界裏也有霸道，也有指令，但也有戀情，也有歡愛。一口井，只想把兩個世界連結起來。人們想了那麼多年，信了那麼多年，今天，宇航飛船正從另外一些出口去尋找另外一些世界。

……

雜亂無章的君山，靜靜地展現著中國文化的無限。

君山島上只住著一些茶農，很少閒雜人等。夜晚，遊人們都坐船回去了，整座島闃寂無聲。洞庭湖的夜潮輕輕拍打著它，它側身入睡，懷抱著一大堆秘密。

4

回到上海之後，這篇洞庭湖的遊記，遲遲不能寫出。

突然從報紙上看到一則有關洞庭湖的新聞，如遇故人。新聞記述了一樁真實的奇事：一位湖北的農民捉住一隻烏龜，或許是出於一種慈悲心懷，在烏龜背上刻名裝環，然後帶到岳陽，放入洞庭湖中。沒有想到，此後連續八年，烏龜竟年年定時爬回家來。每一次，都「將頭高高豎起來，長時間地望著主人，似乎在靜靜聆聽主人的教誨，又似乎在向主人訴說自己一年來風風雨雨的經歷」。

這不是古代的傳說。新聞注明，烏龜最後一次爬回，是一九八七年農曆五月初一。

至少現代科學還不能說明，這個動物何以能爬這麼長的水路和旱路，準確找到一間普通的農舍，而且把年份和日期搞得那樣清楚。難道它真是龍宮的族員？

洞庭湖，再一次在我眼前罩上了神秘的濃霧。

我們對這個世界，知道得還實在太少。無數的未知包圍著我們，才使人生保留進發的樂趣。當哪一天，世界上的一切都能明確解釋了，這個世界也就變得十分無聊。人生，就會成爲一種簡單的軌跡，一種沉悶的重複。因此，我每每以另一番眼光看娥皇、女英的神話，想柳毅到過的龍宮。應該理會古人對神奇事端作出的想像，說不定，這種想像蘊含著更深層的真實。洞庭湖的種種測量數據，在我的書架中隨手可以尋得。我是不願去查的，只願在心中保留著一個奇奇怪怪的洞庭湖。

我到過的湖可謂多矣。每一個，都會有洞庭湖一般的奧秘，都隱匿著無數似真似幻的傳說。

我還只是在說湖。還有海、還有森林、還有高山和峽谷……那裏會有多少蘊藏呢?簡直連想也不敢想了。然而,正是這樣的世界,這樣的國度,這樣的多元,這樣的無限,才值得來活一活。

廬山

1

我到廬山不是專門去旅遊，是與一大羣文人一起去開會的，時間是一九七九年夏天。那裏召開的，是一個全國規模的文藝理論討論會。

廬山本是夏天開會的好地方，但據我所知，那裏好像從來沒有開過文人大會。原因説起來太複雜，不管怎樣，現在總算有了第一回。

但是，回過去看，廬山本來倒是文人的天地。在未上廬山之時我就有一些零碎的印象，好像是中國早期最偉大的文人之一司馬遷「南登廬山」並記之於《史記》之後，這座山就開始了它的文化旅程。在兩晉南北朝時期，它的文化濃度之高，幾乎要鶴立於全國名山中了。那時，佛學宗師慧遠和道學宗師陸修靜曾先後在廬山弘揚教義，他們駐足的東林寺和簡寂觀便成了此後中國文化的兩個重要的精神棲息點。這兩人中間，慧遠的文學氣息頗重，他的五言詩《遊廬山》寫得不錯，而那篇六百多字的《廬山記》則是我更爲喜愛的山水文學佳品。但是，使得這一僧一道突然與廬山一起變得文采斐然的，還有更重要的原因，那就是在差不多的時候廬山還擁有過陶淵明和謝靈運。陶淵明的歸隱行跡、山水情懷和千古詩句都與廬山密不可分，謝靈運的名氣趕不上陶淵明，卻也算得上我國文學史上五言山水詩的鼻祖。這兩位大詩人把廬山的山水作了高品位的詩化奠基，再加上那一僧一道，整個廬山就堂而皇之地進入了中國文化史。

後來的人們似乎一直著迷於慧遠、陶淵明、謝靈運、陸修靜共處廬山的那種文化氣氛，設想出他們幾個人在一起的各種情景。由頭也是有一點的，例如陶淵明應該是認識慧遠的，但他與慧遠的幾個徒弟關係不好，對慧遠本人的思想也頗多牴牾，因此交情不深。倒是謝靈運與慧遠有過一段親切的交往，其時慧遠年近八旬，而謝靈運還不到而立之年，兩人相差了五十來歲，雖然忘年而交，令人感動，畢竟難於貼心，難於綿延。這些由頭，到了後人嘴裏，全都渾然一體了。例如唐代的佛學史乘中已記述謝靈運與慧遠一起結社，而事實上慧遠結社之時謝才六歲。流傳特別廣遠的故事是慧遠、陶淵明、陸修靜三人過從甚密，一次陶、陸兩人來東林寺訪慧遠，慧遠歷來送客不過門前虎溪，這次言談忘情，竟送過了虎溪，這就使後山的老虎看得不習慣了，吼叫起來，三人會意而笑，那就是中國古代極有名的佳話「虎溪三笑」。爲此，李白、黃庭堅等詩人還特意寫過詩，蘇東坡還畫過《三笑圖讚》，我在鄭振鐸著《插圖本中國文學史》中，也見到過一幅採自「程式墨苑」的《虎溪三笑》圖。但究其實，陸修靜來廬山的時候，陶淵明已去世三十四年，而慧遠更已逝去四十五年。

我深知，道出這個故事的虛假性非常煞風景。到底是李白、蘇東坡他們高明，不僅興高采烈地爲這個傳說增彩添色，而且自己也已影影綽綽地躋身在裏邊。文人總未免孤獨，願意找個山水勝處躲避起來；但文化的本性是溝通和被理解，因此又企盼著高層次的文化知音能有一種聚會，那怕是跨越時空也在所不惜，而廬山正是這種企盼中的聚會的理想地點。

因此，廬山可以證明，中國文人的孤獨不是一種脾性，而是一種無奈。即便是對於隱逸之聖陶淵明，中國文人也願意他有兩個在文化層次上比較接近的朋友交往，發出朗笑陣陣。有了這麼一些傳說，廬山與其說是文人的隱潛處，不如說是歷代文人渴望超拔俗世而達到跨時空溝通的寄託點。於是李白、白居易、歐陽修、蘇東坡、陸游、唐寅等等文化藝術家紛來沓至，周敦頤和朱熹則先後在山崖雲霧之間投入了哲學的沈思和講述。如果把時態歸併一下，廬山實在是一個鴻儒雲集、智能飽和的聖地了。

2

我是坐著汽車上廬山的。在去九江的長江輪上聽一位熟悉廬山的小姐說，上廬山千萬不能坐車，一坐車就沒味，得一級一級爬石階上去才有意思。她一邊詳盡地告訴我石階的所在，一邊又開導我：「爬石階當然要比坐車花時間花力氣，但這石階也是現代修的，古人上山連這麼一條好路都沒有呢。」她的話當然有這道理，可是船到九江時天已擦黑，我又有一個裝著不少書籍的行李包，只略作遲疑我就向汽車站走去。廬山的車道修得很好，只見汽車一層層繞上去，氣溫一層層冷下來，沒多久，牯嶺到了。牯嶺早已儼然成爲一座小城，只逛蕩一會兒就會忘了這竟然是在山頂。但終究又會醒過神來，覺得如此快捷地上一趟廬山，下榻在一個規模不小的賓館裏，實在有點對不起古人。是啊，連船上不相識的小姐都拿著古人來誘惑我，而我還是貪圖了方便。一方便，也就丟棄了它對人們的阻難，也就隨之丟棄了它對世俗的超拔，那還能構得成跨時空的精神溝通麼？

古代文人上廬山，自然十分艱苦。他們只憑著兩條腿，爬山涉溪、攀藤跳溝。當時的山，道路依稀，食物匱乏，文人學士都不強壯，真不知如何在山上苦熬苦捱。

周作人、林語堂先生曾刊印過清代嘉慶年間一位叫舒白香的文人遊廬山的日記，可以讓我們了解當時的一些情況。且抄幾段：

朝晴涼適，可著小棉。瓶中米尚支數日，而菜已竭，所謂饉也。西輔戲採南瓜葉及野莧，煮食甚甘，予乃飯兩碗，且笑謂與南瓜相識半生矣，不知其葉中乃有至味。

冷，雨竟日。晨餐時菜羹亦竭，惟食炒烏豆下飯，宗慧仍以湯匙進。問安用此，曰，勺豆入口逸於箸。予不禁噴飯而笑，謂此匙自賦形受役以來但知其才以不漏汁水爲長耳，孰謂其遭際之窮至於如此。

宗慧試採蕎麥葉煮作菜羹，竟可食，柔美過莧葉，但微苦耳。苟非入山既深，又斷蔬經旬，豈能識此種風味。

這就是中國古代文人遊廬山的實際生活。遭如此困境而不後悔、不告退，還自得其樂地開著文謅謅的玩笑。在遊廬山的文人中，舒白香還不算最苦的，他至少還有學生和僕人跟隨著，侍候著他，與他說笑。

舒白香在廬山逗留了一百天，住過好幾處寺廟。寺僧先是懷疑他是「大官人」，後來又懷疑他是「大商賈」，直到最後寫出《天池賦》貼在寺壁上，僧人才知道他原來是個知名文人。這件事情可以證明，舒白香遊廬山時那種雖不免艱苦卻還有點派頭的舉止，與僧人們習見的遊山文人很不相同；當時的廬山遊客中，最有派頭的已數「大官人」和「大商賈」，但他們當時遊山也很不輕鬆，因此，廬山的行旅總的説來是十分寥落的。

舒白香上廬山是十九世紀初年。直到十九世紀晚期，情況沒有太大改變。我藏有一部佛學名著《名山遊訪記》，著者高鶴年是一位跋涉天下的佛教旅行家，他在一八九三年初春上廬山時，看見各處著名佛寺都還在，但「各寺只有一、二人居，皆苦行僧」。至於牯嶺，還「荊棘少人行」。但是，僅僅過了十九年，當他一九一二年再一次上廬山時，景象就大不一樣了。牯嶺已是：

沿山洋房數百幢，華街亦有數百家，……嶺上為西人避暑之地，設有教堂布教，並設醫院，利濟貧民。此間夏令時，寒暑表較九江低二十度，故至地逭暑者甚衆，昔日山林，今爲鏖市。

據此可以推斷，廬山的文化形象是在本世紀初年發生重大變化的，變化的契機是「西人避暑」，而結果則是以西方文明爲先導的熱鬧。散落在各處山間的寺院依然香火不斷，但操縱它們興衰的重要楨桿已是牯嶺的別墅、商市、街道。總的説來，這兒已不是中國文人的世界。

唐代錢起詠廬山詩云：「只疑雲霧窟，猶有六朝僧。」但如今雲霧飄散開去，露出來的卻是一個個中外「大官人」、「大商賈」的面影。

當然也還是有不少文人來玩玩的。本世紀二十年代有一位詩人就在廬山住過一個半月，但他每天聽到的，已不是山風蟲鳴，而是石工築路造房的號子聲。他從這號子裏聽出了石工的痛苦，寫了一首十分奇特的《廬山石工歌》，想把號子傳達給讀者。讀著徐志摩的這首詩不難感悟到，這號子喚來了達官貴人們的一座座別墅，這號子在驅逐著詩人和他的同行們下山。

過不了幾年，又有一位文人在山上住了幾天便急急下來。他剛剛被一個巨大的政治漩渦放逐，但廬山並不是避身之所，他很快發現這裏也是一個風聲鶴唳的焦點。他下山了，到了上海，又到東京，寫了一篇《從牯嶺到東京》，不久，「茅盾」這個名字便出現於中國文壇。

此後，越來越多的政治活動、外交談判、軍事決定產生於廬山。密密層層的雲霧，藏進了中國現代史的神祕經緯。

難道，廬山和文人就此失去了緣分？廬山沒有了文人本來也不太要緊，卻少了一種韻味，少了一種風情，就像一所廟宇沒有晨鐘暮鼓，就像一位少女沒有流盼的眼神。沒有文人，山水也在，卻不會有山水的詩情畫意，不會有山水的人文意義。

天底下的名山名水大多是文人鼓吹出來的，但鼓吹得過於響亮了就會遲早引來世俗的擁擠，把文人所吟詠的景致和情懷擾亂，於是山水與文人原先的對應關係不見了，文人也就不再擁有此山此水。看來，這是文人難於逃脫的悲哀。

我們這幫子開會的文人一有空閒就隨著摩肩接踵的旅遊者遊覽廬山各個風景點，東林寺、秀峯、錦繡谷、天橋、仙人洞、小天池、白鹿洞書院、黃龍潭、五老峯……一一看過去，眼前有古人留下的詩，腳下有平整光潔的路，耳邊有此起彼伏的叫賣，輕輕便便，順順當當。在這種情況下，沒有可能以自身的文化感悟與山水構成寧靜的往還、深摯的默契，只好讓文人全都蛻脫成遊人。

就在這種不無疲頓的情況下突然聽到有一個去處，路遙而景美，連李白都沒有去過，一下子把我們全都激動起來了。那便是三疊泉。趁一天休會，結伴上路。

3

早就聽説那是一條極累人的路，但勞累對於一九七九年的中國文藝理論家們都還不太在意，擺脫劫難不久，對承受辛苦的自信心還有充分的貯留。

話雖這麼説，這條路也實在是夠折騰人的了。一次次地上山，又一次次地下山，山，山又高，路又窄，氣力似乎已經耗盡，後來完全是麻木地擡腿放腿、擡腿放腿。山峯無窮無盡地一個個排列過去，內心已無數次地產生了此行的後悔，終於連後悔的力氣也沒有了，只得在默不作聲中磕磕絆絆地行進。就在這種情況下，我們突然與古代文人產生了極深切的認同。是的，凡是他們之中的傑出人物，總不會以輕慢浮滑的態度來面對天地造化，他們不相信人類已經可以盛氣淩人地來君臨山水，因此總是以極度的虔誠、極度的勞累把自己的生命與山水熔鑄在一起，讀他們的山水詩常常可以感到一種生命脈流的搏動。在走向三疊泉的竭盡全部精力的漫漫山道上，我終於產生了熔鑄感，生命差不多已交付給這座山了，一切就由它看著辦吧。

不知何時，驚人的景象和聲響已出現在眼前。從高及雲端的山頂上，一幅巨大的銀帘奔湧而下，氣勢之雄，恰似長江、黃河倒掛。但是，猛地一下，它撞到了半山的巨岩，轟然震耳，濺水成霧。它怒吼一聲，更加狂暴地沖將下來，沒想到半道上又撞到了第二道石嶂。它再也壓抑不住，狂呼亂跳一陣，拚將老命再度沖下，這時它已成了一支浩浩蕩蕩的亡命徒的隊伍，決意要與山崖作一次最後的衝殺。它挾帶著雷霆竄下去了，下面，是深不可測的峽谷，究竟衝殺得如何，看不見了。它的最後歸宿如何，無人知曉，但它絕對不會消亡，因爲我們已經看到，那怕接二連三地阻遏它、撞擊它，它都沒有吐出一聲嗚咽，只有怒吼，只有咆哮。

我們這些人的身心全都震撼了。急雨般的飛水噴在我們身上，誰也沒有逃開，反都擡起頭來仰望，沒有感嘆，沒有議論，默默地站立著，袒示著濕淋淋的生命。

終於，我們找到了一種對應，一種在現代已經很少的對應。

記得宋代哲學家朱熹很想一睹三疊泉風采而不得，曾在一封信中寫道：「聞五老峯下新泉三疊，頗爲奇勝，計此生無由得至其下」。他請兩位畫家把它畫下，帶給他看，看到畫幅時他不斷摸索，聲聲慨嘆。這位年邁的哲學家也許已從畫幅中看出了一點遠超一般山水奇景的東西，否則何來聲聲慨嘆？但我敢說，沒有親臨其境，再有悟性的哲人也揣想不出一個生命意義上的它。

在古代，把三疊泉真正看仔細又記仔細了的還是那位不疲倦的旅行家徐霞客，可惜他太忙碌，到那兒都難於靜定，不能要求他產生太深的感悟。

我不知道在不斷開發廬山的過程中會不會有一天能開通到達三疊泉的汽車路或吊山索道，能構築起可以像徐霞客那樣觀察這個神奇瀑布全貌的現代觀景臺。但毫無疑問，到了那時，我們今天好不容易找到的感悟和對應也將失去。「文章憎命達」，文人似乎注定要與苦旅連在一起。

一九九〇年夏天，廬山舉行文化博覽會，主辦單位發來請柬要我去講學。我因事未能成行。但一展請柬，彷彿看到了牯嶺更爲熱鬧的街市，山間更爲擁擠的人羣。凝神片刻，耳邊又響起三疊泉的轟鳴。

不久聽去了回來的朋友説，文化博覽會是一個吸引遊客的舉動，所邀學者的名字都張貼成了海報，聽課者就是願意走進來聽聽的過往遊人。

文人以一種更奇特的方式出現在廬山上了，地位似乎也不低，但至少我還難於適應。也許廬山又走上了一段新的旅程？也許它能在熙熙攘攘中構建出一種完全出乎我們意想之外的文化與名勝的對應？

一陣雲霧又飄到了我的眼底。

貴池儺

1

儺，一個奇奇怪怪的字，許多文化程度不低的人也不認識它。它早已進入生僻字的行列，不定什麼時候，還會從現代青年的知識詞典中完全消失。

然而，這個字與中華民族的歷史關係實在太深太遠了。如果我們把目光稍稍從宮廷史官們的筆端離開，那麼，山南海北的村野間都會隱隱升起這個神祕的字：儺。

儺在訓詁學上的假借、轉義過程，說來太煩。它的普通意義，是指人們在特定季節驅逐疫鬼的祭儀。人們埋頭勞作了一年，到歲尾歲初，要擡起頭來與神對對話了。要扭動一下身子，自己樂一樂，也讓神樂一樂了。要把討厭的鬼疫，狠狠地趕一趕了。對神，人們既有點謙恭畏懼，又不想失去自尊，表情頗爲難做，乾脆戴上面具，把人、神、巫、鬼攪成一氣，在渾渾沌沌中歌舞呼號，簡直分不清是對上天的祈求，還是對上天的强迫。反正，肅穆的朝拜氣氛是不存在的，湧現出來的是一股蠻赫的精神狂潮：鬼，去你的吧！神，你看著辦吧！

漢代，一次儺祭是牽動朝野上下的全民性活動，主持者和演出者數以百計，皇帝、大臣、一品至六品的官員都要觀看，市井百姓也允許參與。

宋代，一次這樣的活動已有千人以上參加，觀看時的氣氛則是山呼海動。

明代，儺戲演出時竟出現過萬餘人齊聲吶喊的場面。

……

若要觸摸中華民族的精神史，那能置儺於不顧呢？

法國現代學者喬治·杜梅吉爾（Georges Dumézil）提出過印歐古代文明的三元（tripartie）結構模式，以古代印度、歐洲神話中不約而同地存在著主神、戰神、民事神作爲印證。他認爲這種三元結構在中國不存在，這似乎成了不可動搖的結論。但是如果我們略爲關注一下儺神世界，很快就發現那裏有宮廷儺、軍儺、鄉人儺，分別與主神、戰神、民事神隱隱對應著。儺，潛伏著中國古代社會最基本的幾個文明側面。

時間已流逝到二十世紀八〇年代，儺事究竟如何了呢？平心而論，幾年前剛聽到目前國內許多地方還保留著完好的儺儀活動時，我是大吃一驚的。我有心把它當作一件自己應該關注的事來對待，好好花點工夫。

一九八七年二月，春節剛過，我擠上非常擁擠的長途汽車，向安徽貴池山區出發。據說，那裏儺事挺盛。

2

從上海走向儺，畢竟有漫長的距離。田野在車窗外層層捲去，很快就捲出了它的本色。水泥圍牆、電線桿確實不少，但它們彷彿豎得有點冷清；只要是農民自造的新屋，便立即渾身土黰，與大地抱在一起，親親熱熱。兀地橫過一條柏油路，讓人眼睛一亮，但四周一看，它又不太合羣。包圍著它的是延綿不絕的土牆、泥丘、濁溝、小攤、店招。當日的標語已經刷去，新貼上去的對聯鈎連著一個世紀前的記憶。路邊有幾個竹棚幹著「打氣補胎」的行當，不知怎麼卻寫成了「打胎補氣」。

汽車一站站停去，乘客在不斷更替。終於，到九華山進香的婦女成了車中的主體。她們高聲談論，卻不敢多看窗外。窗外，步行去九華山的人們慢慢地走著，他們遠比坐車者虔誠。

這塊灰黃的土地，怎麼這樣固執呢？固執得如此不合時宜。它慢條斯理地承受過一次次現代風暴，又依然款款地展露著自己蒼老野拙的面容。墳丘在一圈圈增加，紙幡飄飄，野燒隱隱；下一代闖蕩一陣、焦躁一陣，很快又雕滿木訥的皺紋。路邊牆上畫著外國電影的海報，而我耳邊，已響起儺祭的鼓聲……

這鼓聲使我回想起三十多年前。一天，家鄉的道士正躲在一處做法事。樂聲悅耳，禮儀彬彬，頭戴方帽的道士在爲一位客死異地的鄉人招魂。他報著亡靈返歸的沿途地名，祈求這些地方的冥官放其通行。突然，道士身後湧出一羣人，是小學的校長帶著一批學生。他們麻利地沒收了全部招魂用具，厲聲勒令道士到村公所聽訓。圍觀的村民被這個場面鎮住了，那天傍晚吃晚飯的時候，幾乎一切有小學生的家庭都發生了兩代間的爭論。父親拍著筷子追打孩子，孩子流著眼淚逃出門外，三五成羣地躲在草垛後面，想著課本上的英雄，記著老師的囑咐，餓著肚子對抗迷信。月亮上來了，夜風正緊，孩子們擡頭看看，抱緊雙肩，心中比夜空還要明淨：老師說了，這是月球，正圍著地球在轉；風，空氣對流而成。

我實在搞不清是一段什麼樣的歷史，使我小學的同學們，今天重又陷入宗教性的精神困頓。

我只知道一個事實：今天要去看的貴池儺儀儺戲，之所以保存得比較完好，卻要歸功於一位小學校長。

也是小學校長！

我靜下心來，閉目細想，把我們的小學校長與他合成一體。我彷彿看見，這位老人在捉了許多次道士、講了無數遍自然、地理、歷史課之後，終於皺著眉頭品味起身邊的土地。接連的災禍，强韌的風俗，使他重新去捧讀一本本史籍。熬過了許多不眠之夜，他慢吞吞地從語文講義後抽出幾張白紙，走出門外，開始記錄農民的田歌、俗諺，最後，猶豫再三，他敲響了早已改行的道士家的木門。

但是，我相信這位校長，他絕不會出爾反爾，再去動員道士張羅招魂的典儀。他坐在道士身邊聽了又聽，選了又選，然後走進政府機關大門，對驚訝萬分的幹部們申述一條條的理由，要求保存儺文明。這種申述十分艱難，直到來自國外的文化考察者的來訪，直到國內著名學者也來挨家挨戶地打聽，他的理由才被大體澄清。

於是，我也終於聽到了有關儺的公開音訊。

3

單調的皮筒鼓響起來了。

山村不大，村民們全朝鼓聲湧去，那是一個陳舊的祠堂。灰褐色的樑柱上新貼著驅疫祈福的條幅，正面有一高臺，儺戲演出已經開場。

開始是儺舞，一小段一小段的。這是在請諸方神靈，請來的神也是人扮的，戴著面具，踏著鑼鼓聲舞蹈一回，算是給這個村結下了交情。神靈中有觀音、魁星、財神、判官，也有關公。村民們在臺下一一辨認妥當，覺得一年中該指靠的幾位都來了，心中便覺安定。於是再來一段《打赤鳥》，赤鳥象徵著天災；又來一段《關公斬妖》，妖魔有著極廣泛的含義。其中有一個妖魔被追，竟逃下臺來，衝出祠堂，觀看的村民哄然起身，也一起衝出祠堂緊追不捨。一直追到村口，那裏早有人燃起野燒，點響一串鞭炮，終於把妖魔逐出村外。村民們撫掌而笑，又鬧烘烘地湧回祠堂，繼續觀看。

如此來回折騰一番，演出舞臺已延伸爲整個村子，所有的村民都已裹捲其間，彷彿整個村子都在齊心協力地集體驅妖。火光在月色下閃動，鞭炮一次次竄向夜空，確也氣勢奪人。在村民們心間，小小的舞臺只點了一下由頭，全部祭儀鋪展得很大。他們在祭天地、日月、山川、祖宗，空間限度和時間限度都極其廣闊，祠堂的圍牆形同虛設。

接下來是演幾段大戲。有的注重舞，有的注重唱。舞姿笨拙而簡陋，讓人想到遠古。由於頭戴面具，唱出的聲音低啞不清，也像幾百年傳來。有一重頭唱段，由儺班的領班親自完成。這是一位瘦小的老者，竟毫不化妝，也無面具，只穿今日農民的尋常衣衫，在渾身披掛的演員們中間安穩坐下，戴上老花眼鏡，一手拿一只新式保暖杯，一手翻開一個綿紙唱本，咿咿呀呀唱將起來。全臺演員依據他的唱詞而動作，極似木偶。這種演法，粗陋之極，也自由之極。既會讓現代戲劇家嘲笑，也會讓現代戲劇家驚訝。

憑心而論，演出極不好看。許多研究者寫論文盛讚其藝術高超，我只能對之抱歉。演者全非專業，平日皆是農民、工匠，荒疏長久，匆促登臺，腿腳生硬，也只能如此了。演者中有不少年輕人，應是近年剛剛著手。估計是在國內外考察者來過之後，才走進儺儀隊伍中來的。本來血氣方剛、手腳靈便的他們，來學這般稚拙動作，看來更是牽强。就年齡論，他們應是我小學同學的兒子一輩。

演至半夜，休息一陣，演者們到祠堂邊的小屋中吃「腰臺」。「腰臺」亦即夜宵，是村民對他們的犒賞。屋中擺開三桌，每桌中間置一圓底鍋，鍋內全是白花花的肥肉片，厚厚一層油膩浮在上面。再也沒有其他菜餚，圍著圓鍋的是十只瓷酒杯，一小罎自釀燒酒已經開蓋。

據説，吃完「腰臺」，他們要演到天亮。從日落演到日出，謂之「兩頭紅」，頗爲吉利。

我已渾身發睏，陪不下去了，約著幾位同行者，離開了村子。住地離這裏很遠，我們要走一程長長的山路。走著走著，我越來越疑惑：剛才經歷的，太像一個夢。

4

翻過一個山巒，我們突然被一排火光圍困。

又驚又懼，只得走近前去。攔徑者一律山民打扮，舉著松明火把，照著一條紙紮的龍。見到了我們，也不打招呼，只是大幅度地舞動起來，使我們不解其意，不知所措。舞完一段，才有一位站出，用難懂的土音大聲説道：「聽説外來的客人到那個村子看儺去了，我們村也有，爲什麼不去？我們在這裏等候多時！」

我們惶恐萬分，只得柔聲解釋，説現在已是深更半夜，身體困乏，不能再去。

山民認真地打量著我們，最後終於提出條件，要我們站在這裏，再看他們好好舞一回。

那好吧，我們靜心觀看。在這漆黑的深夜，在這闃無人跡的山坳間，看著火把的翻滾，看著舉火把的壯健的手和滿臉亮閃閃的汗珠，倒實在是一番雄健的美景，我們由衷地鼓起掌來。掌聲方落，舞蹈也停，也不道再見，那火把，那紙龍，全都迤邐而去，頃刻消失在羣獸般的山林中。

更像是夢，惟有鼻子還能嗅到剛剛燃過的松香味，信其爲真。

我實在被這些夢困擾了。直到今天，仍然解脫不得。山村，一個個山村，重新延續起儺祭儺戲，這該算是一件什麼樣的事端？真誠倒也罷了，誰也改變不了民衆真誠的作爲；但那些戴著面具的青年農民，顯然已不會真誠。文化，文化！難道爲了文化學者們的考察興趣，就讓他們長久地如此跳騰？我的校長，您是不是把您的這一事業，稍稍做得太大了一點？

或許，也真是我們民族的自我復歸和自我確認？那麼，幾百年的踉蹌路程，竟都消失得無影無踪？

我們，相對於我們的祖先，總要擺脫一些什麼吧？或許，我們過去擺脫得過於魯莽，在這裏才找到了擺脫的起點？要是這樣，我們還要走一段多麼可怕的長程。儺祭儺戲中，確有許多東西，可以讓我們追索屬於我們的古老靈魂。但是，這種追索的代價，是否過於沉重？

前不久接到美國夏威夷大學的一封來信，說他們的刊物將發表我考察儺的一篇論文。我有點高興，但又像做錯了什麼。我如此熱情地向國外學術界報告著中國儺的種種特徵，但在心底卻又矛盾地珍藏著童年時的那個月夜，躲在草垛後面，用明淨的心對著明淨的天，癡想著月球的旋轉和風的形成。

我的校長！真想再找到您，吐一吐我滿心的疑問。

青雲譜隨想

1

恕我直言，在我到過的省會中，南昌算是不太好玩的一個。幸好它的郊外還有個青雲譜。

青雲譜原是個道院，主持者當然是個道士，但原先他卻做過十多年和尚，做和尚之前他還年輕，是堂堂明朝王室的後裔。不管他的外在身分如何變化，歷史留下了他的一個最根本的身分：十七世紀晚期中國的傑出畫家。

他叫朱耷，又叫八大山人、雪个等，是明太祖朱元璋第十七子寧獻王朱權的後代。

在朱耷出生前二二三年，朱權被封於南昌，這便是青雲譜出現在南昌郊外的遠期原因。朱權也是一個全能的藝術家，而且也信奉道家，這都與二百多年後的朱耷構成了一種神奇的遙相呼應，但可憐的朱耷已面臨著朱家王朝的最後覆沒，只能或僧或道，躲在冷僻的地方逃避改朝換代後的政治風雨，用畫筆來營造一個孤獨的精神小天地了。說起來，處於大明王朝鼎盛時代的朱權也是躲避過的，他因事見疑於明成祖，便躲在自築的「精廬」中撫琴玩曲。但相比之下，朱耷的躲避顯然是更絕望、更淒楚，因而也更值得後人品味了。

究竟是一個什麼樣的院落，能給中國藝術史提供那麼多觸目的荒涼？究竟是一些什麼樣的朽木、衰草、敗荷、寒江，對應著畫家道袍裏裹藏的孤傲？我帶著這些問題去尋找青雲譜，沒想到青雲譜竟相當熱鬧。

不僅有汽車站，而且還有個火車小站。當日道院如今成了一個旅遊點，門庭若市，園圃葱翠，屋宇敞亮，與我們日常遊玩的古典式園林沒有什麼兩樣。遊客以青年男女居多，他們一般沒有在宅內展出的朱耷作品前長久盤桓，而樂於在花叢曲徑間款款緩步。突然一對上年歲的華僑夫婦被一羣人簇擁著走來，說是朱耷的後代，滿面戚容，步履沉重。我不太尊敬地投去一眼，心想，朱耷既做和尚又做道士，使我們對他的婚姻情況很不清楚，後來好像有過一個叫朱抱墟的後人，難道你們真是朱抱墟之後？即便是真的，又是多少代的事啦。

這一切也不能怪誰。有這麼多的人來套近乎，熱熱鬧鬧地來紀念一位幾百年前的孤獨藝術家，沒有什麼不好。庭院既然要整修也只能修得挺刮一點，讓擁擠的遊客能夠行走得比較順暢。然而無可奈何的是，這個院落之所以顯得如此重要的原始神韻完全失落了，朱耷的精神小天地已杳不可見。這對我這樣的尋訪者來說，畢竟是一種悲哀。

記得年前去四川青城山，以前熟記於心的「青城天下幽」的名言被一支摩肩接踵、喧嘩連天的隊伍趕得無影無蹤。有關那座山的全部聯想，有關道家大師們的種種行跡，有關畫家張大千的縹緲遐思，也只能隨之煙消雲散。我至今無法寫一篇青城山遊記，就是這個原因。幸好有關青雲譜的聯想大多集中在朱耷一人身上，我還可以在人羣中牢牢想著他，不至於像在青城山的山道上那樣心情煩亂。

沒到青雲譜來時我也經常想起他。為此，有一年我招收研究生時曾出過一道歷史文化方面的知識題：「略談你對八大山人的了解。」一位考生的回答是：「中國歷史上八位潛跡山林的隱士，通詩文，有傲骨，姓名待考。」

把八大山人說成是八位隱士我倒是有所預料的，這道題目的「圈套」也在這裏；把中國所有的隱士一併概括爲「通詩文，有傲骨」，十分有趣；至於在考卷上寫「待考」，我不禁啞然失笑了。朱耷常把「八大山人」這個署名連寫成「哭之」、「笑之」字樣，我想他見到我這位考生也只能哭之笑之的了。

與這位考生一樣對朱耷的隔膜感，我從許多參觀者的眼神裏也看了出來。他們面對朱耷的作品實在不知道好在那裏，這樣潦倒的隨意塗抹，與他們平常對美術作品的欣賞習慣差距太大了。中國傳統藝術的光輝，十七世紀晚期東方繪畫的光輝，難道就閃耀在這些令人喪氣的破殘筆墨中嗎？

2

對於中國繪畫史，我特別看重晚明至清一段。這與我對其他藝術門類歷史發展階段的評價有很大的差別。朱耷就出現在我特別看重的那個階段中。

在此前漫長的繪畫發展歷史上，當然也是大匠如林、佳作疊出，有一連串說不完、道不盡的美的創造，但是，要說到藝術家個體生命的强悍呈現，筆墨丹青對人格內核的直捷外化，就不得不把目光投向徐渭、朱耷、原濟以及「揚州八怪」等人了。

毫無疑問，並不是畫到了人，畫家就能深入地面對人和生命這些根本課題了。中國歷史上有過一些很出色的人物畫家如顧愷之、閻立本、吳道子、張萱、周昉、顧閎中等等，他們的作品，或線條匀停緊挺，或設色富麗諧洽，或神貌逼真鮮明，我都是很喜歡的，但總的說來，被他們所畫的人物與他們自身的生命激情未必有密切的血緣關聯。他們强調傳神，但主要也是很傳神地在描繪著一種異己的著名人物或重要場面，藝術家本人的靈魂歷程並不能酣暢地傳達出來。在這種情況下，倒是山水、花鳥畫更有可能比較曲折地展示畫家的內心世界。

山水、花鳥本是人物畫的背景和陪襯，當它們獨立出來之後一直比較成功地表現了「詩中有畫，畫中有詩」的美學意境，而在這種意境中又大多溶解著一種隱逸觀念，那就觸及到了我所關心的人生意識。這種以隱逸觀念爲主調的人生意識雖然有濃有淡，有枯有榮，而基本走向卻比較穩定，長期以來沒有太多新的伸發，因此，久而久之，這種意識也就泛化爲一種定勢，畫家們更多的是在筆墨趣味上傾注心力了。

所謂筆墨趣味認真説起來還是一個既模糊又複雜的概念。説低一點，那或許是一種頗感得意的筆墨習慣；説高一點，或許是一種在筆墨間帶有整體性的境界、感覺、悟性。在中國古代，凡是像樣的畫家都會有筆墨趣味的。即便到了現代，國畫家中的佼佼者也大抵在或低或高的筆墨趣味間遨遊。

這些畫家的作品常常因高雅精美而讓人嘆爲觀止，但畢竟還缺少一種更强烈、更坦誠的東西，例如像文學中的《離騷》。有沒有可能，讓藝術家全身心的苦惱、焦灼、掙扎、癡狂在畫幅中燃燒，人們可以立即從筆墨、氣韻、章法中發現藝術家本人，並且從根本上認識他們，就像歐洲人認識拉斐爾、羅丹和梵高？

很多年以前北京故宮博物院舉辦過一次歷代畫展，我在已經看得十分疲倦的情況下突然看到徐渭的一幅葡萄圖，精神陡然一振。後來又見到過他的《墨牡丹》、

《黃甲圖》、《月竹》，以及我很喜歡的《雜花圖長卷》。他的生命奔瀉出淋漓而又灑潑的墨色與線條，躁動的筆墨後面游動著不馴和無奈。在這裏，僅說筆墨趣味就很不夠了，僅說氣韻生動也太矜持了。

對徐渭我了解得比較多。從小在鄉間老人口中經常聽「徐文長」的故事，年長後細讀了他的全部文集，洗去了有關他的許多不經傳說，而對他的印象卻愈來愈深。他實在是一個才華橫溢、具有充分國際可比性的大藝術家，但人間苦難也真是被他嘗盡了。他由超人的清醒而走向孤傲，走向佯狂，直至有時真正的瘋癡。他遭遇過複雜的家庭變故，參加過抗倭鬥爭，又曾惶恐於政治牽連。他曾自撰墓志銘，九次自殺而未死。他還誤殺過妻子，坐過六年多監獄。他厭棄人世、厭棄家庭、厭棄自身，但他又多麼清楚自己在文化藝史上的千古重量，這就產生了特別殘酷、也特別響亮的生命衝撞。浙江的老百姓憑著直覺感觸到了他的生命溫度，把他作爲幾百年的談資。老百姓主要截取了他佯狂的一面來作滑稽意義上的衍伸，而實際上他的佯狂背後埋藏的都是悲劇性的激潮。在中國古代畫家中，人生經歷像徐渭這樣淒厲的人不多，即便有，也沒有能力把它幻化爲一幅幅生命本體悲劇的色彩和線條。

明確延續著這種在中國繪畫史上很少見到的强烈悲劇意識的，便是朱耷。他具體的遭遇沒有徐渭那樣慘，但作爲已亡的大明皇室的後裔，他的悲劇性感悟卻比徐渭多了一個更寥廓的層面。他的天地全都沈淪，只能在紙幅上拼接一些枯枝、殘葉、怪石來張羅出一個個地老天荒般的殘山剩水，讓一些孤獨的鳥，怪異的魚暫時躲避。這些鳥魚完全掙脫了秀美的美學範疇，而是誇張地袒露其醜，以醜直鍥人心，以醜傲視甜媚。它們是禿陋的，畏縮的，不想惹人，也不想發出任何音響的，但它們卻都有一副讓整個天地都爲之一寒的白眼，冷冷地看著，而且把這冷冷地看當作了自身存在的目的。它們似乎又是木訥的、老態的，但從整個姿勢看又隱含著一種極度的敏感，它們會飛動、會游弋、會不聲不響地突然消失。毫無疑問，這樣的物像也都走向了一種整體性的象徵。

中國畫平素在表現花鳥蟲獸時也常常講究一點象徵，牡丹象徵什麼，梅花象徵什麼，喜鵲象徵什麼，老虎象徵什麼，這是一種層次較低的符號式對應，每每墮入陳詞濫調，爲上品格的畫家們所鄙棄，例如韓幹筆下的馬，韓滉筆下的牛就並不象徵什麼。但是，更高品位的畫家卻會去追求一種整體性的氛圍象徵，這是强烈的精神能量要求在畫幅物像中充分直觀所必然導致的要求。朱耷的鳥並不具體在影射和對應著什麼人，卻分明有一種遠遠超越自然鳥的功能，與殘山剩水一起指向一種獨特的精神氣氛。面對朱耷的畫，人們的內心會不由自主地產生一陣寒噤。

比朱耷小十幾歲的原濟也是明皇室後裔，用他自己的詩句來説，他與朱耷都是「金枝玉葉老遺民」。人們對他比較常用的稱呼是石濤、大滌子、苦瓜和尚等。他雖與朱耷很要好，心理狀態卻有很大不同，精神痛苦沒有朱耷那麼深，很重要的一個原因是他與更廣闊的自然有了深入接觸，悲劇意識有所泛化。但是，當這種悲劇意識泛化到他的山水筆墨中時，一種更具有普遍意義的美學風格也就蔚成氣候。沉鬱蒼茫，奇險奔放，滿眼躁動，滿耳流蕩，這就使他與朱耷等人一起與當時一度成爲正統的「四王」（即王時敏、王鑒、王翬、王原祁）潮流形成鮮明對照，構成了很强大的時代性衝撞。有他們在，不僅是「四王」，其他中國繪畫史上種種保守、因襲、精雅、空洞的畫風都成了一種萎弱的存在，一對比，在總體上顯得平庸。

徐渭、朱耷、原濟這些人，對後來著名的「揚州八怪」影響極大，再後來又滋養了吳昌碩和齊白石等現代畫家。中國畫的一個新生代的承續系列，就這樣構建起來了。我深信這是中國藝術史上最有生命力的激流之一，也是中國人在明清之際的一種驕傲。

齊白石在一幅畫的題字上寫的一段話使我每次想起都心頭一熱，他說：

青藤（即徐渭）、雪个（即朱耷）、大滌子（即原濟）之畫，能横塗縱抹，余心極服之。恨不生前三百年，或爲諸君磨墨理紙，諸君不納，余於門之外餓而不去，亦快事也。

早在齊白石之前，鄭燮（板橋）就刻過一個自用印章，其文爲：

青藤門下走狗

這兩件事，説起來都帶有點瘋癡勁頭，而實際上卻道盡了這股藝術激流在中國繪畫史上是多麼珍罕，多麼難於遇見又多麼讓人激動。世界上沒有其他可能會如此折服本也不無孤傲的鄭板橋和齊白石，除了以筆墨做媒介的一種生命與生命之間的强力誘惑。爲了朝拜一種真正值得朝拜的藝術生命，鄭、齊兩位連折辱自己的生命也在所不惜了。他們都是鄉間窮苦人家出身，一生爲人質樸，絕不會花言巧語。

3

我在青雲譜的庭院裏就這樣走走想想，也消磨了大半天時間。面對著各色不太懂畫、也不太懂朱耷的遊人，我想，事情的癥結還在於我們沒有很多强健的現代畫家去震撼這些遊人，致使他們常常過著一種缺少藝術激動的生活，於是也漸漸與藝術的過去和現在一併疏離起來。因此說到底還是藝術首先疏離了他們。什麼時候我們身邊能再出幾個像徐渭這樣的畫家，他們或悲或喜的生命信號照亮了廣闊的天域，那怕再不懂藝術的老百姓也由衷地熱愛他們，編出各種故事來代代相傳？或者像朱耷這樣，只冷冷地躲在一邊畫著，而幾百年後的大師們卻想倒趕過來做他的僕人？

全國各地歷史博物館和古代藝術家紀念館中熙熙攘攘的遊客，每時每刻都有可能匯成湧向某個現代藝術家的歡呼激潮。現代藝術家在那裏?請從精緻入微的筆墨趣味中再往前邁一步吧，人民和歷史最終接受的，是坦誠而透徹的生命。

白髮蘇州

1

前些年，美國剛剛慶祝過建國二百周年。洛杉磯奧運會的開幕式把他們兩個世紀的歷史表演得輝煌壯麗。前些天，澳大利亞又在慶祝他們的二百周年，海灣裏千帆競發，確實也激動人心。

與此同時，我們的蘇州城，卻悄悄地過了自己二千五百周年的生日。時間之長，簡直有點讓人發暈。

入夜，蘇州人穿過二千五百年的街道，回到家裏，觀看美國和澳大利亞國慶的電視轉播。窗外，古城門藤葛垂垂，虎丘塔隱入夜空。

在清理河道，說要變成東方的威尼斯。這些河道船楫如梭的時候，威尼斯還是荒原一片。

2

蘇州是我常去之地。海內美景多得是，惟蘇州，能給我一種真正的休憩。柔婉的言語，姣好的面容，精雅的園林，幽深的街道，處處給人感官上的寧靜和慰藉。現實生活常常攪得人心志煩亂，那麼，蘇州無數的古蹟會讓你熨貼著歷史定一定情懷。有古蹟必有題詠，大多是古代文人超邁的感嘆，讀一讀，那種鳥瞰歷史的達觀又能把你心頭的皺摺慰撫得平平展展。看得多了，也便知道，這些文人大多也是到這裏休憩來的。他們不想在這兒創建偉業，但在事成事敗之後，卻願意到這裏來走走。蘇州，是中國文化寧謐的後院。

做了那麼長時間的後院，我有時不禁感嘆，蘇州在中國文化史上的地位是不公平的。歷來很有一些人，在這裏吃飽了，玩足了，風雅夠了，回去就寫鄙薄蘇州的文字。京城史官的眼光，更是很少在蘇州停駐。直到近代，吳儂軟語與玩物喪志同義。

理由是簡明的：蘇州缺少金陵王氣。這裏沒有森然殿闕，只有園林。這裏擺不開戰場，徒造了幾座城門。這裏的曲巷通不過堂皇的官轎，這裏的民風不崇拜肅殺的禁令。這裏的流水太清，這裏的桃花太豔，這裏的彈唱有點撩人。這裏的小食太甜，這裏的女人太俏，這裏的茶館太多，這裏的書肆太密，這裏的書法過於流麗，這裏的繪畫不夠蒼涼遒勁，這裏的詩歌缺少易水壯士低啞的喉音。

於是，蘇州，背負著種種罪名，默默地端坐著，迎來送往，安分度日。卻也不願重整衣冠，去領受那分王氣。反正已經老了，去吃那種追隨之苦作甚？

3

說來話長，蘇州的委屈，二千多年前已經受了。

當時正是春秋晚期，蘇州一帶的吳國和浙江的越國打得難分難解。其實吳、越本是一家，兩國的首領都是外來的冒險家。先是越王句踐把吳王闔閭打死，然後又是繼任的吳王夫差擊敗句踐。句踐利用計謀卑怯稱臣，實際上發憤圖强，終於在十年後捲土重來，成了春秋時代最後一個霸主。這事在中國差不多人所共知，原是一場分不清是非的混戰，可惜後人只欣賞句踐的計謀和忍耐，嘲笑夫差的該死。千百年來，句踐的首府會稽，一直被稱頌爲「報仇雪恥之鄉」，那麼蘇州呢，當然是亡國亡君之地。

細想吳越混戰，最苦的是蘇州百姓。吳越間打的幾次大仗，有兩次是野外戰鬥，一次在嘉興南部，一次在太湖洞庭山，而第三次，則是句踐攻陷蘇州，所遭慘狀一想便知。早在句踐用計期間，蘇州人也連續遭殃。句踐用煮過的稻子上貢吳國，吳國用以撒種，顆粒無收，災荒由蘇州人民領受；句踐慫恿夫差享樂，亭臺樓閣建造無數，勞役由蘇州人民承擔。最後，亡國奴的滋味，又讓蘇州人民品嘗。

傳說句踐計謀中還有重要一項，就是把越國的美女西施進獻給夫差，誘使夫差荒淫無度，慵理國事。計成，西施卻被家鄉來的官員投沉江中，因爲她已與「亡國」二字相連，霸主最爲忌諱。

蘇州人心腸軟，他們不計較這位姑娘給自己帶來過多大的災害，只覺得她可憐，真真假假地留著她的大量遺跡來紀念。據説今日蘇州西郊靈岩山頂的靈岩寺，便是當初西施居住的所在，吳王曾名之「館娃宮」。靈岩山是蘇州一大勝景，遊山時若能遇到幾位熱心的蘇州老者，他們還會細細告訴你，何處是西施洞，何處是西施蹟，何處是玩月池，何處是吳王井，處處與西施相關。正當會稽人不斷爲報仇雪恥的傳統而自豪的時候，他們派出的西施姑娘卻長期地躲避在對方的山巔。你做王他做王，管它亡不亡，蘇州人不大理睬。這也就注定了歷代帝王對蘇州很少垂盼。

蘇州人甚至還不甘心於西施姑娘被人利用後又被沉死的悲劇。明代梁辰魚（蘇州東鄰昆山人）作《浣紗記》，讓西施完成任務後與原先的情人范蠡泛舟太湖而隱遁。這確實是善良的，但這麼一來，又產生了新的麻煩。這對情人既然原先已經愛深情篤，那麼西施後來在吳國的奉獻就太與人性相背。

前不久一位蘇州作家給我看他的一部新作，寫句踐滅吳後，越國正等著女英雄西施凱旋，但西施已經真正愛上了自己的夫君吳王夫差，甘願陪著他一同流放邊荒。

又有一位江蘇作家更是奇想妙設，寫越國隆重歡迎西施還鄉的典禮上，人們看見，這位女主角竟是懷孕而來。於是，如何處置這個還未出生的吳國孽種，構成了一場政治、人性的大搏戰。許多怪誕的境遇，接踵而來。

可憐的西施姑娘，到今天，終於被當作一個人，一個女性，一個妻子和母親，讓後人細細體諒。

我也算一個越人吧，家鄉曾屬會稽郡管轄。無論如何，我欽佩蘇州的見識和度量。

4

吳、越戰爭以降，蘇州一直沒有發出太大的音響。千年易過，直到明代，蘇州突然變得堅挺起來。

對於遙遠京城的腐敗統治，竟然是蘇州人反抗得最爲厲害。先是蘇州織工大暴動，再是東林黨人反對魏忠賢，朝廷特務在蘇州逮捕東林黨人時，遭到蘇州全城的反對。柔婉的蘇州人這次是提著腦袋、踏著血泊衝擊，衝擊的對象，是皇帝最信任的「九千歲」。「九千歲」的事情，最後由朝廷主子的自然更替解決，正當朝野上下齊向京城歡呼謝恩的時候，蘇州人只把五位抗爭時被殺的普通市民，立了墓碑，葬在虎丘山腳下，讓他們安享山色和夕陽。

這次浩蕩突發，使整整一部中國史都對蘇州人另眼相看。這座古城怎麼啦？脾性一發讓人再也認不出來。說他們含而不露，說他們忠奸分明，說他們報效朝廷，蘇州人只笑一笑，又去過原先的日子。園林依然這樣纖巧，桃花依然這樣燦爛。

明代的蘇州人，可享受的東西多得很。他們有一大批才華橫溢的戲曲家，他們有盛況空前的虎丘山曲會，他們還有了唐伯虎和仇英的繪畫。到後來，他們又有了一個金聖嘆。

如此種種，又讓京城的文化官員皺眉。輕柔悠揚，瀟灑倜儻，放浪不馴，豔情漫漫，這似乎又不是聖朝氣象。就拿那個名聲最壞的唐伯虎來說吧，自稱江南第一才子，也不幹什麼正事，也看不起大小官員，風流落拓，高高傲傲，只知寫詩作畫，不時拿幾幅畫到街上出賣。

不煉金丹不坐禪，
不爲商賈不耕田，
閒來寫幅青山賣，
不使人間造孽錢。

這樣過日子，怎麼不貧病而死呢！然而蘇州人似乎挺喜歡他，親親熱熱叫他唐解元，在他死後把桃花庵修葺保存，還傳播一個「三笑」故事讓他多一樁豔遇。

唐伯虎是好是壞我們且不去論他。無論如何，他爲中國增添了幾頁非官方文化。人品、藝品的平衡木實在讓人走得太累，他有權利躲在桃花叢中做一個真正的藝術家。中國這麼大，歷史這麼長，有幾個才子型、浪子型的藝術家怕什麼？深紫的色彩層層塗抹，夠沉重了，塗幾筆淺紅淡綠，加幾分俏皮灑潑，才有活氣，才有活活潑潑的中國文化。

真正能夠導致亡國的遠不是這些才子藝術家。你看大明亡後，惟有蘇州才子金聖嘆哭聲震天，他因痛哭而被殺。

近年蘇州又重修了唐伯虎墓，這是應該的，不能讓他們老這麼委屈著。

5

一切都已過去了，不提也罷。現在我只困惑，人類最早的城邑之一，會不會、應不應淹沒在後生晚輩的競爭之中？

山水還在，古蹟還在，似乎精魂也有些許留存。最近一次去蘇州，重遊寒山寺，撞了幾下鐘，因俞樾題寫的詩碑而想到曲園。曲園爲新開，因有平伯先生等後人捐贈，原物原貌，適人心懷。曲園在一條狹窄的小巷裏，由於這個普通門庭的存在，蘇州一度成爲晚清國學重鎮。當時的蘇州十分沉靜，但無數的小巷中，無數的門庭裏，藏匿著無數厚實的靈魂。正是這些靈魂，千百年來，以積聚久遠的固執，使蘇州保存了風韻的核心。

漫步在蘇州的小巷中是一種奇特的經驗。一排排鵝卵石，一級級臺階，一座座門庭，門都關閉著，讓你去猜想它的蘊藏，猜想它以前、很早以前的主人。想得再奇也不要緊，二千五百年的時間，什麼事情都可能發生。

如今的曲園，闢有一間茶室。巷子太深，門庭太小，茶客不多。但一聽他們的談論，卻有些怪異。陣陣茶香中飄出一些名字，竟有戴東原、王念孫、焦理堂、章太炎、胡適之。茶客上了年紀，皆操吳儂軟語，似有所爭執，又繼以笑聲。幾個年輕的茶客聽著吃力，呷一口茶，清清嗓子，開始高聲談論陸文夫的作品。

未幾，老人們起身了，他們在門口拱手作揖，轉過身去，消失在狹狹的小巷裏。

我也沿著小巷回去。依然是光光的鵝卵石，依然是座座關閉的門庭。

我突然有點害怕，怕那個門庭突然打開，湧出來幾個人：要是長髯老者，我會既滿意又悲涼；若是時髦青年，我會既高興又不無遺憾。

該是什麼樣的人？我一時找不到答案。

江南小鎮

1

我一直想寫寫「江南小鎮」這個題目，但又難於下筆。江南小鎮太多了，真正值得寫的是哪幾個呢？一一拆散了看，哪一個都構不成一種獨立的歷史名勝，能說的話並不太多；然而如果把它們全都躲開了，那就是躲開了一種再親昵不過的人文文化，躲開了一種把自然與人情搭建得無比巧妙的生態環境，躲開了無數中國文人心底的思念與企盼，躲開了人生苦旅的起點和終點，實在是不應該的。

我到過的江南小鎮很多，閉眼就能想見，

穿鎮而過的狹窄河道，一座座雕刻精緻的石橋，傍河而築的民居，民居樓板底下就是水，石階的埠頭從樓板下一級級伸出來，女人正在埠頭上浣洗，而離她們只有幾尺遠的烏篷船上正升起一縷白白的炊煙，炊煙穿過橋洞飄到對岸，對岸河邊有又低又寬的石欄，可坐可躺，幾位老人滿臉寧靜地坐在那裏看著過往船隻。比之於沈從文筆下的湘西河邊由吊腳樓組成的小鎮，江南小鎮少了那種渾樸奇險，多了一點暢達平穩。它們的前邊沒有險灘，後邊沒有荒漠，因此雖然幽僻卻談不上什麼氣勢；它們大多很有一些年代了，但始終比較滋潤的生活方式並沒有讓它們保留下多少廢墟和遺跡，因此也聽不出多少歷史的浩嘆；它們當然有過升沉榮辱，但實在也未曾擺出過太堂皇的場面，因此也不容易產生類似於朱雀橋、烏衣巷的滄桑之慨。總之，它們的歷史路程和現實風貌都顯得平實而耐久，狹窄而悠長，就像經緯著它們的條條石板街道。

堂皇轉眼凋零，喧騰是短命的別名。想來想去，沒有比江南小鎮更足以成爲一種淡泊而安定的生活表徵的了。中國文人中很有一批人在入世受挫之後逃於佛、道，但真正投身寺廟道觀的並不太多，而結廬荒山、獨釣寒江畢竟會帶來基本生活上的一系列麻煩。「大隱隱於市」，最佳的隱潛方式莫過於躲在江南小鎮之中了。與顯赫對峙的是常態，與官場對峙的是平民，比山林間的蓑草茂樹更有隱蔽力的是消失在某個小鎮的平民百姓的常態生活中。山林間的隱蔽還保留和標榜著一種孤傲，而孤傲的隱蔽終究是不誠懇的；小鎮街市間的隱蔽不僅不必故意地折磨和摧殘生命，反而可以把日子過得十分舒適，讓生命熨貼在既清靜又方便的角落，幾乎能夠把自身由外到裏溶化掉，因此也就成了隱蔽的最高形態。說隱蔽也許過於狹隘了，反正在我心目中，小橋流水人家，蒓鱸之思，都是一種宗教性的人生哲學的生態意象。

在庸常的忙碌中很容易把這種人生哲學淡忘，但在某種特殊情況下，它就會產生一種莫名的誘惑而讓人渴念。記得在文化大革命的高潮期，我父親被無由關押，尚未結婚的叔叔在安徽含冤自盡，我作爲長子，二十來歲，如何撐持這個八口之家呢？我所在的大學也是日夜風起雲湧，既不得安生又逃避不開，只得讓剛剛初中畢業的大弟弟出海捕魚，貼補家用。大弟弟每隔多少天後上岸總是先與我聯繫，怯生生地詢問家裏情況有無繼續惡化，然後才回家。家，家人還在，家的四壁還在，但在那年月好像是完全暴露在露天中，時時準備遭受風雨的襲擊和路人的轟逐。在這種情況下，我們這些大學畢業生又接到指令必須到軍墾農場繼續改造，去時先在吳江縣松陵鎮整訓一段時間。那些天，天天排隊出操點名，接受長篇訓話，一律睡地鋪而伙食又極其惡劣，大家內心明白，整訓完以後就會立即把我們拋向一個污泥、沼澤和汗臭相拌和的天地，而且絕無回歸的時日。我們的地鋪打在一個廢棄的倉庫裏，從西邊牆板的夾縫中偷眼望去，那裏有一個安靜的院落，小小一間屋子面對著河流，屋裏進出的顯然是一對新婚夫妻，與我們差不多年齡。他們是這個鎮上最普通的居民，大概是哪家小店的營業員或會計吧，清閒得很，只要你望過去，他們總在，不緊不慢地做著一天生活所必需、卻又純然屬於自己的事情，時不時有幾句不冷也不熱的對話，莞爾一笑。夫妻倆都頭面乾淨，意態安詳。當時，我和我的同伴實在被這種最正常的小鎮生活震動了。這裏當然也碰到了文化大革命，但畢竟是小鎮，又兼民風柔婉，鬧不出多大的事，折騰了一兩下也就煙消雲散，恢復成尋常生態。也許這個鎮裏也有個把「李國香」之類，反正這對新婚夫妻不是，也不是受李國香們注意的人物。唉，這樣活著真好！這批筋疲力盡又不知前途的大學畢業生們向壁縫投之以最殷切的豔羨。我當時曾警覺，自己的壯志和銳氣都到哪兒去了，何以二十來歲便產生如此暮氣的歸隱之想？是的，那年在惡風狂浪中偷看一眼江南小鎮的生活，我在人生憬悟上一步走向了成年。

我躺在墊著稻草的地鋪上，默想著一百多年前英國學者托馬斯·德·昆西（T. De Quincey）寫的一篇著名論文：《論〈麥克白〉中的敲門聲》。昆西說，在莎士比亞筆下，麥克白及其夫人借助於黑夜在城堡中殺人篡權，突然，城堡中響起了敲門聲。這敲門聲使麥克白夫婦驚恐萬狀，也歷來使所有的觀衆感到驚心動魄。原因何在？昆西思考了很多年，結論是：清晨敲門，是正常生活的象徵，它足以反襯出黑夜中魔性和獸性的可怖，它又宣告著一種合乎人性的日常生活正有待於重建，而正是這種反差讓人由衷震撼。在那些黑夜裏，我躺在地鋪上，聽到了江南小鎮的敲門聲，篤篤篤、輕輕的，隱隱的，卻聲聲入耳，灌注全身。

好多年過去了，生活應該説已經發生了很大的變化，但這種敲門聲還時不時地響起於心扉間。爲此我常常喜歡找個江南小鎮走走，但一走，這種敲門聲就響得更加清晰而催人了。

當代大都市的忙人們在假日或某個其他機會偶爾來到江南小鎮，會使平日的行政煩囂、人事喧嚷、滔滔名利、爾虞我詐立時淨化，在自己的鞋踏在街石上的清空聲音中聽到自己的心跳，不久，就會走進一種清空的啓悟之中，流連忘返。可惜終究要返回，返回那種煩囂和喧嚷。

如眼前一亮，我猛然看到了著名旅美畫家陳逸飛先生所畫的那幅名揚海外的《故鄉的回憶》。斑剝的青灰色像清晨的殘夢，交錯的雙橋堅致而又蒼老，沒有比這個圖像更能概括江南小鎮的了，而又沒有比這樣的江南小鎮更能象徵故鄉的了。我打聽到，陳逸飛取像的原型是江蘇昆山縣的周莊。陳逸飛與我同齡而不同籍，但與我同籍的臺灣作家三毛到周莊後據說也熱淚滾滾，說小時候到過很多這樣的地方。看來，我也必須去一下這個地方。

2

像多數江南小鎮一樣，周莊得坐船去才有味道。我約了兩個朋友從青浦淀山湖的東南岸僱船出發，向西橫插過去，走完了湖，就進入了縱橫交錯的河網地區。在別的地方，河流雖然也可以成爲運輸的通道，但對普通老百姓的日常行旅來說大多是障礙，在這裏則完全不同，河流成了人們隨腳徜徉的大街小巷。一條船一家人家，悠悠走著，不緊不慢，丈夫在搖船，妻子在做飯，女兒在看書，大家對周圍的一切都熟悉，已不願東張西望，只聽任清亮亮的河水把他們浮載到要去的地方。我們身邊擦過一條船，船頭坐了兩位服飾齊整的老太，看來是走親戚去的，我們的船駛得太快，把水沫濺到老太的新衣服上了，老太撩了撩衣服下襬，嗔地指了指我們，我們連忙拱手道歉，老太立即和善地笑了。這情景就像街市間不小心碰到了別人隨口說聲「對不起」那樣自然。

兩岸的屋舍越來越密，河道越來越窄，從頭頂掠過去的橋越來越短，這就意味著一座小鎭的來臨。中國很多地方都長久地時行這樣一首兒歌：「搖搖搖，搖到外婆橋」，不知多少人是在這首兒歌中搖搖擺擺走進世界的。人生的開始總是在搖籃中，搖籃就是一條船，它的首次航行目標必定是那座神秘的橋，慈祥的外婆就住在橋邊。早在躺在搖籃裏的年月，我們構想中的這座橋好像也是在一個小鎭裏。因此，不管你現在多大，每次坐船進入江南小鎮的時候，心頭總會滲透出幾縷奇異的記憶，陌生的觀望中潛伏著某種熟識的意緒。周莊到了，誰也沒有告訴我們，但我們知道。這裏街市很安靜，而河道卻很熱鬧，很多很多的船來往交錯，也有不少船駁在岸邊裝卸貨物，更有一些人從這條船跳到那條船，連跳幾條到一個地方去，就像市井間借別人家的過道穿行。我們的船擠入這種熱鬧中，舒舒緩緩地往前走。與城市裏讓人沮喪的「塞車」完全不同，在河道上發覺前面停著的一條船阻礙了我們，只須在靠近時伸出手來，把那條船的船幫撐持一下，這條船就會蕩開去一點，好讓我們走路。那條船很可能在裝貨，別的船來來往往你撐一下我推一把，使它的船身不停地晃晃悠悠，但船頭繫結在岸樁上，不會產生任何麻煩，裝貨的船工一逕樂呵呵地忙碌著，什麼也不理會。

小鎮上已有不少像我們一樣的旅遊者，他們大多是走陸路來的，一進鎮就立即領悟了水的魅力，都想站在某條船上拍張照，他們蹲在河岸上懇求船，沒想到這裏的船民爽快極了，想坐坐船還不容易？不僅拍了照，還讓坐著行駛一陣，分文不取。他們靠水吃飯，比較有錢，經濟實力遠超這些旅遊者。近幾年，電影廠常來小鎮拍一些歷史題材的片子，小鎮古色古香，後來乾脆避開一切現代建築方式，很使電影導演們稱心，但哪來那麼多羣衆角色呢？小鎮的居民和船民非常幫襯，一人拿了套戲裝往身上一披，照樣幹活，你們拍去吧。我去那天，不知哪家電影廠正在橋頭拍一部清朝末年的電影，橋邊的鎮民、橋下的船民很多都穿上了清朝農民的服裝在幹自己的事，沒有任何不自然的感覺，倒是我們這條船靠近前去，成了擅闖大清村邑的番邦夷人。

從船上血河岸一溜看去，好像凡是比較像樣的屋舍門口都有自用碼頭。這是不奇怪的，河道就是通衢，碼頭便是大門，一個大戶人家哪有借別人的門戶迎來送往的道理？遙想當年，一家人家有事，最明顯的標誌是他家碼頭口停滿了大大小小的船隻，主人便站在碼頭上頻頻迎接。我們的船在一個不小的私家碼頭停下了，這個碼頭屬於一所挺有名的宅第，現在叫做「沈廳」，原是明代初年江南首富沈萬山的居所。

江南小鎮歷來有藏龍臥虎的本事，你看就這麼些小河小橋竟安頓過一個富可敵國的財神！沈萬山的致富門徑是值得經濟史家們再仔細研究一陣的，不管怎麼説，他算得上那個時代既精於田產管理、又善於開發商業資本的經貿實踐家。有人說他主要得力於貿易，包括與海外的貿易，雖還沒有極爲充分的材料佐證，我卻是比較相信的。周莊雖小，卻是貼近運河、長江和黃浦江，從這裏出發的船只可以毫無阻礙地借運河而通南北，借長江而通東西，就近又可席捲富庶的杭嘉湖地區和蘇錫一帶，然後從長江口或杭州灣直通東南亞或更遠的地方，後來鄭和下西洋的出發地瀏河口就與它十分靠近。處在這樣一個優越的地理位置，出現個把沈萬山是合乎情理的。這大體也就是江南小鎮的秉性所在了，它的厲害不在於它的排場，而在於充分利用它的便利而悄然自重，自重了還不露聲色，使得我們今天還鬧不清沈萬山的底細。

繫好船纜，拾級上岸，才擡頭，卻已進了沈廳大門。一層層走去，六百多年前居家禮儀如在目前。這兒是門廳、這兒是賓客隨從人員佇留地、這兒是會客廳、這兒是內宅、這兒是私家膳室……全部建築呈縱深型推進狀，結果，一個相當狹小的市井門洞竟衍伸出長長一串景深，既顯現出江南商人藏愚守拙般的謹慎，又鋪張了家庭禮儀的空間規程。但是，就整體宅院論，還是算斂縮儉樸的，我想一個資產只及沈萬山一個零頭的朝廷退職官員的宅第也許會比它神氣一些。商人的盤算和官僚的想法判然有別，尤其是在封建官僚機器的縫隙中求發展的元明之際的商人更是如此，躲在江南小鎮的一個小門庭裏做著縱橫四海的大生意，正是他們的「大門檻」。可以想見，當年沈宅門前大小船隻的往來是極其頻繁的，各種信息、報告、決斷、指令、契約、銀票都從這裏大進大出，但往來人丁大多神色隱秘、緘口不言、行色匆匆。這裏也許是見不到貿易貨物的，真正的大貿易家不會把宅院當作倉庫和轉運站，貨物的貯存地和交割地很難打聽得到，再有錢也是一個商人而已，沒有兵丁衛護，沒有官府庇蔭，哪能大大咧咧地去張揚？

我沒有認真研究過沈萬山的心理歷程，只知道這位在江南小鎮如魚得水的大商賈後來在京都南京栽了大跟斗，他如此精明的思維能力畢竟只歸屬於經濟人格而與封建朝廷的官場人格處處牴牾，一撞上去就全盤散架。能不撞上去嗎？又不能，一個在沒有正常商業環境的情況下慘淡經營的商人總想與朝廷建立某種親善關係，但他不懂，建立這種關係要靠錢，又不能全靠錢，事情還有遠比他的商人頭腦想像的更複雜更險惡的一面。話說明太祖朱元璋定都南京（即應天府）後要像模像樣地修築城牆，在籌募資金中被輿論公認爲江南首富的沈萬山自然首當其衝。沈萬山滿腹心事地走出宅院大門上船了，船隻穿出周莊的小橋小河向南京駛去。在南京，他爽快地應承了築造京城城牆三分之一（從洪武門到水西門）的全部費用，這當然是一筆驚人的巨款，一時朝野震動。事情到此已有點危險，因爲他面對的是朱元璋，但他未曾自覺到，只懂得像在商業經營中那樣趁熱打鐵，暈乎乎、樂顛顛地又拿出一筆巨款要犒賞軍隊。這下朱元璋勃然大怒了，你算個什麼東西，憑著有錢到朕的京城裏擺威風來了？軍隊是你犒賞得了的嗎？於是下令殺頭，後來不知什麼原因又改旨爲流放雲南。

江南小鎮的宅院慌亂了一陣之後陷入了長久的寂寞。中國十四世紀傑出的理財大師沈萬山沒有能夠回來，他長枷鐵鐐南行萬里，最終客死戍所。他當然會在陌生的煙瘴之地夜夜夢到周莊的流水和石橋，但他傷痕累累的人生孤舟卻擱淺在如此邊遠的地方，怎麼也駛不進熟悉的港灣了。

沈萬山也許至死都搞不大清究竟是什麼邏輯讓他受罪的。周莊的百姓也搞不清，反而覺得沈萬山怪，編一些更稀奇的故事流傳百年。是的，一種對中國來說實在有點超前的商業心態在當時是難於見容於朝野兩端的，結果倒是以其慘敗爲代價留下了一些純屬老莊哲學的教訓在小鎮，於是人們更加寧靜無爲了，不要大富，不要大紅，不要一時爲某種異己的責任感和榮譽感而產生焦灼的衝動，只讓河水慢慢流，船櫓慢慢搖，也不想搖到太遠的地方去。在沈萬山的淒楚教訓面前，江南小鎮愈加明白了自己應該珍惜和恪守的生態。

3

上午看完了周莊，下午就滑腳去了同里鎮。同里離周莊不遠，卻已歸屬於江蘇省的另一個縣——吳江縣，也就是我在二十多年前聽到麥克白式敲門聲的那個縣。因此，當我走近前去的時候，心情是頗有些緊張的，但我很明白，要找江南小鎮的風韻，同里不會使我失望，爲那二十多年前的啓悟，爲它所躲藏的鬧中取靜的地理位置，也爲我平日聽到過的有關它的傳聞。

就整體氣魄論，同里比周莊大。也許是因爲周莊講究原封不動地保持蒼老的原貌吧，在現代人的腳下總未免顯得有點侷促，同里亮堂、挺展得多了，對古建築的保護和修繕似乎也更花力氣。因此，周莊對於我，是樂於參觀而不會想到要長久駐足的，而同里卻一見面就產生一種要在這裏覓房安居的奇怪心願。

同里的橋，不比周莊少。其中緊緊匯聚在一處的「三橋」則更讓人讚嘆。三橋都小巧玲瓏，構築典雅，每橋都有花崗石鑿刻的楹聯，其中一橋的楹聯爲：

淺渚波光雲影，
小橋流水江村。

淡淡地道盡了此地的魅力所在。據老者說，過去鎮上居民婚娶，花轎樂隊要熱熱鬧鬧地把這三座小橋都走一遍，算是大吉大利。老人六十六歲生日那天也須在午餐後走一趟三橋，算是走通了人生的一個關口。你看，這麼一個小小的江鎮，竟然自立名勝、自建禮儀，怡然自得中構建了一個與外界無所爭持的小世界。在離鎮中心稍遠處，還有稍大一點的橋，建造也比較考究，如思本橋、富觀橋、普安橋等，是小鎮的遠近門戶。

在同里鎮隨腳走走，很容易見到一些氣象有點特別的建築，仔細一看，牆上嵌有牌子，標明這是崇本堂，這是嘉蔭堂，這是耕樂堂，這是陳去病故居，探頭進去，有的被保護著專供參觀，有的有住家，有的在修理，都不妨輕步踏入，沒有人會阻礙你。特別是那些有住家的宅院，你正有點踟躕呢，住家一眼看出你是來訪古的，已是滿面笑容。錢氏崇本堂和柳氏嘉蔭堂佔地都不大，一畝上下而已，卻築得緊湊舒適。兩堂均以梁棹窗欞間的精細雕刻著稱，除了吉祥花卉圖案外，還有傳說故事、戲曲小説中的人物和場面的雕刻，據我所知已引起了國內古典藝術研究者們的重視。耕樂堂年歲較老，有宅有園，佔地也較大，整體結構匠心獨具，精巧宜人，最早的主人是明代的朱祥（耕樂），據説他曾協助巡撫修建了著名的蘇州寶帶橋，本應論功授官，但他堅辭不就，請求在同里鎮造一處宅園過太平日子。看看耕樂堂，誰都會由衷地讚同朱祥的選擇。

但是，也不能因此判定像同里這樣的江南小鎮只是無條件的消極退避之所。你看，讓朱祥督造寶帶橋工程他不是欣然前往了嗎？他要躲避的是做官，並不躲避國計民生方面的正常選擇。我們走進近代革命者、詩人學者陳去病（巢南）的居宅，更明確地感受到了這一點。我由於關注過南社的史料，對陳去病的事跡還算是有點熟悉的。見到了他編《百尺樓叢書》的百尺樓，卻未能找到他自撰的兩副有名楹聯：

平生服膺明季三儒之論，滄海歸來，信手鈔成正氣集；
中年有契香山一老所作，白頭老去，新居營就浩歌堂。

其人以驃姚將軍為名，垂虹亭長為號；
所居有綠玉青瑤之館，澹泊寧靜之廬。

這兩副楹聯表明，在同里鎮三元街的這所寧靜住宅裏，也曾有熱血湧動、浩氣充溢的年月。我知道就在這裏，陳去病組織過雪恥學會，推行過梁啓超的《新民叢報》，還開展過同盟會同里支部的活動。秋瑾烈士在紹興遇難後，她的密友徐自華女士曾特地趕到這裏來與陳去病商量如何處置後事。至少在當時，江浙一帶的小鎮中每每隱潛著許多這樣的決心以熱血和生命換來民族生機的慷慨男女，他們的往來和聚會構成了一系列中國近代史中的著名事件，一艘艘小船在解纜繫纜，纜索一抖，牽動著整個中國的生命線。

比陳去病小十幾歲的柳亞子是更被人們熟知的人物，他當時的活動據點是家鄉黎里鎮，與同里同屬吳江縣。陳去病坐船去黎里鎮訪問了柳亞子後感慨萬千，寫詩道：

梨花村裏叩重門，
握手相看淚滿痕。
故國崎嶇多碧血，
美人幽咽碎芳魂。
茫茫宙合將安適，
耿耿心期只爾論。
此去壯圖如可展，
一鞭晴旭返中原！

這種氣概與人們平素印象中的江南小鎮風韻很不一樣，但它實實在在是屬於江南小鎮的，應該説是江南小鎮的另一面。在我看來，江南小鎮是既疏淡官場名利又深明人世大義的，平日只是按兵不動罷了，其實就連在石橋邊欄上閒坐著的老漢都對社會時事具有洞幽悉微的評判能力，真是遇到了歷史的緊要關頭，江南小鎮歷來都不木然。我想，像我這樣的人也願意卜居於這些小鎮中而預料不會使自己全然枯竭，這也是原因之一吧。

4

同里最吸引人的去處無疑是著名的退思園了。我可以毫不誇張地説，這是我見過的中國古典園林中特別讓我稱心滿意的幾個中的一個。我相信，如果同里鎮稍稍靠近一點鐵路或公路幹道，退思園必將塞滿旅遊的人羣。但從上海到這裏畢竟很不方便，從蘇州過來近一些，然而蘇州自己已有太多的園林，柔雅的蘇州人也就不高興去坐長途車了。於是，一座大好的園林靜悄悄地待著，而我特別看中的正是這一點。中國古典園林不管依傍何種建築流派，都要以靜作爲自己的韻律。有了靜，全部構建會組合成一種古箏獨奏般的淡雅清麗，而失去了靜，它內在的整體風致也就不可尋找。在摩肩接踵的擁擠中遊古典園林是很叫人傷心的事，如有一個偶然的機會，或許是大雨剛歇，遊客未至，或許是時值黃昏，庭院冷落，你有幸走在這樣的園林中就會覺得走進了一種境界，虛虛浮浮而又滿目生氣，幾乎不相信自己往常曾多次來過。在人口越來越多，一切私家的古典園林都一一變成公衆遊觀處的現代，我的這種審美嗜好無疑是一種不切實際的奢侈願望了，但竟然有時也能滿足。去年冬天曾在上海遠郊嘉定縣小住了十幾天，每天早晨和傍晚，當上海旅遊者的班車尚未到達或已經離開的時候，我會急急趕到秋霞圃去，舒舒坦坦地享受一番園林間物我交融的本味。退思園根本沒有上海的旅遊班車抵達，能夠遇到的遊客大多是一些鎮上的退休老人，安靜地在迴廊低欄上坐著，看到我們面對某處景點有所遲疑時，他們會用自我陶醉的緩慢語調來解釋幾句，然後又安靜地坐下去。就這樣，我們從西首的大門進入，向著東面一個層次一個層次地觀賞過來。總以爲看完這一進就差不多了，沒想到一個月洞門又引出一個新的空間，而且一進比一進美，一層比一層奇。心中早已繃著懸念，卻又時時爲意外發現而一次次驚嘆，這讓我想到中國古典園林和古典戲曲在結構上的近似。難怪中國古代曲論家王驥德和李漁都把編劇與工師營建宅院苑榭相提並論。

退思園已有一百多年歷史，園主任蘭生便是同里人，做官做得不小，授資政大夫，賜內閣學士，任鳳穎六泗兵備道，兼淮北牙厘局及鳳陽鈔關之職，有權有勢地管過現今安徽省的很大一塊地方。後來他就像許多朝廷命官一樣遭到了彈劾，落職了，於是回到家鄉同里，請本鎮一位叫袁龍的傑出藝術家建造此園。園名「退思」，立即使人想起《左傳》中的那句話：「林父之事君也，進思盡忠，退思補過。」但我漫步在如此精美的園林中，很難相信任蘭生動用「退思補過」這一命題的誠懇。「退」是事實，「思」也是免不了的，至於是不是在思「補過」和「事君」則不宜輕信。眼前的水閣亭榭、假山荷池、曲徑迴廊根本容不下一絲愧赧。好在京城很遠，也管不到什麼了。

任蘭生是聰明的。「退思」云云就像找一個官場爛熟的題目招貼一下，趕緊把安徽官任上搜括來的錢財幻化成一個偷不去搶不走、又無法用數字估價的居住地，也不向外展示，只是一家子安安靜靜地住著。即使朝廷中還有覬覦者，一見他完全是一派定居的樣子，沒有再到官場爭逐的念頭了，也就放下了心，以求彼此兩忘。我不知道任蘭生在這個園子裏是如何度過晚年的，是否再遇到過什麼凶險，卻總覺得在這樣一個地方哪怕住下幾年也是令人羡慕的，更何況對園主來說這又是祖輩生息的家鄉。任蘭生沒有料到，這件看來純然利己的事情實際上竟成了他畢生最大的功業，歷史因這座園林把他的名字記下了，而那些淩駕在他之上，或彈劾他而獲勝的袞袞諸公們卻早就像塵埃一樣飄散在時間的流水之中。

就這樣，江南小鎮款款地接待著一個個早年離它遠去的遊子，安慰他們，勸他們好生休息，又盡力鼓勵他們把休息地搞好。這幾乎已成爲一種人生範式，在無形之中悄悄控制著遍及九州的志士仁人，使他們常常登高回眸、月夜苦思、夢中輕笑。江南小鎮的美色遠不僅僅在於它們自身，而更在於無數行旅者心中的畢生描繪。

在踏出退思園大門時我想，現今的中國文人幾乎都沒有能力靠一人之力建造這樣的歸息之地了，但是哪怕在這樣的小鎮中覓得一個較簡單的住所也好啊，爲什麼非要擠在大都市裏不可呢？我一直相信從事文化藝術與從事經濟貿易、機械施工不同，特別需要有一個真正安寧的環境深入運思、專注體悟，要不然很難成爲名副其實的大家。在逼仄的城市空間裏寫什麼都不妨，就是不宜進行宏篇巨製式的藝術創造。日本有位藝術家每年要在太平洋的一個小島上隱居很長時間，只留出一小部分時間在全世界轉悠，手上夾著從小島帶出來的一大疊樂譜和文稿。江南小鎮很可以成爲我們的作家藝術家的小島，有了這麼一個個寧靜的家院在身後，作家藝術家們走在都市街道間的步子也會踏實一點，文壇中的煩心事也會減少大半。而且，由於作家藝術家駐足其間，許多小鎮的文化品位和文化聲望也會大大提高。如果說我們今天的江南小鎮比過去缺了點什麼，在我看來，缺了一點真正的文化智者，缺了一點隱潛在河邊小巷間的安適書齋，缺了一點足以使這些小鎮產生超越時空吸引力的藝術靈魂。而這些智者，這些靈魂，現正在大都市的人海中領受真正的自然意義上的「傾軋」。

「日暮鄉關何處是，煙波江上使人愁。」但願有一天，能讓飄蕩在都市喧囂間的惆悵鄉愁收伏在無數清雅的鎮邑間，而一座座江南小鎮又重新在文化意義上走向充實。只有這樣，中國文化才能在人格方位和地理方位上實現雙向自立。

到那時，風景旅遊和人物訪謁會溶成一體，「梨花村里叩重門，握手相看淚滿痕」的動人景象又會經常出現，整個華夏大地也就會鋪展出文化座標上的重巒疊嶂。

也許，我想得太多了。

寂寞天柱山

1

現在有很多文化人完全不知道天柱山的所在，這實在是不應該的。

我曾驚奇地發現，中國古代許多大文豪、大詩人都曾希望在天柱山（灊山）安家。他們走過的地方很多，面對著佳山佳水一時激動，說一些過頭話是不奇怪的；但是，聲言一定要在某地安家，聲言非要在那裏安度晚年不可，而且身處不同的時代竟不謀而合地如此聲言，這無論如何是罕見的。

唐天寶七年，詩人李白只是在江上路過時

遠遠地看了看天柱山，便立即把它選爲自己的歸宿地：「待吾還丹成，投跡歸此地。」過了些年，安祿山叛亂，唐玄宗攜楊貴妃出逃蜀中，《長恨歌》《長生殿》所描寫過的生生死死大事件發生在歷史舞臺上，那個時候李白到哪裏去了呢？原來他正躲在天柱山靜靜地讀書。唐代正在漫漫豔情和浩浩狼煙間作艱難的選擇，我們的詩人卻選擇了天柱山。當然，李白並沒有煉成丹，最終也沒有「投跡歸此地」，但歷史還是把他的這個真誠願望留下了。

想在天柱山安家的願望比李白還要强烈的，是宋代大文豪蘇東坡。蘇東坡在四十歲時曾遇見過一位在天柱山長期隱居的高人，兩人飲酒暢敍三日，話題總不離天柱山，蘇東坡由此而想到自己在顛沛流離中年方四十而華髮蒼然，下決心也要拜謁天柱山來領略另一種人生風味。「年來四十髮蒼蒼，始欲求方救憔悴。他年若訪潛山居，慎勿逃人改名字。」這便是他當時隨口吟出的詩。後來，他在給一位叫李惟熙的友人寫信時又說：「平生愛舒州風土，欲卜居爲終老之計。」他這裏所說的舒州便是天柱山的所在地，也可看作是天柱山的別稱。請看，這位遊遍了名山大川的旅行家已明確無誤地表明要把卜居天柱山作爲「終老之計」了。他這是在用誠懇的語言寫信，而不是作詩，並無誇張成分。直到晚年，他的這個計畫仍沒有改變。老人一生最後一個官職竟十分巧合地是「舒州團練副使」，看來連上天也有意成全他的「終老之計」了。他欣然寫道：

青山衹在古城隅，
萬里歸來卜築居。

把到天柱山來說成是「歸來」，分明早已把它看成了家。但如所周知，一位在朝野都極有名望的六十餘歲老人的定居處所已不是他本人的意向所能決定的了，和李白一樣，蘇東坡也沒有實現自己的「終老之計」。

與蘇東坡同時代的王安石是做大官的人，對山水景物比不得李白、蘇東坡癡情，但有趣的是，他竟然對天柱山也抱有終身性的迷戀。王安石在三十多歲時曾做過三年舒州通判，多次暢遊過天柱山，後來雖然宦跡處處，卻怎麼也丟不下這座山，用現代語言來說，幾乎是打上了一個鬆解不開的「情結」。不管到了哪兒，也不管多大年紀了，他只要一想到天柱山就經常羞愧：

相看髮禿無歸計，
一夢東南即自羞！

這兩句取自他《懷舒州山水》一詩，天柱山永遠在他夢中，而自己頭髮禿謝了也無法回去，他只能深深「自羞」了。與蘇東坡一樣，他也把到天柱山說成是「歸」。

王安石一生經歷的政治風浪多，社會地位高，但他總覺得平生有許多事情沒有多大意思，因此，上面提到的這種自羞意識總是一而再、再而三地浮現於心頭：

看君別後行藏意，
回顧潛樓只自羞。

只要聽到有人要到天柱山去，他總是送詩祝賀，深表羨慕。「攬轡羨君橋北路」，他多麼想跟著這位朋友一起縱馬再去天柱山啊，但他畢竟是極不自由的，「宦身有吏責，觴事遇嫌猜」，他只能把生命深處那種野樸的欲求克制住。而事實上，他真正神往的生命狀態乃是：

野性堪如此，
潛山歸去來。

還可以舉出一些著名文學家來。例如在天柱山居住過一段時間的黃庭堅此後總是口口聲聲「吾家潛山，實爲名山之福地」，而實際上他是江西人，真正的家鄉離天柱山（潛山）還遠得很。

再列舉下去有點「掉書袋」的味道了，就此打住吧。我深感興趣的問題是，在華夏大地的崇山峻嶺中間，天柱山究竟憑什麼贏得了這麼多文學大師的厚愛？

很可能是它曾經有過的宗教氣氛。天柱山自南北朝特別是隋唐以後，佛道兩教都非常興盛。佛教的二祖、三祖、四祖都曾在此傳經，至今三祖寺仍是全國著名的禪宗古刹；在道教那裏，天柱山的地理位置使它成爲「地維」，是「九天司命真君」的居住地，很多道家大師都曾在這裏學過道。這兩大宗教在此交匯，使天柱山一度擁有層層疊疊的殿宇樓閣，氣象非凡。對於高品位的中國文人來說，佛道兩教往往是他們世界觀的主幹或側翼，因此這座山很有可能成爲他們漫長人生的精神皈依點。這種山水化了的宗教，理念化了的風物，最能使那批有悟性的文人暢意適懷。例如李白、蘇東坡對它的思念，就與此有關。

也可能是它所蘊含的某種歷史魅力。早在公元前一〇六年，漢武帝曾到天柱山祭祀，封此山爲南岳，這次祭山是連偉大的歷史學家司馬遷也跟隨來了的。後來，天柱山地區出過一些讓一切中國人都難以忘懷的歷史人物，例如赫赫大名的三國周瑜，以及「小喬初嫁了」的二喬姐妹。這般風流倜儻，又與歷史的大線條連結得這般緊密，本是歷代藝術家恆久的著眼點，無疑也會增加這座山的誘惑力。王安石初到此地做官時曾急切詢問當地百姓知道不知道這裏出過周瑜，百姓竟然都不知道，王安石深感寂寞，但這種寂寞可能更加增添了誘惑。一般的文人至少會對喬氏姐妹

的出生地發生興趣：「喬公二女秀所鍾，秋水並蒂開芙蓉。只今冷落遺故址，令人千古思餘風。」（羅莊：《潛山古風》）

當然，還會有其他可能。

但是在我看來，首要條件還是它的自然風景。如果風景不好，佛道寺院不會競相在這裏築建，出了再大的名人也不會叫人過多地留連。那麼，且讓我們進山。

2

我們是坐長途汽車進天柱山的，車上有十多個人，但到車停下以後一看，他們大多是山民和茶農，一散落到山峯裏連影子也沒有了，真正來旅遊的只是我們。開始見到過一個茶莊，等到順著茶莊背後的山路翻過山，就再也見不到房舍。山外的一切平泛景象突然不見，一時湧動出無數奇麗的山石，山石間掩映著叢叢簇簇的各色林木，一下子就把人的全部感覺收服了。我在想，這種著名的山川實在是造物主使著性子雕鏤出來的千古奇蹟。爲什麼到了這裏，一切都變得那麼可心了呢？在這裏隨便選一塊石頭搬到山外去都會被人當作奇物供奉起來，但它就是不肯勻出去一點，讓外面的開闊地長久地枯燥著，硬是把精華都集中在一處，自享自美。水也來湊熱鬧，不知從哪兒跑出來的，這兒一個溪澗，那兒一道瀑布，貼著石幽幽地流，歡歡地濺。此時外面正是炎暑炙人的盛夏，進山前見過一條大沙河，渾濁的水，白亮的反光，一見之下就平添了幾分煩熱；而在這裏，幾乎每一滴水都是清澈甜涼的了，給整個山谷帶來一種不見風的涼爽。有了水聲，便引來蟲叫，引來鳥鳴，各種聲腔調門細細地搭配著，有一聲、沒一聲，搭配出一種比寂然無聲更靜的靜。你就被這種靜控制著，腳步、心情、臉色也都變靜。想起了高明的詩人、畫家老是要表現的一種對象：靜女。這種女子，也是美的大集中，五官身材一一看去，沒有一處不妥貼的，於是妥貼成一種難於言傳的寧靜。德國哲學家萊辛曾在《拉奧孔》一書中嘲笑那種把美女的眼睛、鼻子、嘴巴分開來逐個描繪的文學作品，這是嘲笑對了的。其實風景也是一樣，我最不耐煩有的遊記作品對各項自然風景描摹得過於瑣細，因此也隨之不耐煩書店裏的《風景描寫辭典》之類。站在天柱山的谷峯裏實在很難產生任何分割性的思維，只覺得山谷抱著你，你又抱著山谷，都抱得那樣緊密，逮不到一絲遺字造句的空間。猛然想起黃庭堅寫天柱山的兩句詩：

哀懷抱絕景，
更覺落筆難。

當然不是佳句，卻正是我想說的。

長長的山道上很難得見到人。記得先是在一處瀑布邊見到過兩位修路的民工，後來在通向三祖寺的石階上見過一位挑肥料的山民，最後在霹靂石邊上見到一位蹲在山崖邊賣娃娃魚的婦女。曾問那位婦女：整個山上都沒有人，娃娃魚賣給誰呢？婦女一笑，隨口說了幾句很難聽懂的當地土話，像是高僧的偈語。色彩斑斕的娃娃魚在瓶裏停佇不動，像要從寂寞的亙古停佇到寂寞的將來。

山道越走越長，於是寧靜也越來越純。越走又越覺得山道修築得非常完好，完好得與這個幾乎無人的世界不相般配。當然得感謝近年來的悉心修繕，但毫無疑問，那些已經溶化爲自然景物的堅實路基，那些新橋欄下石花蒼然的遠年橋墩，那些指向風景絕佳處的磨滑了的石徑，卻鐫刻下了很早以前曾經有過的繁盛。無數的屋簷曾從崖石邊飛出，磬鈸聲此起彼伏，僧侶和道士們在山道間拱手相讓，遠道而來的士子們更是指指點點，東張西望。是歷史，是無數雙遠去的腳，是一代代人登攀的虔誠，把這條山道連結得那麼通暢，踩踏得那麼殷實，流轉得那麼蕭灑自如。

如果在荊莽叢中劃開一條小路，一次次低頭曲腰地鑽出身子來，麻煩雖然麻煩，卻絕不會寂寞；今天，分明走在一條足以容納浩浩蕩蕩的朝山隊伍的暢亮山道上，卻不知爲何突然消失了全部浩浩蕩蕩，光剩下了我們，於是也就剩下了寂寞，剩下了惶恐。

進山前曾在一堵牆壁上約略看過遊覽路線圖，知道應有許多景點排列著，一直排到最後的天柱峯。據説站在天池邊仰望天柱峯，還會看到一種七彩光環層層相套的「寶光」。但是，我們走得那麼久了，怎麼就找不到路線圖上的諸多景點呢？也許根本走錯了路？或者倒是抄了一條近路，天柱峯會突然在眼前冒出來？人在寂寞和惶恐中什麼念頭都會產生，連最後一點意志力也會讓位給僥倖。就在這時，終於在路邊看到一塊石頭路標，一眼看去便一陣激動：天柱峯可不真的走到！但定睛再看時發現，寫的是天蛙峯，那個蛙字遠遠看去與柱字相仿。

總算找到了一個像樣的景點。天蛙峯因峯頂有巨石很像一隻青蛙而得名。與天蛙峯並列有降丹峯和天書峯，一峯峯登上去，遠看四周，雲翻峯湧，確實是大千氣象。峯頂有平坦處，舒舒展展地仰臥在上面，頓時山啊、雲啊、樹啊、鳥啊，都一起屏息，只讓你靜靜地休憩。汗收了，氣平了，懶勁也上來了，再不想挪動。這兒有遠山爲牆，白雲爲蓋，那好，就這樣軟軟地躺一會兒。

有一陣怪異的涼風吹在臉上，微微睜開眼，不好，雲在變色，像要下雨，所有的山頭也開始探頭探腦地冷笑。一骨碌起身，突然想起一路絕無避雨處，要返回長途汽車站還有漫長的路途。不知今天這兒是否還會有長途汽車向縣城發出？趕快返回吧，天柱峯在哪兒，想也不敢去想了。

後來，等我們終於趕回到那幅畫在牆上的遊覽線路圖前才發現，我們所走的路，離天柱峯還不到三分之一。許許多多景點，我們根本還沒有走到呢。

3

我由此而不能不深深地嘆息。論爬山，我還不算是一個無能者，但我爲何獨獨消受不住天柱山的長途和清寂呢？我本以爲進山之後可以找到李白、蘇東坡他們一心想在山中安家的原因，爲什麼這個原因離我更加遙遠了呢？

也許不能怪我。要不然堂堂天柱山爲何遊人這般稀少呢？據說，很有一些人爲此找過原因。有人說，雖然漢武帝封它爲南岳，但後來隋文帝卻把南岳的尊稱轉讓給了衡山，它既被排除在名山之外，也就冷落了。對這種說法只可一笑了之。因爲天柱山真正的興盛期都在撤消封號之後，更何況從未被誰封過的黃山、廬山不正熱鬧非凡？

也有人認爲是交通不便，從合肥、安慶到這裏要花費半天時間。這自然也不成理由，那些更其難於抵達的地方如峨嵋乃至敦煌，不也一直熙熙攘攘？

我認爲，天柱山之所以能給古人一種居家感，一個比較現實的原因是它地處江淮平原，四相鉤連，八方呼應，水陸交通暢達，雖幽深而無登高之苦，雖奇麗而無柴米之匱，總而言之，既寧靜又方便。但是，正是這種重要的地理位置，險要而又便利的生存條件，使它一次次成了兵家必爭之地，成了或要嚴守、或要死攻的要塞所在。這樣，它就要比其他風景勝地不幸得多。不間斷的兵燹幾乎燒毀了每一所寺院和樓臺，留下一條挺像樣子卻又無處歇腳的山路，在寂靜中蜿蜒。

我敢斷定，古代詩人們來遊天柱山的時候，會在路邊的寺廟道院裏找到不少很好的食宿處，一天一天地走過去，看完七彩寶光再瀟瀟脫脫地逛回來。要不然，怎麼也產生不了在這兒安家的念頭。

因此，是多年的戰爭，使天柱山喪失了居家感，也使它還來不及爲現代遊人作應有的安排。

空寂無人的山岙，留下了歷史的强蠻。

4

天柱山一直沒有一部獨立的山志，因此我對它的歷史滄桑知之不詳。約略可說的只是——

南宋末年，義民劉源在天柱山區率十萬軍民結寨抗元達十八年之久，失敗後天柱山遭到掃蕩，劉源本人則犧牲在天柱峯下；

明朝末年，張獻忠與官軍多次以天柱山爲主戰場進行慘烈的搏鬥，佛光寺等寺院都付之一炬，僅在崇禎十五年九月的一場戰鬥中，張獻忠的起義軍戰死十餘萬人，天柱山地區「屍橫二十餘里」；

以後，朱統錡又以天柱山爲據點抗清復明，余公亮也在這裏聚衆造反。他們都失敗了，天柱山又一次受到血與火的蕩滌；

天柱山成爲最大的戰場是在清代咸豐、同治年間，太平天國的將領陳玉成在此與清兵廝殺十幾年，進進退退、燒燒殺殺，待太平天國失敗後再去打點這個舊戰場，金山寺廟幾乎都已不復存在；

……

是的，天柱山有宗教，有美景，有詩文，但中國歷史要比這一切蒼涼得多，到了一定的時候，茫茫大地上總要凸現出圓目怒睜、青筋賁張的主題，也許是拚死掙扎，也許是血誓報復，也許是不用無數屍體已無法換取某種道義，也許是捨棄強暴已不能驗證自己的存在，那就只能對不起宗教、美景和詩文了，天柱山乖乖地給這些主題騰出地盤。

它本該早就徹底荒蕪，任蛇蠍橫行、豺狼出沒，但總還有一些人在戰場廢墟上低頭徘徊，企圖再建造一點大體可以稱作文明或文化的什麼。例如直到本世紀二〇年代還有一個妙高和尚棲息在馬祖洞旁的草庵裏日夜開荒積糧，又四方化緣，竟以多年精力重建起寺院，實在是創造了個人意志力的驚人奇蹟。但這又有什麼用呢？本世紀依然兵荒馬亂，油漆嶄新的殿宇很快又在戰火中頹圮。現在，戰爭停息已有很多年了，這兒，也許可以比較長久地改換一個主題？

終於又想起李白、蘇東坡、王安石他們了。在我們遼闊的土地上，讓這樣的文人能產生終老之計的山水，總應該增加一些而不是減少下去吧。冷漠的自然能使人們產生故園感和歸宿感，這是自然的人化，是人向自然的真正挺進。天柱山的盛衰升沉，無疑已觸及到這個哲學和人類學的本原性問題。蘇東坡、王安石本是不錯的哲學家，天柱山寺廟的僧侶中一定也隱伏過許多玄學大師，他們在山間漫步沉思的時候，是否也曾碰撞到這些問題的邊緣？王安石一直嘆息在這裏沒有人能與他談學問，他是否也想摩挲一下這方面的玄機？

至於我，現今也到了蘇東坡所說「年來四十髮蒼蒼」的年歲，浪跡四野，風塵滿身。當然不會急著在這裏覓地建房，但走在天柱山的山道上，卻時時體會著「萬里歸來卜築居」的深味。我不是也一直在尋找嗎？

好像尋找的人還相當的多。耳邊分明響起比我年輕的人的懇切歌聲：「我想有個家……」

是的，家。從古代詩人到我們，都會在天柱山的清寂山道上反覆想到的一個遠遠超出社會學範疇的哲學命題：家。

風雨天一閣

1

不知怎麼回事，天一閣對於我，一直有一種奇怪的阻隔。照理，我是讀書人，它是藏書樓，我是寧波人，它在寧波城，早該頻頻往訪的了，然而卻一直不得其門而入。一九七六年春到寧波養病，住在我早年的老師盛鐘健先生家，盛先生一直有心設法把我弄到天一閣裏去看一段時間書，但按當時的情景，手續頗煩人，我也沒有讀書的心緒，只得作罷。後來情況好了，寧波市文化藝術界的朋友們總要定期邀我去講點課，但我每次都是來去匆匆，始終沒有去過天一閣。

是啊，現在大批到寧波作幾日遊的普通上海市民回來後都在大談天一閣，而我這個經常鑽研天一閣藏本重印書籍、對天一閣的變遷歷史相當熟悉的人卻從未進過閣，實在說不過去。直到一九九〇年八月我再一次到寧波講課，終於在講完的那一天支支吾吾地向主人提出了這個要求。主人是文化局副局長裴明海先生，天一閣正屬他管轄，在對我的這個可怕缺漏大吃一驚之餘立即決定，明天由他親自陪同，進天一閣。

但是，就在這天晚上，颱風襲來，暴雨如注，整個城市都在柔弱地顫抖。第二天上午如約來到天一閣時，只見大門內的前後天井、整個院子全是一片汪洋。打落的樹葉在水面上翻捲，重重磚牆間透出濕冷冷的陰氣。

看門的老人沒想到文化局長會在這樣的天氣陪著客人前來，慌忙從清潔工人那裏借來半高統雨鞋要我們穿上，還遞來兩把雨傘。但是，院子裏積水太深，才下腳，鞋統已經進水，唯一的辦法是乾脆脫掉鞋子，挽起褲管涉水進去。本來渾身早已被風雨攪得冷颼颼的了，赤腳進水立即通體一陣寒噤。就這樣，我和裴明海先生相扶相持，高一腳低一腳地向藏書樓走去。天一閣，我要靠近前去怎麼這樣難呢？明明已經到了跟前，還把風雨大水作爲最後一道屏障來阻攔。我知道，歷史上的學者要進天一閣看書是難乎其難的事，或許，我今天進天一閣也要在天帝的主持下舉行一個獰厲的儀式？

天一閣之所以叫天一閣，是創辦人取《易經》中「天一生水」之義，想借水防火，來免去歷來藏書者最大的憂患火災。今天初次相見，上天分明將「天一生水」的奧義活生生地演繹給了我看，同時又逼迫我以最虔誠的形貌投入這個儀式，剝除斯文，剝除參觀式的優閒，甚至不讓穿著鞋子踏入聖殿，背躬曲膝、哆哆嗦嗦地來到跟前。今天這裏再也沒有其他參觀者，這一切豈不是一種超乎尋常的安排？

2

不錯，它只是一個藏書樓，但它實際上已成爲一種極端艱難、又極端悲愴的文化奇蹟。

中華民族作爲世界上最早進入文明的人種之一，讓人驚嘆地創造了獨特而美麗的象形文字，創造了簡帛，然後又順理成章地創造了紙和印刷術。這一切，本該迅速地催發出一個書籍的海洋，把壯闊的華夏文明播揚翻騰。但是，野蠻的戰火幾乎不間斷地在焚燒著脆薄的紙頁，無邊的愚昧更是在時時吞食著易碎的智慧。一個爲寫書、印書創造好了一切條件的民族竟不能堂而皇之地擁有和保存很多書，書籍在這塊土地上始終是一種珍罕而又陌生的怪物，於是，這個民族的精神天地長期處於散亂狀態和自發狀態，它常常不知自己從哪裏來，到哪裏去，自己究竟是誰，要幹什麼。

只要是智者，就會爲這個民族產生一種對書的企盼。他們懂得，只有書籍，才能讓這麼悠遠的歷史連成纜索，才能讓這麼龐大的人種產生凝聚，才能讓這麼廣闊的土地長存文明的火種。很有一些文人學士終年辛勞地以抄書、藏書爲業，但清苦的讀書人到底能藏多少書，而這些書又何以保證歷幾代而不流散呢？「君子之澤，五世而斬」功名資財、良田巍樓尚且如此，更遑論區區幾箱書？宮廷當然有不少書，但在清代之前，大多構不成整體文化意義上的藏書規格，又每每毀於改朝換代之際，是不能夠去指望的。鑒於這種種情況，歷史只能把藏書的事業託付給一些非常特殊的人物了。這種人必得長期爲官，有足夠的資財可以搜集書籍；這種人爲官又最好各地遷移，使他們有可能搜集到散落四處的版本；這種人必須有極高的文化素養，對各種書籍的價值有迅捷的敏感；這種人必須有清晰的管理頭腦，從建藏書樓到設計書櫥都有精明的考慮，從借閱規則到防火措施都有周密的安排；這種人還必須有超越時間的深入謀劃，對如何使自己的後代把藏書保存下去有預先的構想。當這些苛刻的條件全都集於一身時，他才有可能成爲古代中國的一名藏書家。

這樣的藏書家委實也是出過一些的，但沒過幾代，他們的事業都相繼萎謝。他們的名字可以寫出長長一串，但他們的藏書卻早已流散得一本不剩了。那麼，這些名字也就組合成了一種沒有成果的努力，一種似乎實現過而最終還是未能實現的悲劇性願望。

能不能再出一個人呢，哪怕僅僅是一個，他可以把上述種種苛刻的條件提升得更加苛刻，他可以把管理、保存、繼承諸項關節琢磨到極端，讓偌大的中國留下一座藏書樓，一座，只是一座！上天，可憐可憐中國和中國文化吧。

這個人終於有了，他便是天一閣的創建人范欽。

清代乾嘉時期的學者阮元說：「范氏天一閣，自明至今數百年，海內藏書家，惟此巋然獨存。」

這就是說，自明至清數百年廣闊的中國文化界所留下的一部分書籍文明，終於找到了一所可以稍加歸攏的房子。

明以前的漫長歷史，不去說它了，明以後沒有被歸攏的書籍，也不去說它了，我們只向這座房子叩頭致謝吧，感謝它爲我們民族斷殘零落的精神史，提供了一個小小的棲腳處。

3

范欽是明代嘉靖年間人，自二十七歲考中進士後開始在全國各地做官，到的地方很多，北至陝西、河南，南至兩廣、雲南，東至福建、江西，都有他的宦跡。最後做到的兵部右侍郎，官職不算小了。這就爲他的藏書提供了充裕的財力基礎和搜羅空間。在文化資料十分散亂，又沒有在這方面建立起像樣的文化市場的當時，官職本身也是搜集書籍的重要依憑。他每到一地做官，總是非常留意搜集當地的公私刻本，特別是搜集其他藏書家不甚重視、或無力獲得的各種地方誌、政書、實錄以及歷科試士錄，明代各地仕人刻印的詩文集，本是很容易成爲過眼煙雲的東西，他也搜得不少。這一切，光有搜集的熱心和資財就不夠了。乍一看，他是在公務之暇把玩書籍，而事實上他已經把人生的第一要務看成是搜集圖書，做官倒成了業餘，或者說，成了他搜集圖書的必要手段。他內心隱潛著的輕重判斷是這樣，歷史的宏觀裁斷也是這樣。好像歷史要當時的中國出一個藏書家，於是把他放在一個顛簸九州的官位上來成全他。

一天公務，也許是審理了一宗大案，也許是彈劾了一名貪官，也許是調停了幾處官場恩怨，也許是理順了幾項財政關係，衙堂威儀，朝野聲譽，不一而足。然而他知道，這一切的重量加在一起也比不過傍晚時分差役遞上的那個薄薄的藍布包袱，那裏邊幾册按他的意思搜集來的舊書，又要匯入行篋。他那小心翼翼翻動書頁的聲音，比開道的鳴鑼和吆喝都要響亮。

范欽的選擇，碰撞到了我近年來特別關心的一個命題：基於健全人格的文化良知，或者倒過來說，基於文化良知的健全人格。沒有這種東西，他就不可能如此矢志不移，輕常人之所重，重常人之所輕。他曾毫不客氣地頂撞過當時在朝廷權勢極盛的皇親郭勳，因而遭到廷杖之罰，並下過監獄。後來在仕途上仍然耿直不阿，公然冒犯權奸嚴氏家族，嚴世藩想加害於他，而其父嚴嵩卻說：「范欽是連郭勳都敢頂撞的人，你參了他的官，反而會讓他更出名。」結果嚴氏家族竟奈何范欽不得。我們從這些事情可以看到，一個成功的藏書家在人格上至少是一個强健的人。

這一點我們不妨把范欽和他身邊的其他藏書家作個比較。與范欽很要好的書法大師豐坊也是一個藏書家，他的字毫無疑問要比范欽寫得好，一代書家董其昌曾非常欽佩地把他與文徵明並列，說他們兩人是「墨池董狐」，可見在整個中國古代書法史上，他也是一個耀眼的星座。他在其他不少方面的學問也超過范欽，例如他的專著《五經世學》，就未必是范欽寫得出來的。但是，作爲一個地道的學者藝術家，他太激動，太天真，太脫世，太不考慮前後左右，太隨心所欲。起先他也曾狠下一條心變賣掉家裏的千畝良田來換取書法名帖和其他書籍，在范欽的天一閣還未建立的時候他已構成了相當的藏書規模，但他實在不懂人情世故，不懂口口聲聲尊他爲師的門生們也可能是巧取豪奪之輩，更不懂得藏書樓防火的技術，結果他的全部藏書到他晚年已有十分之六被人拿走，又有一大部分毀於火災，最後只得把剩餘的書籍轉售給范欽。范欽既沒有豐坊的藝術才華，也沒有豐坊的人格缺陷，因此，他以一種冷峻的理性提煉了豐坊也會有的文化良知，使之變成一種清醒的社會行爲。相比之下，他的社會人格比較強健，只有這種人才能把文化事業管理起來。太純粹的藝術家或學者在社會人格上大多缺少旋轉力，是辦不好這種事情的。

另一位可以與范欽構成對比的藏書家正是他的侄子范大澈。范大澈從小受叔父影響，不少方面很像范欽，例如他爲官很有能力，多次出使國外，而內心又對書籍有一種強烈的癖好；他學問不錯，對書籍也有文化價值上的裁斷力，因此曾被他搜集到一些重要珍本。他藏書，既有叔父的正面感染，也有叔父的反面刺激。據說有一次他向范欽借書而范欽不甚爽快，便立志自建藏書樓來悄悄與叔父爭勝，歷數年努力而樓成，他就經常邀請叔父前去作客，還故意把一些珍貴祕本放在案上任叔父隨意取閱。遇到這種情況，范欽總是淡淡的一笑而已。在這裏，叔侄兩位藏書家的差別就看出來了，侄子雖然把事情也搞得很有樣子，但背後卻隱藏著一個意氣性的動力，這未免有點小家子氣了。在這種情況下，他的終極性目標是很有限的，只要把樓建成，再搜集到叔父所沒有的版本，他就會欣然自慰。結果，這位作爲後輩新建的藏書樓只延續幾代就合乎邏輯地流散了，而天一閣卻以一種怪異的力度屹立著。

實際上，這也就是范欽身上所支撐著的一種超越意氣、超越嗜好、超越才情，因此也超越時間的意志力。這種意志力在很長時間內的表現常常讓人感到過於冷漠、嚴峻，甚至不近人情，但天一閣就是靠著它延續至今的。

4

藏書家遇到的真正麻煩大多是在身後，因此，范欽面臨的問題是如何把自己的意志力變成一種不可動搖的家族遺傳。不妨說，天一閣真正堪稱悲壯的歷史，開始於范欽死後。我不知道保住這座樓的使命對范氏家族來說算是一種榮幸，還是一場延綿數百年的苦役。

活到八十高齡的范欽終於走到了生命盡頭，他把大兒子和二媳婦（二兒子已亡故）叫到跟前，安排遺產繼承事項。老人在彌留之際還給後代出了一個難題，他把遺產分成兩分，一分是萬兩白銀，一分是一樓藏書，讓兩房挑選。

這是一種非常奇怪的遺產分割法。萬兩白銀立即可以享用，而一樓藏書則除了沉重的負擔沒有任何享用的可能，因爲范欽本身一輩子的舉止早已告示後代，藏書絕對不能有一本變賣，而要保存好這些藏書每年又要支付一大筆費用。爲什麼他不把保存藏書的責任和萬兩白銀都一分爲二讓兩房一起來領受呢？爲什麼他要把權利和義務分割得如此徹底要後代選擇呢？

我堅信這種遺產分割法老人已經反覆考慮了幾十年。實際上這是他自己給自己出的難題：要麼後代中有人義無反顧、別無他求地承擔艱苦的藏書事業，要麼只能讓這一切都隨自己的生命煙消雲散！他故意讓遺囑變得不近情理，讓立志繼承藏書的一房完全無利可圖。因爲他知道這時候只要有一絲摻假，再隔幾代，假的成分成倍地擴大，他也會重蹈其他藏書家的覆轍。他沒有絲毫意思想譏刺或鄙薄要繼承萬兩白銀的那一房，誠實地承認自己沒有承接這項歷史性苦役的信心，總比在老人病榻前不太誠實的信誓旦旦好得多。但是，毫無疑問，范欽更希望在告別人世的最後一刻聽到自己企盼了幾十年的聲音。他對死神並不恐懼，此刻卻不無恐懼地直視著後輩的眼睛。

大兒子范大沖立即開口，他願意繼承藏書樓，並決定撥出自己的部分良田，以田租充當藏書樓的保養費用。

就這樣，一場沒完沒了的接力賽開始了。多少年後，范大沖也會有遺囑，范大沖的兒子又會有遺囑……，後一代的遺囑比前一代還要嚴格。藏書的原始動機越來越遠，而家族的繁衍卻越來越大，怎麼能使後代眾多支脈的范氏世譜中每一家每一房都嚴格地恪守先祖范欽的規範呢？這實在是一個值得我們一再品味的艱難課題。在當時，一切有歷史跨度的文化事業只能交付給家族傳代系列，但家族傳代本身卻是一種不斷分裂、異化、自立的生命過程。讓後代的後代接受一個需要終生投入的強硬指令，是十分違背生命的自在狀態的；讓幾百年之後的後裔不經自身體驗就來沿襲幾百年前某位祖先的生命衝動，也難免有許多憋氣的地方。不難想像，天一閣藏書樓對於許多范氏後代來說幾乎成了一個宗教式的朝拜對象，只知要誠惶誠恐地維護和保存，卻不知是爲什麼。按照今天的思維習慣，人們會在高度評價范氏家族的豐功偉績之餘隨之揣想他們代代相傳的文化自覺，其實我可肯定此間埋藏著許多難以言狀的心理悲劇和家族紛爭，這個在藏書樓下生活了幾百年的家族非常值得同情。

後代子孫免不了會產生一種好奇，樓上究竟是什麼樣的呢？到底有哪些，能不能借來看看？親戚朋友更會頻頻相問，作爲你們家族世代供奉的這個祕府，能不能讓我們看上一眼呢？

范欽和他的繼承者們早就預料到這種可能，而且預料藏書樓就會因這種點滴可能而崩坍，因而已經預防在先。他們給家族製定了一個嚴格的處罰規則，處罰內容是當時視爲最大屈辱的不予參加祭祖大典，因爲這種處罰意味著在家族血統關係上亮出了「黃牌」，比杖責鞭笞之類還要嚴重。處罰規則標明：子孫無故開門入閣者，罰不與祭三次；私領親友入閣及擅開書櫥者，罰不與祭一年；擅將藏書借出外房及他姓者，罰不與祭三年，因而典押事故者，除追懲外，永行擯逐，不得與祭。

在此，必須講到那個我每次想起都很難過的事件了。嘉慶年間，寧波知府丘鐵卿的內侄女錢繡芸是一個酷愛詩書的姑娘，一心想要登天一閣讀點書，竟要知府作媒嫁給了范家。現代社會學家也許會責問錢姑娘你究竟是嫁給書還是嫁給人，但在我看來，她在婚姻很不自由的時代既不看重錢也不看重勢，只想借著婚配來多看一點書，總還是非常令人感動的。但她萬萬沒有想到，當自己成了范家媳婦之後還是不能登樓，一種說法是族規禁止婦女登樓，另一種說法是她所嫁的那一房范家後裔在當時已屬於旁支。反正錢繡芸沒有看到天一閣的任何一本書，鬱鬱而終。

今天，當我擡起頭來仰望天一閣這幢樓的時候，首先想到的是錢繡芸那憂鬱的目光。我幾乎覺得這裏可出一個文學作品了，不是寫一般的婚姻悲劇，而是寫在那很少有人文主義氣息的中國封建社會裏，一個姑娘的生命如何強韌而又脆弱地與自己的文化渴求周旋。

從范氏家族的立場來看，不准登樓，不准看書，委實也出於無奈。只要開放一條小縫，終會裂成大隙。但是，永遠地不准登樓，不准看書，這座藏書樓存在於世的意義又何在呢？這個問題，每每使范氏家族陷入困惑。

范氏家族規定，不管家族繁衍到何等程度，開閣門必得各房一致同意。閣門的鑰匙和書櫥的鑰匙由各房分別掌管，組成一環也不可缺少的連環，如果有一戶不到是無法接觸到任何藏書的。既然每房都能有效地行使否決權，久而久之，每房也都產生了終極性的思考：被我們層層疊疊堵住了門的天一閣究竟是幹什麼用的？

就在這時，傳來消息，大學者黃宗羲先生要想登樓看書！這對范家各房無疑是一個巨大的震撼。黃宗羲是「吾鄉」餘姚人，與范氏家族沒有任何血緣關係，照理是嚴禁登樓的，但無論如何他是靠自己的人品、氣節、學問而受到全國思想學術界深深欽佩的巨人，范氏各房也早有所聞。儘管當時的信息傳播手段非常落後，但由於黃宗羲的行爲舉止實在是奇崛響亮，一次次在朝野之間造成非凡的轟動效應。他的父親本是明末東林黨重要人物，被魏忠賢宦官集團所殺，後來宦官集團受審，十九歲的黃宗羲在廷質時竟義憤填膺地錐刺和痛毆漏網餘黨，後又追殺兇手，警告阮大鋮，一時大快人心。清兵南下時他與兩個弟弟在家鄉組織數百人的子弟兵「世忠營」英勇抗清，抗清失敗後便潛心學術，邊著述邊講學，把民族道義、人格道德溶化在學問中啓迪世人，成爲中國古代學術天域中第一流的思想家和歷史學家。他在治學過程中已經到紹興鈕氏「世學樓」和祁氏「淡生堂」去讀過書，現在終於想來叩天一閣之門了。他深知范氏家族的森嚴規矩，但他還是來了，時間是康熙十二年，即一六七三年。

出乎意外，范氏家族的各房竟一致同意黃宗羲先生登樓，而且允許他細細地閱讀樓上的全部藏書。這件事，我一直看成是范氏家族文化品格的一個驗證。他們是藏書家，本身在思想學術界和社會政治領域都沒有太高的地位，但他們畢竟為一個人而不是為其他人，交出了他們珍藏嚴守著的全部鑰匙。這裏有選擇，有裁斷，有一個龐大的藏書世家的人格閃耀。黃宗羲先生長衣布鞋，悄然登樓了。銅鎖在一具具打開，一六七三年成為天一閣歷史上特別有光彩的一年。

黃宗羲在天一閣翻閱了全部藏書，把其中流通未廣者編為書目，並另撰《天一閣藏書記》留世。由此，這座藏書樓便與一位大學者的人格連結起來了。

從此以後，天一閣有了一條可以向真正的大學者開放的新規矩，但這條規矩的執行還是十分苛嚴，在此後近二百年的時間內，獲准登樓的大學者也僅有十餘名，他們的名字，都是上得了中國文化史的。

這樣一來，天一閣終於顯現了本身的存在意義，儘管顯現的機會是那樣小。封建家族的血緣繼承關係和社會學術界的整體需求產生了尖銳的矛盾，藏書世家面臨著無可調和的兩難境地：要麼深藏密裹使之留存，要麼發揮社會價值而任之耗散。但看來像天一閣那樣經過最嚴格的選擇作極有限的開放是個沒有辦法中的辦法。但是，如此嚴格地在全國學術界進行選擇，已遠遠超出了一個家族的職能範疇了。

直到乾隆決定編纂《四庫全書》，這個矛盾的解決才出現了一些新的走向。乾隆諭旨各省採訪遺書，要各藏書家，特別是江南的藏書家積極獻書。天一閣進呈珍貴古籍五百餘種，其中有九十六種被收錄在《四庫全書》中，有三七〇餘種列入存目。乾隆非常感謝天一閣的貢獻，多次褒揚獎賜，並授意新建的南北主要藏書樓都仿照天一閣格局營建。

天一閣因此而大出其名，儘管上獻的書籍大多數沒有發還，但在國家級的「百科全書」中，在欽定的藏書樓中，都有了它的生命。我曾看到好些著作文章中稱乾隆下令天一閣爲《四庫全書》獻書是天一閣的一大浩劫，頗覺言之有過。藏書的意義最終還是要讓它廣泛流播，「藏」本身不應成爲終極目的。連堂堂皇家編書都不得不大幅度地動用天一閣的珍藏，家族性的收藏變成了一種行政性的播揚，這證明天一閣獲得了大成功，范欽獲得了大成功。

5

天一閣終於走到了中國近代。什麼事情一到中國近代總會變得怪異起來，這座古老的藏書樓開始了自己新的歷險。

先是太平軍進攻寧波時當地小偷趁亂拆牆偷書，然後當廢紙論斤賣給造紙作坊。曾有一人出高價從作坊買去一批，卻又遭大火焚毀。

這就成了天一閣此後命運的先兆，它現在遇到的問題已不是讓不讓某位學者上樓的問題了，竟然是竊賊和偷兒成了它最大的對手。

一九一四年，一個叫薛繼渭的偷兒奇蹟般地潛入書樓，白天無聲無息，晚上動手偷書，每日只以所帶棗子充饑，東牆外的河上，有小船接運所偷書籍。這一次幾乎把天一閣的一半珍貴書籍給偷走了，它們漸漸出現在上海的書鋪裏。

薛繼渭的這次偷竊與太平天國時的那些小偷不同，不僅數量巨大、操作系統，而且最終與上海的書鋪掛上了鈎，顯然是受到書商的指使。近代都市的書商用這種辦法來侵吞一個古老的藏書樓，我總覺得其中蘊含著某種象徵意義。把保護藏書樓的種種措施都想到了家的范欽確實沒有在防盜的問題上多動腦筋，因爲這對在當時這樣一個家族的院落來講構不成一種重大威脅。但是，這正像范欽想像不到會有一個近代降臨，想像不到近代市場上那些商人在資本的原始積累時期會採取什麼手段。一架架的書櫥空了，錢綉芸小姐哀怨地仰望終身而未能上的樓板，黃宗羲先生小心翼翼地踩踏過的樓板，現在只留下偷兒吐出的一大堆棗核在上面。

當時主持商務印書館的張元濟先生聽說天一閣遭此浩劫，並得知有些書商正準備把天一閣藏本賣給外國人，便立即撥巨資搶救，保存於東方圖書館的「涵芬樓」裏。涵芬樓因有天一閣藏書的潤澤而享譽文化界，當代不少文化大家都在那裏汲取過營養。但是，如所周知，它最終竟又全部焚毀於日本侵略軍的炸彈之下。

這當然更不是數百年前的范欽先生所能預料的了。他「天一生水」的防火秘咒也終於失效。

6

然而毫無疑問，范欽和他後代的文化良知在現代並沒有完全失去光亮。除了張元濟先生外，還有大量的熱心人想努力保護好天一閣這座「危樓」，使它不要全然成爲廢墟。這在現代無疑已成爲一個社會性的工程，靠著一家一族的力量已無濟於事。幸好，本世紀三〇年代、五〇年代、六〇年代直至八〇年代，天一閣一次次被大規模地修繕和充實著，現在已成爲重點文物保護單位，也是人們遊覽寧波時大多要去訪謁的一個處所。天一閣的藏書還有待於整理，但在文化信息密集、文化溝通便捷的現代，它的主要意義已不是以書籍的實際內容給社會以知識，而是作爲一種古典文化事業的象徵存在著，讓人聯想到中國文化保存和流傳的艱辛歷程，聯想到一個古老民族對於文化的渴求是何等悲愴和神聖。

我們這些人，在生命本質上無疑屬於現代文化的創造者，但從遺傳因子上考察又無可逃遁地是民族傳統文化的孑遺，因此或多或少也是天一閣傳代系統的繁衍者，儘管在范氏家族看來只屬於「他姓」。登天一閣樓梯時我的腳步非常緩慢，我不斷地問自己：你來了嗎？你是那一代的中國書生？

很少有其他參觀處所能使我像在這裏一樣心情既沉重又寧靜。閣中一位年老的版本學家顫巍巍地捧出兩個書函，讓我翻閱明刻本，我翻了一部登科錄，一部上海誌，深深感到，如果沒有這樣的孤本，中國歷史的許多重要側面將杳無可尋。由此想到，保存這些歷史的天一閣本身的歷史，是否也有待於進一步發掘呢？裴明海先生遞給我一本徐季子、鄭學溥、袁元龍先生寫的《寧波史話》的小册子，內中有一篇介紹了天一閣的變遷，寫得紮實而清晰，使我知道了不少我原先不知道的史實。但在我看來，天一閣的歷史是足以寫一部宏偉的長篇史詩的。我們的文學藝術家什麼時候能把他們的目光投向這種蒼老的屋宇和庭園呢？什麼時候能把范氏家族和其他許多家族數百年來的靈魂史袒示給現代世界呢？

西湖夢

1

西湖的文章實在做得太多了，做的人中又多歷代高手，再做下去連自己也覺得愚蠢。但是，雖經多次違避，最後筆頭一抖，還是寫下了這個俗不可耐的題目。也許是這汪湖水沉浸著某種歸結性的意義，我避不開它。

初識西湖，在一把劣質的摺扇上。那是一位到過杭州的長輩帶到鄉間來的。折扇上印著一幅西湖遊覽圖，與現今常見的遊覽圖不同，那上面清楚地畫著各種景致，就像一個立體模型。圖中一一標明各種景致的幽雅名稱，凌駕畫幅的總標題是「人間天堂」。鄉間兒童很少有圖畫可看，於是日日逼視，竟爛熟於心。年長之後真到了西湖，如遊故地，熟門熟路地踏訪著一個陳舊的夢境。

明代正德年間一位日本使臣遊西湖後寫過這樣一首詩：

昔年曾見此湖圖，
不信人間有此湖。
今日打從湖上過，
畫工還欠費工夫。

可見對許多遊客來說，西湖即便是初遊，也有舊夢重溫的味道。這簡直成了中國文化中的一個常用意象，摩挲中國文化一久，心頭都會有這個湖。

奇怪的是，這個湖遊得再多，也不能在心中真切起來。過於玄豔的造化，會產生了一種疏離，無法與它進行家常性的交往。正如家常飲食不宜於排場，可讓兒童偎依的奶媽不宜於盛妝，西湖排場太大，妝飾太精，難以叫人長久安駐。大凡風景絕佳處都不宜安家，人與美的關係，竟是如此之蹊蹺。

西湖給人以疏離感，還有別一原因。它成名過早，遺跡過密，名位過重，山水亭舍與歷史的牽連過多，結果，成了一個象徵性物象非常稠厚的所在。遊覽可以，貼近去卻未免吃力。爲了擺脫這種感受，有一年夏天，我跳到湖水中游泳，獨個兒游了長長一程，算是與它有了觸膚之親。湖水並不涼快，湖底也不深，卻軟絨絨地不能蹬腳，提醒人們這裏有千年的淤積。上岸後一想，我是從宋代的一處勝蹟下水，游到一位清人的遺宅終止的，於是，剛剛撫弄過的水波就立即被歷史所抽象，幾乎有點不真實了。

2

它貯積了太多的朝代，於是變得沒有朝代。心匯聚了太多的方位，於是也就失去了方位。它走向抽象，走向虛幻，像一個收羅備至的博覽會，盛大到了縹緲。

西湖的盛大，歸攏來說，在於它是極複雜的中國文化人格的集合體。一切宗教都要到這裏來參加展覽，再避世的，也不能忘情於這裏的熱鬧；再苦寂的，也要分享這裏的一角秀色。佛教勝蹟最多，不必一一列述了，即便是超逸到家了的道家，也佔據了一座葛嶺，這是湖畔最先迎接黎明的地方，一早就呼喚著繁密的腳印。作爲儒將楷模的岳飛，也躋身於湖濱安息，世代張揚著治國平天下的教義。寧靜淡泊的國學大師也會與荒誕奇瑰的神話傳說相鄰而居，各自變成一種可供觀瞻的景致。

這就是真正中國化了的宗教。深奧的理義可以幻化成一種熱鬧的遊覽方式，與感官玩樂溶成一體。這是真正的達觀和「無執」，同時也是真正的浮滑和隨意。極大的認真伴和著極大的不認真，最後都皈依於消耗性的感官天地。中國的原始宗教始終沒有像西方那樣上升爲完整嚴密的人爲宗教，而後來的人爲宗教也急速地散落於自然界，與自然宗教遙相呼應。背著香袋來到西湖朝拜的善男信女，心中並無多少教義的蹤影，眼角卻時時關注著桃紅柳綠、蒓菜醋魚。是山水走向了宗教？抑或是宗教走向了山水？反正，一切都歸之於非常實際、又非常含糊的感官自然。

西方宗教在教義上的完整性和普及性，引出了宗教改革者和反對者們在理性上的完整性和普及性；而中國宗教，不管從順向還是逆向都激發不了這樣的思維習慣。綠綠的西湖水，把來到岸邊的各種思想都款款地搖碎，溶成一氣，把各色信徒都陶冶成了遊客。它波光一閃，嫣然一笑，科學理性精神很難在它身邊保持堅挺。也許，我們這個民族，太多的是從西湖出發的遊客，太少的是魯迅筆下的那種過客。過客衣衫破碎，腳下淌血，如此急急地趕路，也在尋找一個生命的湖泊吧？但他如果真走到了西湖邊上，定會被萬千悠閒的遊客看成是乞丐。也許正是如此，魯迅勸阻郁達夫把家搬至杭州：

錢王登假仍如在，
伍相隨波不可尋，
平楚日和憎健翮，
小山香滿蔽高岑。
墳壇冷落將軍岳，

梅鶴淒涼處士林，

何似擧家遊曠遠，

風波浩蕩足行吟。

他對西湖的口頭評語乃是：「至於西湖風景，雖然宜人，有吃的地方，也有玩的地方，如果流連忘返，湖光山色，也會消磨人的志氣的。如像袁子才，身上穿一件羅紗大褂，和蘇小小認認鄉親，過著飄飄然的生活，也就無聊了。」（川島：《憶魯迅先生一九二八年杭州之遊》）

然而，多數中國文人的人格結構中，對一個充滿象徵性和抽象度的西湖，總有很大的向心力。社會理性使命已悄悄抽繹，秀麗山水間散落著才子、隱士，埋藏著身前的孤傲和身後的空名。天大的才華和鬱憤，最後都化作供後人遊玩的景點，景點，景點，總是景點。再也讀不到傳世的檄文，只剩下廊柱上龍飛鳳舞的楹聯。

再也找不見慷慨的遺恨，只剩下幾座既可憑弔也可休息的亭臺。

再也不去期待歷史的震顫，只有凜然安坐著的萬古湖山。修繕，修繕，再修繕。羣塔入雲，藤葛如髯，湖水上漂浮著千年藻苔。

3

西湖勝蹟中最能讓中國文人揚眉吐氣的，是白堤和蘇堤。兩位大詩人、大文豪，不是爲了風雅，甚至不是爲了文化上的目的，純粹爲了解除當地人民的疾苦，興修水利，浚湖築堤，終於在西湖中留下了兩條長長的生命堤。

清人查容詠蘇堤詩云：「蘇公當日曾築此，不爲遊觀爲民耳。」恰恰是最懂遊觀的藝術家不願意把自己的文化形象雕琢成遊觀物，於是，這樣的堤岸便成了西湖間特別顯得自然的景物。不知旁人如何，就我而論，遊西湖最暢心意的，乃是在微雨的日子，獨個兒漫步於蘇堤。也沒有什麼名句逼我吟誦，也沒有後人的感慨來強加於我，也沒有一尊莊嚴的塑像壓抑我的鬆快，它始終只是一條自然功能上的長堤，樹木也生得平適，鳥鳴也聽得自如。這一切都不是東坡學士特意安排的，只是他到這裏做了太守，辦了一件盡職的好事。就這樣，才讓我看到一個在美的領域真正卓越到了從容的蘇東坡。

但是，就白居易、蘇東坡的整體情懷而言，這兩道物化了的長堤還是太狹小的存在。他們有他們比較完整的天下意識、宇宙感悟，他們有他們比較硬朗的主體精神、理性思考，在文化品位上，他們是那個時代的峯巔和精英。他們本該在更大的意義上統領一代民族精神，但卻僅僅因辭章而入選爲一架僵硬機體中的零件，被隨處裝上拆下，東奔西顛，極偶然地調配到了這個湖邊，搞了一下別人也能搞的水利。我們看到的，是中國歷代文化良心所能作的社會實績的極致。儘管美麗，也就是這麼兩條長堤而已。

也許正是對這類結果的大徹大悟，西湖邊又悠悠然站出來一個林和靖。他似乎把什麼都看透了，隱居孤山二十年，以梅爲妻，以鶴爲子，遠避官場與市囂。他的詩寫得著實高明，以「疏影橫斜水清淺，暗香浮動月黃昏」兩句來詠梅，幾乎成爲千古絕唱。中國古代，隱士多的是，而林和靖憑著梅花、白鶴與詩句，把隱士真正做道地、做漂亮了。在後世文人眼中，白居易、蘇東坡固然值得羨慕，卻是難以追隨的；能夠偏偏到杭州西湖來做一位太守，更是一種極偶然、極奇罕的機遇。然而，要追隨林和靖卻不難，不管有沒有他的才分。梅妻鶴子有點煩難，其實也很寬鬆，林和靖本人也是有妻子和小孩的。那兒找不到幾叢花樹、幾隻飛禽呢？在現實社會碰了壁、受了阻，急流勇退，扮作半個林和靖是最容易不過的。

這種自衞和自慰，是中國知識分子的機智，也是中國知識分子的狡黠。不能把志向實現於社會，便躲進一個自然小天地自娛自耗。他們消除了志向，漸漸又把這種消除當作了志向。安貧樂道的達觀修養，成了中國文化人格結構中一個寬大的地窖，儘管有濃重的霉味，卻是安全而寧靜。於是，十年寒窗，博覽文史，走到了民族文化的高坡前，與社會交手不了幾個回合，便把一切沉埋進一座座孤山。

結果，群體性的文化人格日趨黯淡。春去秋來，梅凋鶴老，文化成了一種無目的的浪費，封閉式的道德完善導向了總體上的不道德。文明的突進，也因此被取消，剩下一堆梅瓣、鶴羽，像書簽一般，夾在民族精神的史冊上。

4

與這種黯淡相對照，野潑潑的，另一種人格結構也調皮地擠在西湖岸邊湊熱鬧。

首屈一指者，當然是名妓蘇小小。

不管願意不願意，這位妓女的資格，要比上述幾位名人都老。在後人詠西湖的詩作中，總是有意無意地把蘇東坡、岳飛放在這位姑娘後面：「蘇小門前花滿枝，蘇公堤上女當壚」；「蘇家弱柳猶含媚，岳墓喬松亦抱忠」……就是年代較早一點的白居易，也把自己寫成是蘇小小的欽仰者：「若解多情尋小小，綠楊深處是蘇家」；「蘇家小女舊知名，楊柳風前別有情」。

如此看來，詩人袁子才鐫一小章曰：「錢塘蘇小是鄉親」，雖爲魯迅所不悅，卻也頗可理解的了。

歷代吟詠和憑弔蘇小小的，當然不乏輕薄文人，但內心厚實的飽學之士也多的是。在我們這樣一個國度，一位妓女竟如此尊貴地長久安享景仰，原因是頗爲深刻的。

蘇小小的形象本身就是一個夢。她很重感情，寫下一首《同心歌》曰「妾乘油壁車，郎跨青驄馬，何處結同心，西陵松柏下」，樸樸素素地道盡了青年戀人約會的無限風光。美麗的車，美麗的馬，一起飛駛疾馳，完成了一組氣韻奪人的情感造像。又傳説她在風景勝處偶遇一位窮困書生，便慷慨解囊，贈銀百兩，助其上京。但是，情人未歸，書生已去，世界沒能給她以情感的報償。她並不因此而鬱憤自戕，而是從對情的執著大踏步地邁向對美的執著。她不願做姬做妾，勉强去完成一個女人的低下使命，而是要把自己的美色呈之街市，蔑視著精麗的高牆。她不守貞節只守美，直讓一個男性的世界圍著她無常的喜怒而旋轉。最後，重病即將奪走她的生命，她卻恬然適然，覺得死於青春華年，倒可給世界留下一個最美的形象。她甚至認爲，死神在她十九歲時來訪，乃是上天對她的最好成全。

難怪曹聚仁先生要把她説成是茶花女式的唯美主義者。依我看，她比茶花女活得更爲蕭灑。在她面前，中國歷史上其他有文學價值的名妓，都把自己搞得太逼仄了。爲了一個負心漢，或爲了一個朝廷，顛簸得過於認真。只有她那種頗有哲理感的超逸，才成爲中國文人心頭一幅秘藏的聖符。

由情至美，始終圍繞著生命的主題。蘇東坡把美衍化成了詩文和長堤，林和靖把美寄託於梅花與白鶴，而蘇小小，則一直把美熨貼著自己的本體生命。她不作太多的物化轉捩，只是憑借自身，發散出生命意識的微波。

妓女生涯當然是不值得讚頌的，蘇小小的意義在於，她構成了與正統人格結構的奇特對峙。再正經的鴻儒高士，在社會品格上可以無可指摘，卻常常壓抑著自己和別人的生命本體的自然流程。這種結構是那樣的宏大和强悍，使生命意識的激流不能不在崇山峻嶺的圍困中變得恣肆和怪異。這裏又一次出現了道德和不道德、人性和非人性、美和醜的悖論：社會污濁中也會隱伏著人性的大合理，而這種大合理的實現方式又常常怪異到正常的人們所難以容忍。反之，社會歷史的大光亮，又常常以犧牲人本體的許多重要命題爲代價。單向完滿的理想狀態，多是夢境。人類難以掙脫的一大悲哀，便在這裏。

西湖所接納的另一具可愛的生命是白娘娘。雖然只是傳說，在世俗知名度上卻遠超許多真人，因此在中國人的精神疆域中早就成了一種更宏大的切實存在。人們慷慨地把湖水、斷橋、雷峯塔奉獻給她。在這一點上，西湖毫無虧損，反而因此而增添了特別明亮的光色。

她是妖，又是仙，但成妖成仙都不心甘。她的理想最平凡也最燦爛：只願做一個普普通通的人。這個基礎命題的提出，在中國文化中具有極大的挑戰性。

中國傳統思想歷來有分割兩界的習慣性功能。一個渾沌的人世間，利刃一劃，或者成爲聖、賢、忠、善、德、仁，或者成爲奸、惡、邪、醜、逆、凶，前者舉入天府，後者淪於地獄。有趣的是，這兩者的轉化又極爲便利。白娘娘做妖做仙都非常容易，麻煩的是，她偏偏看到在天府與地獄之間，還有一塊平實的大地，在妖魔和神仙之間，還有一種尋常的動物：人。她的全部災難，便由此而生。

普通的、自然的、只具備人的意義而不加外飾的人，算得了什麼呢？厚厚一堆二十五史並沒有爲它留下多少筆墨。於是，法海逼白娘娘回歸於妖，天庭勸白娘娘上升爲仙，而她卻拚著生命大聲呼喊：人！人！人！

她找上了許仙，許仙的木訥和萎頓無法與她的情感強度相對稱，她深感失望。

她陪伴著一個已經是人而不知人的尊貴的凡夫，不能不陷於寂寞。這種寂寞，是她的悲劇，更是她所嚮往的人世間的悲劇。可憐的白娘娘，在妖界仙界呼喚人而不能見容，在人間呼喚人也得不到回應。但是，她是決不會捨棄許仙的，是他，使她想做人的欲求變成了現實，她不願去尋找一個超凡脫俗即已離異了普通狀態的人。這是一種深刻的矛盾，她認了，甘願爲了他去萬里迢迢盜仙草，甘願爲了他在水漫金山時殊死拚搏。一切都是爲了衛護住她剛剛抓住一半的那個「人」字。

在我看來，白娘娘最大的傷心處正在這裏，而不是最後被鎮於雷峯塔下。她無懼於死，更何懼於鎮？她莫大的遺憾，是終於沒能成爲一個普通人。雷峯塔只是一個歸結性的造型，成爲一個民族精神界的愴然象徵。

一九二四年九月，雷峯塔終於倒掉，一批「五四」文化闖將都不禁由衷歡呼，魯迅更是對之一論再論。這或許能證明，白娘娘和雷峯塔的較量，關係著中國精神文化的決裂和更新？爲此，即便明智如魯迅，也願意在一個傳說故事的象徵意義上深深沉浸。

魯迅的朋友中，有一個用腦袋撞擊過雷峯塔的人，也是一位女性，吟罷「秋風秋雨愁煞人」，也在西湖邊上安身。

我欠西湖的一筆宿債，是至今未到雷峯塔廢墟去看看。據說很不好看，這是意料中的，但總要去看一次。

狼山腳下

1

狼山在南通縣境內，並不高，也並不美。我去狼山，是衝著它的名字去的。

在富庶平展的江淮平原上，各處風景大多都頂著一個文謅謅的名稱。歷代文士爲起名字真是絞盡了腦汁，這幾乎成了中國文化中一門獨特的學問。《紅樓夢》中賈政要賈寶玉和一羣清客爲新建的大觀園中各種景致起名題匾，鬧得緊張萬分，其實，幾乎所有的文人都幹過這種營生。再貧陋的所在，只要想一個秀雅的名稱出來，也會頓生風光。名號便是一切，實質可以忽略不計，這便是中國傳統文明的毛病之一。記得魯迅說過，只要翻開任何一部縣誌，總能找到該縣的八景或十景，實在沒有景致了，也可想出「遠村明月」、「蕭寺清鐘」、「古池好水」之類的名目，於是，一個荒村、一所破廟、一口老井，也都成了名勝。這個縣，立即變得古風蘊藉、文氣沛然，不必再有長進。魯迅激憤地說，這種病菌，似乎已經侵入血管，流布全身，其勢力不在亡國病菌之下。

我願意把事情說得平和一點。起點名字本也無妨，便於人們尋訪和辨認，但一切都調理得那麼文雅，蒼勁的自然界也就被抽乾了生命。自然的最美處，正在於人的思維和文字難於框範的部分。讓它們留住一點虎虎生氣，交給人們一點生澀和敬畏，遠比抱著一部《康熙詞典》把它們一一收納，有意思得多。

早就這麼想著，突然看到千里沃野間愣頭愣腦冒出一座狼山，不禁精神一振。這個名字，野拙而獰厲，像故意要與江淮文明開一個玩笑。

起這個名的由頭，有人說是因爲山形像狼，有人說是因爲很早以前這裏曾有白狼出沒。不管什麼原因吧，我只知道，就在很早以前，人們已受不住這個名字。宋代淳化年間，當地官僚終於把它改成「琅山」。幸虧後來又被改了回來，如果仍叫琅山，那多沒勁。

狼山蹲在長江邊上。長江走了那麼遠的路，到這裏快走完了，即將入海。江面在這裏變得非常寬闊，渺渺茫茫看不到對岸。長江一路上曾穿過多少崇山峻嶺，在這裏劃一個小小的句點。狼山對於長江，是歡送，是告別，它要歸結一下萬里長江的不羈野性，因而把自己的名字也喊得粗魯非凡。

狼山才一百多米高，實在是山中小弟，但人們一旦登上山頂，看到南邊腳下是浩蕩江流，北邊眼底是無垠平川，東邊遠處是迷濛的大海，立即會覺得自己是在俯視著大半個世界。狼山沒有雲遮霧障的仙氣，沒有松石筆立的風骨，只有開闊和實在。造物主在這裏不再布置奇巧的花樣，讓你明明淨淨地鳥瞰一下現實世界的尋常模樣。

我想，長江的流程也像人的一生，在起始階段總是充滿著奇瑰和險峻，到了即將了結一生的晚年，怎麼也得走向平緩和實在。

2

遊玩狼山不消很多時間，我倒是在山腳下盤桓長久。那裏有一些文人的遺跡，使小小的狼山加重了分量，使萬里長江在入海前再發一聲浩嘆。

狼山東麓有「初唐四傑」之一的駱賓王墓。恕我孤陋寡聞，我原先並不知道他的墓在這裏。那天，隨著稀疏的幾個遊人，信步漫走，突然看到一座冷僻的墳墓，墓碑上赫然刻著五字：「唐駱賓王墓」。歷史名人的墓見過不少，但一見他的墓，我不由大吃一驚。

略知唐代文事的人都能理解我的吃驚。駱賓王的歸宿，歷來是一個玄秘的謎。武則天統治時期，這位據說早在幼年就能賦詩的文學天才投筆從戎，幫助徐敬業起兵討伐武則天。他寫過一篇著名的《討武曌檄》，雄文勁采，痛快淋漓。連武則天讀了，也驚嘆不已。徐敬業終於失敗，駱賓王便不知去向。有人說他已經被殺，有人說他出家做了和尚，都沒有確實憑據。他像一顆瞬息即逝的彗星，引得人們長久關注著他的去路。怎麼，猜測了一千多年，他竟躲在這裏？

對於駱賓王的歸宿，我傾向於做和尚一說。當然拿不出考證材料，全是被早年聽到過的一個故事感染的。

這個故事說，在駱賓王事敗失蹤後的許多年，一天，一位叫宋之問的詩人到杭州靈隱寺遊覽。夜間，他就借宿在靈隱寺裏。宋之問看著月色下寂靜的寺院，寺前黑黝黝的奇峯，產生了寫詩的衝動。他沉思再三，吟出了這樣兩句：「鷲嶺鬱岧嶢，龍宮隱寂寥」。下面呢？他一時滯塞，怎麼也接不上去了，只是苦苦在殿闕間徘徊，不斷地重複著這兩句，不知不覺間步進了一個禪堂。

突然，一個蒼老而洪亮的聲音從耳邊響起：「這位少年，深夜不眠，還在作詩？」宋之問連忙擡頭，只見一位鬚眉皓白的老僧正在上方端坐，抖抖瑟瑟的長明燈把他的身影照得十分巨大。

宋之問心想僧侶中不乏詩中高手，便把已作的兩句讀給他聽，並說自己正詩思枯塞。老僧聽罷，立即噎聲說道：「何不接這樣兩句：『樓觀滄海日，門對浙江潮』？」

宋之問一聽著實一驚，這是多好的詩句啊，遠遠高出於自己的水平！他在惶惑中趕緊謝別，後面的詩句也就源源而來。他這首詩的全文是這樣的：

鷲嶺鬱岧嶢，龍宮隱寂寥。樓觀滄海日，門對浙江潮。桂子月中落，天香雲外飄。捫蘿登塔遠，刳木取泉遙。霜薄花更發，冰輕葉未凋。夙齡尚遐異，搜對滌煩囂。待入天臺路，看君度石橋。

方家一眼就可看出，這是一首平庸之作，總體詩格不高，宋之問畢竟只是一個小詩人。但是，「樓觀滄海日，門對浙江潮」兩句，確實器宇不凡，在全詩中很覺觸目。

宋之問第二天醒來，想起昨夜遭遇，似夢似真。趕到禪堂一看，早已空寂無人。找到一個正在掃地的小和尚，死纏死磨地問了半天，小和尚才把嘴湊到他的耳朵邊輕聲告訴他：「這就是駱賓王！今天一早，他又到別處雲遊去了。」

這個故事很能使得後代文人神迷心醉。這位從亂軍中逃命出來的文學天才躲進了禪堂，在佛號經卷間打發著漫長的歲月，直至鬚髮俱白。但是，藝術的天分並未因此而圓寂，勃鬱的詩情一有機遇就會隨口噴出。政事、兵刀、討伐、敗滅阻遏了他的創造，只落得這位名播九州的巨子隱名埋姓、東奔西藏。中國文學史在戰亂中斷了一截，在禪堂中毀了幾章。留下了數不清的宋之問，在寫寫弄弄，吟吟唱唱。

更有魅力的是，這個故事的真實性大可懷疑。宋之問那夜遇到的，很可能是另一位大詩人。如果是這樣，那麼，故事中的駱賓王就成了一大批中國文學天才的「共名」。

但是，我們仍然不妨設想，駱賓王自覺那夜因一時莽撞漏了嘴，第二天一早又踏上了新的旅程。年老體衰走不得遠路了，行行止止，最後選中了長江和狼山，靜靜地在那裏終結了波湧浪捲的一生。我相信，文學大師臨江而立時所產生的文思是極其燦爛的，但他不願再像那天晚上隨口吐露，只留下讓人疑惑的一座孤墳。墳近長江入海處，這或許正是他全部文思的一種凝聚，一種表徵。

據《通州志》記載，駱賓王的墓確實在這裏，只不過與現在的墳地還有一點距離。二百四十年前，人們在一個叫黃泥口的地方發現一抔浸水的黃土，掘得石碑半截，上有殘損的「唐駱」二字，證之《通州志》，判定這便是文學大師的喪葬之地。於是稍作遷移，讓它近傍狼山，以便遊觀憑弔。

3

狼山腳下還有另一座墓，氣派大得多了，墓主是清末狀元張謇。

張謇中狀元是一八九四年，離一九〇五年中國正式廢除延續千年的科舉制度只有十年，因此，他也是終結性的人物之一，就像終結長江的狼山。

中國科舉，是歷代知識分子恨之咒之、而又求之依之的一脈長流。中國文人生命史上的升沉榮辱，大多與它相關。一切精明的封建統治者對這項制度都十分重視。《唐摭言》記，唐太宗在宮門口看見新科進士綴行而出，曾高興地說：「天下英雄，入吾彀中矣。」一代代知識分子的最高期望，就是通過科舉的橋樑抵達帝王的「彀中」。駱賓王所討伐的武則天也很看重科舉，還親自在洛城殿考試舉人。科舉制度實在是中國封建統治結構中一個極高明的部位，它如此具有廣泛的吸引力，又如此精巧地把社會競爭欲挑逗起來，納入封建政治機制。時間一長，它也就塑造了一種獨特的科舉人格，在中國文人心底代代遺傳。可以設想，要是駱賓王討伐武則天成功了，只要新的帝王不廢棄科舉，中國文人的羣體性道路也就不可能有什麼改觀。

這事情，拖拖拉拉千餘年，直到張謇才臨近了結。張謇中狀元時四十一歲，已經感受到大量與科舉制度全然背逆的歷史信息。他實在不錯，絕不做「狀元」名號的殉葬品，站在萬人羡慕的頂端上極目瞭望，他看到了大海的湛藍。

只有在南通，在狼山，才望得到大海。只有在長江邊上，才能構成對大海的渴念。面壁數十載的雙眼已經有點昏花，但作爲一個純正的文人，他畢竟看到了世紀的暖風在遠處吹拂，新時代的文明五光十色，强勝弱滅。

我們記得，如果那個故事成立，千年前的駱賓王隨口吐出過「樓觀滄海日，門對浙江潮」的詩句；如果是宋之問自己寫的，或者是別的詩人幫著寫的，也同樣可以證明中國古代文人對大海的依稀企盼。這番千古幽情，現在要由張謇來實現了。

他正站在狼山山頂，山頂上，有一幅石刻對聯：

登高一呼，山鳴谷應；
舉目四顧，海闊天空。

於是，他下得山來，著手辦紗廠、油廠、冶鐵廠、墾牧公司、輪埠公司，又辦師範、職業學校、圖書館、博物館、公園、劇場、醫院、氣象臺，把狼山腳下搞成一塊近代氣息甚濃的綠洲。直到今天，我們還能看到他這一宏偉實驗的種種遺址。

一個狀元，風風火火地辦成了這一大串事，這實在是中國歷史的 Paradox——我只能動用這個很難翻譯的英語詞彙了，義近反論、悖論、佯謬吧。其實，駱賓王身上也有明顯的 Paradox 的，出現在他的文事與政舉之間；不同的是，張謇的 Paradox 受到了大時代的許諾，他終於以自己的行動昭示：真正的中國文人本來就蘊藏著科舉之外的蓬勃生命。

張謇的事業未能徹底成功。他的力量不大，登高一呼未必山鳴谷應；他的眼光有限，舉目四顧也不能窮盡海闊天空。他還是被近代中國的政治風波、經濟漩渦所淹沒，狼山腳下的文明局面，未能大幅度向四周伸拓。但是，他總的來說還應該算是成功者，他的墓地寬大而堂皇，樹影茂密，花卉絢麗，真會讓一抔黃土之下的駱賓王羨煞。

4

不管怎樣，長江經過狼山，該入海了。

狼山離入海口還有一點距離，真正的入海口在上海。上海，比張謇經營的南通更走向現代，更逼近大海。在上海，現代中國文人的命運才會受到更嚴峻的選擇和考驗。

如果有誰氣吐萬匯，要跨時代地寫一部中國文人代代更替的史詩，那麼我想，這部史詩比較合適的終結地應該是上海。那裏，每天出現著《子夜》式的風化，處處可聞張愛玲式的惋嘆。最後一代傳統文人，終於在街市間消亡。

汽笛聲聲，海船來了又去了，來去都是滿載。狼山腳下的江流，也隨之奔走得更加忙碌，奔向大海，奔向大海。

汽笛聲聲，驚破了沿途無數墳地的寧靜。

上海人

1

近代以來，上海人一直是中國一個非常特殊的羣落。上海的古蹟沒有多少好看的，到上海旅行，領受最深的便是熙熙攘攘的上海人。他們有許多心照不宣的生活秩序和內心規範，形成了一整套心理文化方式，說得響亮一點，可以稱之爲「上海文明」。一個外地人到上海，不管在公共汽車上，在商店裏，還是在街道間，很快就會被辨認出來，主要不是由於外貌和語言，而是由於不能貼合這種上海文明。同樣，幾個上海人到外地去，往往也顯得十分觸目，即使他們並不一定講上海話。

一來二去，外地人惱怒了。幾乎全國各地，對上海人都沒有太好的評價。精明、驕傲、會盤算、能說會道、自由散漫、不厚道、排外、瞧不大起領導、缺少政治熱情、沒有集體觀念、對人冷淡、吝嗇、自私、趕時髦、浮滑、好標新立異、瑣碎、世俗氣……如此等等，加在一起，就是外地人心目中的上海人。

全國有點離不開上海人，又都討厭著上海人。各地文化科研部門往往缺不了上海人，上海的輕工業產品用起來也不錯，上海向國家上繳的資金也極爲可觀，可是交朋友卻千萬不要去交上海人。上海人出手不大方，宴會桌上喝不了幾杯酒，與他們洽談點什麼卻要多動幾分腦筋，到他們家去住更是要命，既擁擠不堪又處處講究。這樣的朋友如何交得？

這些年，外地人富起來了，上海人精明到頭還是十分窮困，這很讓人洩氣。去年有一天，在上海的一輛電車上，一個外地人碰碰撞撞干擾了一位上海婦女，像平時每天發生的一樣，上海婦女皺一下眉，輕輕嘟囔一句：「外地人！」這位外地人一觸即發，把歷來在上海所受的怨氣全都傾洩出來了：「我外地人怎麼了？要比錢嗎?我估量你的存款抵不上我的一個零頭;要比文化嗎?我的兩個兒子都是大學畢業生!」是啊,上海人還有什麼可驕傲的呢?聽他講罷,全車的上海人都發出酸澀的笑聲。

上海人可以被罵的由頭比上面所說的還要多得多。比如,不止一個擾亂了全國的政治惡棍是從上海發跡的,你上海還有什麼話說?不太關心政治的上海人便惶惶然不再言語,偶爾只在私底下嘀咕一聲:「他們那是上海人?都是外地來的!」

但是,究竟有多少地地道道的上海人?真正地道的上海人就是上海郊區的農民,而上海人又瞧不起「鄉下人」。

於是,上海人陷入了一種無法自拔的尷尬。這種尷尬遠不是自今日起。依我看,上海人始終是中國近代史開始以來最尷尬的一羣。

剖視上海人的尷尬,是當代中國文化研究的一個沉重課題。榮格說,文化賦予了一切社會命題以人格意義。透過上海人的文化心理人格,我們或許能看到一些屬於全民族的歷史課題。

我們這個民族,遇到過的事情太多了,究竟是一種什麼契機,撞擊出了上海文明？它已緊纏著我們走了好一程，會不會繼續連接著我們今後的路程？

2

上海前些年在徐家匯附近造了一家豪華的國際賓館，叫華亭賓館，這個名字起得不錯，因爲上海古名華亭。明代弘治年間的《上海縣誌》稱：

上海縣舊名華亭，在宋時，番商輻輳，乃以鎮名，市舶提舉司及榷貨場在焉。元至元二十九年，以民物繁庶，始割華亭東北五鄉，立縣於鎮，隸松江府，其名上海者，地居海之上洋也。

因此，早期的上海人也就是華亭人。但是，這與我們所說的上海文明基本不相干。我認爲上海文明的肇始者，是明代進士徐光啓，他可算第一個嚴格意義上的上海人。他的墓，離華亭賓館很近。兩相對應，首尾提挈，概括著無形的上海文明。

今天上海人的某種素質，可在徐光啓身上找到一些蹤影。這位聰明的金山衞秀才，南北遊逛，在廣東遇到了意大利傳教士郭居靜，一聊起來，十分融洽，徐光啓開始知道了天主教是怎麼回事。這年他三十四歲，對以儒學爲主幹的中國宗教精神早已沉浸很深，但他並不把剛剛聽説的西方宗教當作西洋鏡一笑了之，也不僅僅作爲一種域外知識在哪篇著作中記述一下而已，而是很深入地思考起來。他並不想放棄科舉，四年後赴北京應試，路過南京時專門去拜訪更著名的歐洲傳教士利瑪竇，詢問人生真諦。以後又與另一位傳教士羅如望交結，並接受他的洗禮。

洗禮後第二年，徐光啓考上了進士，成了翰林院庶吉士，這對中國傳統知識分子來説已跨進了一道很榮耀的門檻，可以安安心心做個京官了。但這個上海人很不安心，老是去找當時正在北京的利瑪竇，探討的話題已遠遠超出宗教，天文、歷法、數學、兵器、軍事、經濟、水利，無所不及。其中，他對數學興趣最大，穿著翰林院的官服，癡癡迷迷地投入了精密的西方數學思維。不久，他居然與利瑪竇一起譯出了一大套《幾何原本》，付諸刊行。當時還是明萬曆年間，離鴉片戰爭的砲火還有漫長的二百三十多年光陰。

這個上海人非常善於處世，並不整天拿著一整套數學思維向封建政治機構尋釁挑戰，而是左右逢源，不斷受到皇帝重用。《幾何原本》刊行二十年後，他竟然做了禮部侍郎，不久又成了禮部尚書。獲得了那麼大的官職，他就正兒八經地宣揚天主教，提倡西方科學文明，延聘重用歐籍人士，忙乎了沒幾年，勞累而死。徐光啓死後，崇禎皇帝「輟朝一日」，以示哀悼，靈柩運回上海安葬。安葬地以後也就是他的家族世代匯居地，開始稱爲「徐家匯」。徐光啓至死都是中西文化的一種奇異組合：他死後由朝廷追封加謚，而他的墓前又有教會立的拉丁文碑銘。

開通、好學、隨和、機靈，傳統文化也學得會，社會現實也周旋得開，卻把心靈的門戶向著世界文明洞開，敢將不久前還十分陌生的新知識吸納進來，並自然而然地匯入人生。不像湖北人張居正那樣爲興利除弊深謀遠慮，不像廣東人海瑞那樣拚死苦諫，不像江西人湯顯祖那樣摯情吟唱，這便是出現在明代的第一個精明的上海人。

人生態度相當現實的徐光啓是不大考慮自己的「身後事」的，但細說起來，他的身後流澤實在十分了得。他的安葬地徐家匯成了傳播西方宗教和科學文明的重鎮。著名的交通大學從上一世紀末開始就出現在這裏，復旦大學在遷往江灣之前也一度設在附近的李公祠內，從徐家匯一帶開始，向東延伸出一條淮海路，筆直地劃過上海灘，它曾經是充分呈現西方文明的一道動脈，老上海高層社會的風度，長久地由此散發。因此有人認爲，如果要把上海文明分個等級，最高一個等級也可名之爲徐家匯文明。

徐光啓的第十六代孫是個軍人，他有一個外孫女叫倪桂珍，便是名震中國現代史的宋氏三姐妹的母親。倪桂珍遠遠地繼承了先祖的風格，是一個虔誠的基督教徒，而且仍然擅長數學。她所哺育的幾個女兒對中國現代社會的巨大影響，可看作徐光啓發端的上海文明的一次重大呈示。

這一包涵著必然歷史邏輯的傳承系脈，在今天常常被現實喧鬧湮沒得黯淡不清。前不久讀一本從英文轉譯過來的《宋美齡傳》，把宋氏三姐妹崇敬的遠祖寫成「文廷匡」，百思而不知何人。追索英文原文，原來是「文定公」徐光啓的謚號。忘記了徐光啓倒是小事，怕只怕上海文明因失落了遠年根基而挺不起身。

曾使上海人一度感到莫名欣慰的，是偶爾在收音機裏聽到宋慶齡女士講話，居然是一口道地的上海口音。連多年失去自信的上海人自己也有點不習慣：一代偉人怎麼會是上海口音？

由此推想，三、四百年前，在北京，一個中國文人背負著古老文化破天荒地與一個歐洲人開始商談《幾何原本》時，操的也是上海口音。

3

只要稍稍具有現代世界地理眼光的人，都會看中上海。北京是一個典型的中國式的京城：背靠長城，面南而坐，端肅安穩；上海正相反，它側臉向東，面對著一個浩瀚的太平洋，而背後，則是一條橫貫九域的萬里長江。對於一個自足的中國而言，上海偏踞一隅，不足爲道；但對於開放的當代世界而言，它卻俯瞰廣遠、吞吐萬匯、處勢不凡。

如果太平洋對中國沒有多大意義，那麼上海對中國也沒有多大意義。一個關死了的門框，能做多少文章？有了它，反會漏進來戶外的勁風，傳進門口的喧囂，擾亂了房主的寧靜。我們有兩湖和四川盆地的天然糧食，上海又遞繳不了多少稻米；我們有數不清的淡水河網，上海有再多的海水也不能食用；我們有三山五岳安駐自己的宗教和美景，上海連個像樣的峯巒都找不到；我們有縱橫九州的寬闊官道，繞到上海還要兜點遠路；我們有許多名垂千古的文物之邦，上海連個縣的資格都年齡太輕……這個依附著黃河成長起來的民族，要一個躲在海邊的上海作甚？

上海從根子上就與凜然的中華文明不太協調，不太和順。

直到十九世紀英國東印度公司的職員黎遜向政府投送了一分報告書，申述上海對新世界版圖的重要性，上海便成爲南京條約中開放通商的五口之一。一八四二年，英國軍艦打開了上海。從此，事情發生了急劇的變化。西方文明挾帶著惡濁一起席捲進來，破敗的中國也越來越把更多的賭注投入其間，結果，這兒以極快的速度出現了能被地球每個角落都聽得見的鬧騰。

徐光啓的後代既有心理準備，又仍然未免吃驚地一下子陷入了這種鬧騰之中。一方面，殖民者、冒險家、暴發戶、流氓、地痞、妓女、幫會一起湧現；另一方面，大學、醫院、郵局、銀行、電車、學者、詩人、科學家也匯集其間。黃浦江汽笛聲聲，霓虹燈夜夜閃爍，西裝革履與長袍馬褂摩肩接踵，四方土語與歐美語言交相斑駁，你來我往，此勝彼敗，以最迅捷的頻率日夜更替。這裏是一個新興的怪異社會，但嚴格說來，這裏更是一個進出要道，多種激流在這裏撞合、喧嘩，捲成巨瀾。

面對這樣一個地方，那個歷史學家都會頭腦發脹，索解不出一個究竟。你可以說它是近代中華民族恥辱的淵藪，但是，一個已經走到了近代的民族如果始終抵拒現代衝撞，就不恥辱了嗎？你也可以說它是中國人走向現代的起點，但是，那一個民族走向現代時的步履會像在上海那樣匆促、慌張、自怯、雜亂無章？你又可以說它是對抗著農業文明而崛起的城市文明，但是，又有那一種城市文明會像上海始終深受著宏廣無比的農村力量的覬覦、分解、包圍和籠罩？

總之，它是一個巨大的悖論，當你注視它的惡濁，它會騰起耀眼的光亮，當你膜拜它的偉力，它會轉過身去讓你看一看瘡痍斑斑的後牆。

但是，就在這種悖論結構中，一種與當時整個中國格格不入的生態環境和心理習慣漸漸形成了。本世紀初年，許多新型的革命者、思想家受到封建王朝的追緝，有租界的上海成了他們的庇護地。特別重要的是，對於這種追緝和庇護，封建傳統和西方文明在上海發生了針鋒相對的衝突，上海人日日看報，細細辨析，開始懂得了按照正常的國際眼光來看，中國歷代遵行的許多法律原則是多麼顛倒是非、不講道理。就從這一個個轟傳於大街小巷間的實際案例，上海人已經隱隱約約地領悟到民主、人道、自由、法制、政治犯、量刑等等概念的正常含義，對於經不起對比的封建傳統產生了由衷的蔑視。這種蔑視不是理念思辨的成果，而是從實際體察中作出的常識性選擇，因此也就在這座城市中具有極大的世俗性和普及性。

就在這一個個案例發生的同時，更具象徵意義的是，上海的士紳、官員都紛紛主張拆去上海舊城城牆，因爲它已明顯地阻礙了車馬行旅、金融商情。他們當時就在呈文中反覆説明，拆去城牆，是「國民開化之氣」的實驗。當然有人反對，但幾經爭論，上海人終於把城牆拆除，成了封建傳統的心理框範特別少的一羣。

後來，一場來自農村的社會革命改變了上海的歷史，上海變得安靜多了。走了一批上海人，又留下了大多數上海人，他們被要求與內地取同一步伐，並對內地負起經濟責任。上海轉過臉來，平一平心旌，開始做起溫順的大兒子。就像巴金《家》

裹的覺新，肩上擔子不輕，再也不能像過去那樣鬧騰。陣陣海風在背後吹拂，不管它，車間的機器在隆隆作響，上班的電車擁擠異常，大伙都累，夜上海變得寂靜冷清。爲了更徹底地割斷那段感人的繁華，大批內地農村的幹部調入上海；爲了防範或許會來自太平洋的戰爭，大批上海工廠遷向內地山區。越是冷僻險峻的山區越能找到上海的工廠，淳樸的山民指著工人的背脊笑一聲：「嘿，上海人！」

這些年，上海人又開始有點不安穩。廣州人、深圳人、溫州人起來了，腰囊鼓鼓地走進上海。上海人瞪眼看著他們，沒有緊緊跟隨。有點自慚形穢，又沒有完全失卻自尊，心想：要是我們上海人真正站起來，將是完全另一番情景。也許是一種自慰吧，不妨姑妄聽之。

4

也許上海人的自慰不無道理。上海文明，首先是一種精神文化特徵。單單是經濟流通，遠不能囊括上海文明。

上海文明的最大心理品性是建築在個體自由基礎上的寬容並存。對上海人來說，寬容已不是一種政策和許諾，而是一種生命本能。

在中國，與上海式的寬容相抵觸的是一種與封建統治長期相偎依的京兆心態。即便封建時代過去了，這種心態的改良性遺傳依然散見處處。這種心態延伸到省城、縣城，構成一種幅度廣大的默契。不管過去是什麼性質的洪流起的作用，這種心態在上海被沖刷得比較淡薄。只要不侵礙到自己，上海人一般不大去指摘別人的生活方式。比之於其他地方，上海人在公寓、宿舍裏與鄰居交往較少，萬不得已幾家合用一個廚房或廁所，互相間的摩擦和爭吵卻很頻繁，因爲各家都要保住自身的獨立和自由。因此，上海人的寬容並不表現爲謙讓，而是表現爲「各管各」。在道德意義上，謙讓是一種美質；但在更深刻的文化心理意義上，「各管各」或許更貼近現代寬容觀。承認各種生態獨自存在的合理性，承認到可以互相不相聞問，比經過艱苦的道德訓練而達到的謙讓更有深層意義。爲什麼要謙讓？因爲選擇是唯一的，不是你就是我，不讓你就要與你爭奪。這是大一統秩序下的基本生活方式和道德起點。爲什麼可以「各管各」？因爲選擇的道路很多，你走你的，我走我的，誰也不會吞沒誰。這是以承認多元世界爲前提而衍生出來的互容共生契約。

上海下層社會中也有不少喜歡議論別人的婆婆媽媽。但即使她們也知道，「管閒事」是被廣泛厭棄的一種弊病。調到上海來工作的外地幹部，常常會苦惱於如何把「閒事」和「正事」區別開來。在上海人心目中，凡是不直接與工作任務有關的個人事務，都屬於別人不該管的「閒事」範疇。

上海人口語中有一句至高無上的反詰語，曰「關儂啥事體？」（即「管你什麼事？」）在外地，一個姑娘的服飾受到同事的批評，她會就批評內容表述自己的觀點，如「裙子短一點有什麼不好」、「牛仔褲穿著就是方便」之類，但一到上海姑娘這裏，事情就顯得異常簡單：這是個人私事，即使難看透頂也與別人無關。因此，她只說一句「關儂啥事體」，截斷全部爭執。說這句話的口氣，可以是忿然的，也可以是嬌嗔的，但道理卻是一樣。

在文化學術領域，深得上海心態的學者，大多是不願意去與別人「商榷」，或去迎戰別人的「商榷」的。文化學術的道路多得很，大家各自走著不同的路，互相遙望一下可以，幹嘛要統一步伐？這些年來，文化學術界多次出現過所謂「南北之爭」、「海派京派之爭」，但這種爭論大多是北方假設的。上海人即使被「商榷」了也很少反擊，他們固執地堅持著自己的觀點，對於反對者，他們心中迴盪著一個頑皮的聲音：「關儂啥事體？」

本於這種個體自立的觀念，上海的科學文化往往具有新鮮性和獨創性；但是，也正是這種觀念的低層次呈現，上海又常常構不成羣體性合力，許多可喜的創造和觀念顯得比較單薄。本於這種個體自立的觀念，上海人有一種冷靜中的容忍和容忍中的冷靜。一位旅臺同胞回上海觀光後寫了一篇文章，說「上海人什麼沒有見過。」誠然，見多識廣導向了冷靜和容忍，更重要的是，他們習慣於事物的高頻率變更，因此也就領悟到某種相反相成的哲理，變成了逆反性的冷靜。他們求變，又進而把變當作一種自然，善於在急劇變更中求得一分自我，也不詫異別人在變更中所處的不同態勢。

根據這種心理定勢，上海人很難在心底長久而又誠懇地服從一個號令，崇拜一個權威。一個外地的權威一到上海，常常會覺得不太自在。相反，上海人可以崇拜一個在外地並不得志、而自己看著真正覺得舒心的人物。京劇好些名角的開始階段，都是在上海唱紅了的。並不是京劇重鎮的上海，以那麼長的一個時間衛護住了一個奇特的周信芳，這在另一座城市也許有點難於想像。上海人可以不講任何道理，一夜之間喜歡上了初出茅廬的越劇小生趙志剛、滬劇演員茅善玉，根本不管他們還沒有唱上幾回戲，或剛剛來自農村。那些想用資歷、排行、派頭來壓一壓上海人的老藝術家，剛到上海沒幾天就受到了報紙的連續批評。對於晉京獲獎之類，上海藝術家大多不感興趣。

北京人民藝術劇院要來上海演《茶館》等戲，作出這個決定時我正在北京參加全國文代會。北京戲劇界的朋友們十分擔心：如此蒼老的一個劇團，演幾臺老派戲，在上海這個流通碼頭能否成功？我和幾個上海同行都很有信心地回答：能！果然如此，上海人對真正的藝術表示了誠懇的熱忱，管它是舊是新。但是，在北京轟動萬分的「人體畫大展」一搬到上海卻遇到了出乎意外的平靜。

5

上海文明的又一心理品性，是對實際效益的精明估算。也許是徐光啓的《幾何原本》餘脈尚存，也許是急速變化的周圍現實塑造成了一種本領，上海人歷來比較講究科學實效，看不慣慢吞木訥的傻樣子。

搞科學研究，搞經營貿易，上海人膽子不大，但失算不多。全國各單位都會有一些費腦子的麻煩事，一般請上海人來辦較爲稱職。這在各地都不是秘密。可惜，事實上現在遞交給上海人需要消耗高腦力的事情並不多，因此才華外溢，精明的估算用的不是地方，構成了上海人的一大毛病。

上海人不喜歡大請客，酒海肉山；不喜歡「侃大山」，神聊通宵；不喜歡連續幾天伴陪著一位外地朋友，以示自己對友情的忠誠；不喜歡聽大報告，自己也不願意作長篇發言；上海的文化沙龍怎麼也搞不起來，因爲參加者一估算，賠上那麼多時間得不償失；上海人外出即使有條件也不太樂意住豪華賓館，因爲這對那一方面都沒有實際利益……凡此種種，都無可非議，如果上海人的精明只停留在這些地方，那就不算討厭。

但是，在這座城市，你也可以處處發現聰明過度的浪費現象。不少人若要到市內一個較遠的地方去，會花費不少時間思考和打聽那一條線路、幾次換車的車票最爲省儉，那怕差三五分錢也要認眞對待。這種事有時發生在公共汽車上，車上的旁人會脫口而出提供一條更省儉的路線，取道之精，恰似一位軍事學家在選擇襲擊險徑。車上的這種討論，常常變成一種羣體性的投入，讓人更覺悲哀。公共宿舍裏水電、煤氣費的分攤糾紛，發生之頻繁，上海很可能是全國之最。

可以把這一切都歸因於貧困。但是，他們在爭執時嘴上叼著的一支外國香煙，已足可把爭執的費用雙倍抵回。

我發現，上海人的這種計較，一大半出自對自身精明的衛護和表現。智慧會構成一種生命力，時時要求發洩，即便對象物是如此瑣屑，一發洩才會感到自身的强健。這些可憐的上海人，高智商成了他們沉重的累贅。沒有讓他們去鑽研微積分，沒有讓他們去畫設計圖，沒有讓他們去操縱流水線，沒有讓他們置身商業競爭的第一線，他們怎麼辦呢？去參加智力競賽，年紀已經太大；去參加賭博，聲名經濟皆受累。他們只能耗費在這些芝麻綠豆小事上，雖然認真而氣憤，也算一種消遣。

本來，這樣的頭腦，這一分口才，應出現在與外商談判的唇槍舌劍之間。

上海人的精明和智慧，構成了一種羣體性的邏輯曲線，在這座城市的大街小巷中處處晃動、閃爍。快速的領悟力，迅捷的推斷，彼此都心有靈犀一點通。電車裏買票，乘客遞上一角五分，只說「兩張」，售票員立即撕下兩張七分票，像是比賽著敏捷和簡潔。一切不能很快跟上這條邏輯曲線的人，上海人總以爲是外地人或鄉下人，他們可厭的自負便由此而生。上海的售票員、營業員，服務態度在全國不算下等，他們讓外地人受不了的地方，就在於他們常常要求所有的顧客都有一樣的領悟力和推斷力。凡是沒有的，他們一概稱之爲「拎勿清」，對之愛理不理。

平心而論，這不是排外，而是對自身智慧的悲劇性執迷。

上海人的精明估算，反映在文化上，就體現爲一種「雅俗共賞」的格局。上海文化人大多是比較現實的，不會對已逝的生活現象迷戀到執著的地步，總會釀發出一種突破意識和先鋒意識。他們文化素養不低，有足夠的能力涉足國內外高層文化領域。但是，他們的精明使他們更多地顧及到現實的可行性和接受的可能性，不願意充當傷痕斑斑、求告無門的孤獨英雄，也不喜歡長期處於曲高和寡、孤芳自賞的形態。他們有一種天然的化解功能，把學理融化於世俗，讓世俗閃耀出智慧。毫無疑問，這種化解，常常會使嚴謹縝密的理論懈弛，使奮發淩厲的思想圓鈍，造成精神行爲的疲庸；但是，在很多情況下，它又會款款地使事情取得實質性進展，獲得慷慨突進者所難於取得的效果。這很可稱之爲文化演進的精明方式。

特別能體現上海文明雅俗共賞特徵的，是那張《新民晚報》。它始終保持著雅俗文化之間的巧妙平衡，結果，上海市民中有很大一部分是把讀《新民晚報》當作每天不可缺少的生活規程的，而教授學者也絕不會把它鄙棄。它開闢了一個頗爲奇妙的文化中介地帶，大雅大俗均可隨腳出入，而一個上海城就座落其間。由此我們可以聯想到上海的戲劇、繪畫、影視、小說，都有類似特徵。

6

上海文明的另一種心理品性，是發端於國際交往歷史的開放型文化追求。

相比之下，在全國範圍內，上海人面對國際社會的心理狀態比較平衡。他們從來在內心沒有鄙視過外國人，因此也不會害怕外國人，或表示超乎常態的恭敬。他們在總體上有點崇洋，但在氣質上卻不大會媚外。我的朋友沙葉新幽默地提出過他的人生態度之一是「崇洋不媚外」，很可借過來概括上海人的心態。

毫無疑問，這與這座城市的歷史密切有關。老一代人力車夫都會說幾句英語，但即使低微如他們，也敢於在「五卅」的風潮中與外國人一爭高低。上海的里弄裏一直有不少外國僑民住著，長年的鄰居，關係也就調節得十分自然。上海商店的營業員不會把一個外國顧客太當作一回事，他們常常還會估量外國顧客的經濟實力，幫他出點購物的主意。

北方不少城市稱外國人爲「老外」，這個不算尊稱也不算鄙稱的有趣說法，似乎挺密切，實則很生分，至今無法在上海生根。在上海人的口語中，除了小孩，很少把外國人統稱爲「外國人」，只要知道國籍，一般總會具體地說美國人、英國人、德國人、日本人。這說明，連一般市民，與外國人也有一種心理趨近。

今天，不管是那一個階層，上海人對子女的第一企盼是出國留學。到日本邊讀書邊打工是已經走投無路了的青年們自己的選擇；只要子女還未成年，家長是不作這種選擇的，他們希望子女能正正經經到美國留學。這裏普及著一種國際視野。

其實，即使在沒有開放的時代，上海人在對子女的教育上也隱隱埋伏著一種國際性的文化要求，不管當時能不能實現。上海的中學對英語一直比較重視，即使當時幾乎沒有用，也沒有家長提出免修。上海人總要求孩子在課餘學一點鋼琴或歌唱，但又並不希望他們被吸收到當時很有吸引力的部隊文工團。一度在全國十分響亮的哈爾濱軍事工業大學，歷來對上海的優秀考生構不成嚮往。在「文革」動亂中，好像一切都滅絕了，但有幾次外國古典音樂代表團悄悄來臨，報紙上也沒作什麼宣傳，不知怎麼立即會捲起搶購票子的熱潮，這麼多外國音樂迷原先都躲在那兒呢？開演的時候，他們衣服整潔，秩序和禮節全部符合國際慣例，很為上海人爭臉。前些年舉行貝多芬交響音樂會，難以計數的上海人竟然在凜冽的寒風中通宵排隊。兩年前，我所在的學院試演著名荒誕派戲劇《等待戈多》，按一般標準，這齣戲看起來十分枯燥乏味，國外不少城市演出時觀衆也不多。但是上海觀衆卻能靜靜看完，不罵人，不議論，也不歡呼，其間肯定有不少人是完全看不懂的，但他們知道這是一部世界名作，應該看一看，自己看不懂也很自然，既不恨戲也不恨自己。一夜又一夜，這批去了那批來，平靜而安詳。

毋庸諱言，上海的下層社會並不具備國際性的文化追求，但長期置身在這麼一個城市裏。久而久之，至少也養成了對一般文化的景仰。上海也流行過「讀書無用論」，但情況與外地略有不同，絕大多數家長都不能容忍一個能讀上去的子女自行輟學，只有對實在讀不好的子女，才用「讀書無用論」作爲藉口聊以自慰，並向鄰居搪塞一下。即使在「文革」動亂中，「文革」前最後一批大學畢業生始終是視點集中的求婚對象，那怕他們當時薪水很低，前途無望，或外貌欠佳。在特定的歷史條件和社會環境中，這種對文化的景仰帶有非實利的盲目性，最講實利的上海人在這一點上不講實利，依我看，這是上海人與廣州人的最大區別之一，儘管他們在其他不少方面頗爲接近。

7

上海文明的心理特徵還可以舉出一些來，但從這幾點已可看出一點大概。

有趣的是，上海文明的承受者是一個構成極爲複雜的羣體，因此，這種文明並不體現爲一個規定死了的羣體，而是呈現爲一種無形的心理秩序，吸納著和放逐著來來去去的過往人丁。有的人，居住在上海很久還未能皈依這種文明，相反，有的人進入不久便神魂與共。這便產生了非戶籍意義上，而是心理文化意義上的上海人。

無疑，上海人遠不是理想的現代城市人。一部扭曲的歷史限制了他們，也塑造了他們；一個特殊的方位釋放了他們，又制約了他們。他們在全國顯得非常奇特，在世界上也顯得有點怪異。

在文化人格結構上，他們是缺少皈依的一羣。靠傳統？靠新潮？靠內地？靠國際？靠經濟？靠文化？靠美譽？靠實力？靠人情？靠效率？他們的靠山似乎很多，但每一座都有點依稀朦朧。他們最容易灑脫出去，但又常常感到一種灑脫的孤獨。

他們做過的，或能做的夢都太多太多。載著滿腦子的夢想，拖著踉蹌的腳步。好像有無數聲音在呼喚著他們，他們的才幹也在渾身衝動，於是，他們陷入了真正的惶惑。

他們也感覺到了自身的陋習，憬悟到了自己的窩囊，卻不知挽什麼風，捧什麼水，將自己洗滌。

他們已經傾聽過來自黃土高原的悲愴壯歌，也已經領略過來自南疆海濱的輕快步履，他們欽羨過，但又本能地懂得，欽羨過分了，我將不是我。我究竟是誰？該做什麼？整座城市陷入了思索。

前年夏天在香港參加一個國際會議，聽一位中國問題專家說：「我做了認真調查，敢於斷言，上海人的素質和潛力，絕不比世界上許多著名的城市差！」這種激勵的話語，上海人已聽了不止一次，越聽越增加思考的沉重度。

每天清晨，上海人還在市場上討價還價，還在擁擠的公共汽車上不斷吵架。晚上，回到家，靜靜心，教訓孩子把英文學好。孩子畢業了，出息不大，上海人嘆息一聲，撫摸一下自己斑白的頭髮。

一部怪異的上海史，落到這一代人手上繼續書寫。

8

續寫上海新歷史，關鍵在於重塑新的上海人。重塑的含義，是人格結構的調整。對此請允許我說幾句重話。

今天上海人的人格結構，在很大的成分上是百餘年超濃度繁榮和動亂的遺留。在本世紀前期，上海人大大地見了一番世面，但無可否認，那時的上海人在總體上不是這座城市的主宰。上海人長期處於僕從、職員、助手的地位，是外國人和外地人站在第一線，承受著創業的樂趣和風險。衆多的上海人處於第二線，觀看著、比較著、追隨著、參謀著、擔心著、慶幸著，來反覆品嘗第二線的樂趣和風險。也有少數上海人衝到了第一線，如果成功了，後來也都離開了上海。這種整體角色，既使上海人見聞廣遠，很能適應現代競爭社會，又缺少自主氣魄，不敢讓個體生命燦爛展現。

直到今天，即便是上海人中的佼佼者，最合適的崗位仍是某家跨國大企業的高級職員，而很難成爲氣吞山河的第一總裁。上海人的眼界遠遠超過闖勁，適應力遠遠超過開創力。有大家風度，卻沒有大將風範。有鳥瞰世界的視野，卻沒有縱橫世界的氣概。

因此，上海人總在期待。他們眼界高，來什麼也不能滿足他們的期待，只好靠發發牢騷來消遣。牢騷也僅止於牢騷，制約著他們的是職員心態。

沒有敢爲天下先的勇氣，沒有統領全局的强悍，上海人的精明也就與怯弱相伴隨。他們不會高聲朗笑，不會拚死搏擊，不會孤身野旅，不會背水一戰。連玩也玩得很不放鬆，前顧後盼，拖泥帶水。連談戀愛也少一點浪漫色彩。

上海人的醜陋性，大多由此伸發。失去了人生的浩大走向，智慧也就成了手上的一種私人玩物。文化程度高的，染上沙龍氣，只聽得機敏的言詞滾滾滔滔，找不到生命激潮的湧動；文化程度低的，不分場合耍弄機智，每每墮於刻薄和惡謔；再糟糕一點的，則走向市儈氣乃至流氓氣，成爲街市間讓人頭痛的渣滓。上海人的日子過得並不順心，但由於他們缺少生命感，也就缺少悲劇性的體驗，而缺少悲劇性體驗也就缺少了對崇高和偉大的領受；他們號稱偏愛滑稽，但也僅止於滑稽而達不到真正的幽默，因爲他們不具備幽默所必須有的大氣和超逸。於是，上海人同時失卻了深刻的悲和深刻的喜，屬於生命體驗的兩大基元對他們都頗爲黯淡。本來，中國的藝術文化走到今天不應該再完全寄情於歸結歷史的反思形態，上海理應在開拓新的時空中有更大的作爲，但上海人的這種素質一時擔當不了這個重任，對生命體驗的黯淡決定了他們的小家子氣。中國文化在可以昂首突進的地方找不到多少歷險家，卻遇到了那麼多大大小小的職員。

即便是受到全國厭棄的那分自傲氣，也只是上海人對於自己生態和心態的盲目守衛，傲得瑣瑣碎碎，不成氣派。真正的强者也有一分自傲，但是有恃無恐的精神力量使他們變得大方而豁達，不會只在生活方式、言談舉止上自我陶醉，冷眼看人。

總而言之，上海人的人格結構儘管不失精巧，卻缺少一個沸沸揚揚的生命熱源。於是，這個城市失去了燙人的力量，失去了浩蕩的勃發。

可惜，譏刺上海人的鋒芒，常常來自一種更落後的規範：說上海人崇洋迷外、各行其是、離經叛道；要上海人重歸樸拙、重返馴順、重組一統。對此，胸襟中貯滿了海風的上海人倒是有點固執，並不整個兒幡然悔悟。暫時寧肯這樣，不要匆忙趨附。困惑迷惘一陣子，說不定不久就會站出像模像樣的一輩。

上海人人格結構的合理走向，應該是更自由、更强健、更熱烈、更宏偉。它的依憑點是大海、世界、未來。這種人格結構的羣體性體現，在中國那座城市都還沒有出現過。

如果永遠只是一個擁擠的職員市場，永遠只是一個新一代華僑的培養地，那麼，在未來的世界版圖上，這個城市將黯然隱退。歷史，從來不給附庸以地位。

不久前，我讀到一則國外通訊社的報導，說德國一座城市中有一家奇蹟般的書店，在這家書店裏竟能買到上海地圖！外國記者的驚嘆使我心酸，他們在報導的前文中已說明，這家書店出售著全世界各大城市的地圖。可是爲什麼多了一張上海地圖，就這樣大驚小怪？

上海的地位，本不是這樣，本不應這樣！

如果人們能從地理空間上發現時間意義，那就不難理解：失落了上海的中國，也就失落了一個時代。失落上海文明，是全民族的悲哀。

五城記

一、開封

它背靠一條黃河，腳踏一個宋代，像一位已不顯赫的貴族，眉眼間仍然器宇非凡。省會在鄭州，它不是。這是它的幸運。曾經滄海難爲水，老態龍鍾的舊國都，把忙忙顛顛的現代差事，灑脫地交付給鄰居。陪同我的人說，宋史上記載的舊地名，都在今天開封地底下好幾公尺。黃河經常決水，層層淤泥堆積，把宋代繁密的腳印深深潛藏。龐貝古城潛藏得過於轟轟烈烈，中國人溫文爾雅，連自然力也入鄉隨俗，一層層地慢慢來。開封古都，用災難的刷把，一次次刷新。人們逃了又來了，重新墾殖，重新營建，重新喚醒古都氣韻，重新召來街市繁榮。開封最驕傲的繁榮，見之於《清明上河圖》。

開封就像我們整個民族，一再地在災難的大漠上重新站立，立誓恢復淤泥下的昔日繁華。但是，淤泥下的一切屬於記憶，記憶像銀灰色的夢，不會有其他色彩。於是，開封成了一個褪色的遺址。

只有最高大、最堅牢的構建未曾掩埋。臺階湮沒了，殿身猶在；高塔被淤沒底層，仍然巍然不摧。那天我與友人同去開封，不知爬了多少石階，古塔、古塔、古塔，宮殿、宮殿、宮殿。我累了，上下環顧，對友人說：「我真想把荒草的石階拍下來，題名時間。」友人說：「別拍了，一端相機便成了現代。」

倒也是。時間的力量只能靠著體力慢慢去爬、去體會，不能拿著一張照片輕鬆地去看。一輕鬆，全都變味。

國內許多古塔已經禁止人們攀援，而開封古塔卻聽便。不必過於擔心有無數的人在塔中擁擠，爬塔是一種體力和意志的考驗。塔階很窄、很陡、也很暗，不拚力爬到每層的窗洞口你不可能停下，到了窗洞口又立即產生更上一層觀看的渴念。爬塔心理可以構成一種強烈的縣念線，塔頂塔尖是一種至高無上的召喚。要嘛不進塔，進了它，爬了它，很少有人半途而返。讓體力心力不濟的人們靜靜仰望吧，塔身中天天地進行著青春和生命的接力賽。千年前建塔的祖先們，不經意地留下了物理上和心理上的兩個制高點，來俯瞰一代代的子孫是否有點出息、有點能耐。當我爬到最後一層，我真想氣喘吁吁地叫一聲：「我報到，我的祖先！」

是的，只有遠遠高於現實的構建，才有能力召喚後代。

二、南　京

六朝金粉足能使它名垂千古，何況它還有明、清兩代的政治大潮，還有近代和現代的殷殷血火。

許多事，本來屬於全國，但一到南京，便變得特別奇崛，讓人久久不能釋懷。歷代妓女多得很，那像明末清初的「秦淮八豔」，那樣具有文化素養和政治見識，使整整一段政治文化史都染上豔麗色彩？歷代農民起義多得很，那像葬身紫金山的朱元璋和把南京定都爲天京的洪秀全，那樣叱吒風雲，鬧成如此氣象？歷代古都多得很，那像南京，直到現代還一會兒被外寇血洗全城，一會兒在砲火中作歷史性永訣，一次次搞得地覆天翻？

中華民族就其主幹而言，挺身站起於黃河流域。北方是封建王朝的根基所在，一到南京，受到楚風夷習的侵染，情景自然就變得怪異起來。南京當然也要領受黃河文明，但它又偏偏緊貼長江，這條大河與黃河有不同的性格。南京的怪異，應歸因於兩條大河的强力衝撞，應歸因於一個龐大民族的異質聚匯。

這種衝撞和聚匯，激浪喧天，聲勢奪人。因此，南京城的氣魄，無與倫比，深深銘刻著南北交戰的宏大悲劇性體驗。玄武湖邊上的古城牆藤葛拂拂，明故宮的遺址仍可尋訪，雞鳴寺的鐘聲依稀能聞，明孝陵的石人石馬巍然端立，秦淮河的流水未曾枯竭，夫子廟的店鋪重又繁密，棲霞山的秋葉年年飄落，紫金山的架勢千載不移，去中山陵、靈谷寺的林蔭道，永遠是那樣令人心醉。

別的故鄉，把歷史濃縮到宮殿；而南京，把歷史溶解於自然。在南京，不存在純粹學術性的參觀，也不存在可以捨棄歷史的遊玩。北京是過於鋪張的聚集，杭州是過於擁擠的沉澱，南京既不鋪張也不擁擠，大大方方地暢開一派山水，讓人去讀解中國歷史的大課題。我多次對南京的朋友説，一個對山水和歷史同樣寄情的中國文人，恰當的歸宿地之一是南京。除了夏天太熱，語言不太好聽之外，我從不掩飾對南京的喜愛。

心中珍藏的千古名詩中，有不少與南京有關，其中尤以劉禹錫的《石頭城》爲最：

山圍故國周遭在，
潮打空城寂寞回。
淮水東邊舊時月，
夜深還過女牆來。

一千多年前的詩人已把懷古的幽思開拓到如此氣派，再加上一千年，南京城實在是氣可吞天。

三、成 都

對整個中國版圖來說，羣山密布的西南躲藏著一個成都，真是一種大安慰。

我初次入川，是沿寶成鐵路進去的。已經看了那麼久的黄土高原，連眼神都已萎黄。山間偶爾看見一條便道，一間石屋，便會使精神陡然一震，但它們很快就消失了，永遠是寸草不生的連峯，隨著轟隆隆的車輪聲緩緩後退，沒完沒了。也有險峻的山勢，但落在一片灰黄的單色調中，怎麼也顯現不出來。造物主一定是打了一次長長的瞌睡，把調色板上的全部灰黄都傾倒在這裏了。

開始有了隧洞，一個接一個，過洞時車輪的響聲震耳欲聾，也不去管它，反正已張望了多少次，總也沒有綠色的希望。但是，隧洞爲什麼這樣多呢，剛剛衝出一個又立即竄進一個，數也數不清。終於感到，有這麼隆重的前奏，總會有什麼大事情要發生了。果然，不知是竄出了那一個隧洞，全車廂一片歡呼：窗外，一派美景從天而降。滿山綠草，清瀑飛濺，黄花灼眼，連山石都濕淥淥地布滿青苔。車窗外成排的桔子樹，碧綠襯著金黃，碩大的桔子，好像伸手便可摘得。土地黑油油的，房舍密集，人畜皆旺。造物主醒了，揉眼抱愧自己的失責，似要狠命地在這兒補上。

從此，我們一刻也不願離開車窗，直至成都的來到。

有了一個成都作目的地，古代的旅行者可以安心地飽嘗入川的千里之苦了。蜀道雖難，有成都在，再難也是風雅，連瘦弱文人也經受得了。

中華文明所有的一切，成都都不缺少。它遠離東南，遠離大海，很少耗散什麼，只知緊緊匯聚，過著濃濃的日子，富足而安逸。那麼多山嶺衞護著它，它雖然也發生過各種衝撞，卻沒有捲入過鋪蓋九州的大災荒，沒有充當過赤地千里的大戰場。只因它十分安全，就保留著世代不衰的幽默；只因它較少刺激，就永遠有著麻辣的癖好；只因它有飛越崇山的渴望，就養育了一大批才思橫溢的文學家。

成都是中國歷史文化的豐盈偏倉。這裏的話題甚多，因此有那麼多茶館，健談的成都人為自己準備了品類繁多的小食，把它們與歷史一起細細咀嚼品嘗。

成都的名勝古蹟，有很大一部分是外來遊子的遺址。成都人挺大方，把它們仔細保存，恭敬瞻仰。比之於重慶，成都的沉澱力強得多。正是這種沉澱力，又構建了它的穩健。重慶略嫌浮囂。

重慶也有明顯的長處，它的朝天門碼頭，虎虎地朝向長江，遙指大海，通體活氣便在這種指向中迴盪。沉靜的成都是缺少這種指向的，古代的成都人在望江樓邊灑淚揖別，解攬揮槳，不知要經過多少曲折，才能抵達無邊的寬廣。

成都的千古難題至今猶在：如何從深厚走向寬廣？

四、蘭　州

常聽人說，到西北最難適應的是食物。但我對蘭州印象最深的卻是兩宗美食：牛肉麵與白蘭瓜。

因此，這座黃河上游邊的狹長古城，留給我兩種風韻：濃厚與清甜。

蘭州牛肉麵取料十分講究，一定要是上好黃牛腿肉，精工烹煮，然後切成細丁，拌上香葱、乾椒和花椒；麵條粗細隨客，地道的做法要一碗碗分開煮，然後澆上適量牛肉湯汁，蓋上剛剛炒好的主料。滿滿一大碗，端上來麵條清齊、油光閃閃、濃香撲鼻。一上口味重不膩，爽滑麻燙。另遞鮮湯一小碗，如若還需牛肉，則另盤切送，片片乾挺而柔酥，佐蒜泥辣醬。在蘭州吃牛肉麵，一般人都會超過平時的食量。

我蘭州的朋友范克峻先生是一位歷盡磨難之人，經常帶我到一家鋪子吃牛肉麵。掌勺的馬師傅年事已高，見范先生來便親自料理一切，不容有半點差池。范先生輕聲告訴我，這位馬師傅實在是一位俠義之士，別看他每天只是切肉煮麵，你完全可以把一切信託於他。三十多年前，一位每天到這兒吃麵的演員突然遭冤被捕，關在監獄裏，判刑不輕。妻子親朋都離他而去，過年過節時也沒人來探望。他萬萬沒有想到，竟然是這位馬師傅出現在鐵窗之前，手提一包乾切牛肉，無言捧上。如此者每年不斷，一直延續整整二十年之久。二十年後，演員的冤案昭雪平反，他又重登舞臺，名震全城。不管他用什麼方式來邀請和感謝，馬師傅全不接受，只在他每天早晨來吃牛肉麵時，投以輕輕一笑。

正說著，馬師傅的牛肉麵已經煮好端來，只一口，我就品出蘭州的厚味來了。

在風味上，白蘭瓜與牛肉麵正恰構成强烈對比。這種瓜吃時須剖成長條，入口即滿嘴清涼，味不濃，才嚼幾下就消融在咽喉之間，立時覺得通體潤爽。據説白蘭瓜是外來品種，蘭州接納了它，很快讓它名揚中華。蘭州雖然地處僻遠的西北，卻是聞名的瓜果之鄉。只要是好瓜好果大多都能在蘭州存活，而且加添上一分香甜。火車經過蘭州站，車廂裏會變戲法一樣立即貯滿了各種瓜果，性急的旅客立即取刀削食，滿車都是甜津津的清香。

瓜果的清香也在蘭州民風中迴盪。與想像中的西北神貌略有差異，這兒的風氣頗爲疏朗和開放。衣著入時，店貨新潮，街道大方，書畫勁麗，歌舞鼎盛，觀衆看戲的興趣也灑脫的正常。京劇、越劇、秦腔都看，即便是演一個外國話劇，票房價值仍然很高。去敦煌必須經蘭州，因此在蘭州的外國旅遊者很多。蘭州的一大缺憾，是機場離市區實在太遠，極爲不便；但蘭州機場女播音員的英語水平，在我聽來，在全國機場之上，這又給國際友人帶來了一種舒坦。

這便是蘭州，對立的風味和諧著，給西北高原帶來平撫，給長途旅人帶來慰藉。中華民族能在那麼遙遠的地方挖出一口生命之泉噴湧的深井，可見體力畢竟還算旺盛的。有一個蘭州在那裏駐節，我們在穿越千年無奈的高原時也會浮起一絲自豪。

五、廣州

終究還得說說廣州。

前年除夕，我因購不到機票，被滯留在廣州。許多朋友可憐我，紛紛來邀請到他們家過年。我也就趁機，輪著到各家走了走。

走進每家的客廳，全是大株鮮花。各種色彩都有，名目繁多，記不勝記。我最喜歡的是一株株栽在大盆裏的金桔樹，深綠的葉，金黃的果，全都亮閃閃的。一位女作家順手摘下兩枚，一枚遞給我，一枚丟進嘴裏。她丈夫笑著說：「不到新年，準被她吃光！」而新年就在明天。

那天下午，幾位朋友又來約我，說晚上去看花市，除夕花市特別熱鬧；下午就到郊區去看花圃。到花圃去的路上，一輛一輛全是裝花的車。廣州人不喜愛斷枝摘下的花，習慣於連根盆栽，一盆盆地運。許多花枝高大而茂密，把卡車駕駛室的頂都遮蓋了，遠遠看去，只見一羣羣繁花在天際飛奔，神奇極了。這些繁花將奔入各家各戶，人們在花叢中斟酒祝福。我覺得，比之於全國其他地方，廣州人更有權利說一句：春節來了！

可惜，從花圃回來，我就拿到了機票，立即趕向機場，晚上的除夕花市終於沒有看成。

在飛機上，滿腦子還盤旋著廣州的花。我想，內地的人們過春節，大多用紅紙與鞭炮來裝點，那裏的春意和吉祥氣，是人工鋪設起來的。惟有廣州，硬是讓運花車運來一個季節，把實實在在的春天生命引進家門，因此慶祝得最爲誠實、最爲透徹。

據說，即便在最動蕩的年月，廣州的花市也未曾停歇。就像廣州人喝早茶，天天去，悠悠然地，不管它潮漲潮退、雲起雲落。

以某種板正的觀念看來，花市和早茶，只是生活的小點綴，社會大事多得很，那能如此迷醉。種種淩厲的號令遠行千里抵達廣州，已是聲威疏淡，再讓它旋入花叢和茶香，更是難以尋見。「廣州怎麼回事？」有人在吆喝。廣州人好像沒有聽見，嘟噥了一聲很難聽懂的廣州話，轉身嗅了嗅花瓣，又端起了茶盞。

廣州歷來遠離京城，面對大海。這一方位使它天然地與中國千年封建傳統構成了逆反。千里驛馬跑到這裏已疲倦不堪，而遠航南洋的海船正時時準備拔錨出發。當驛馬實在攪得人煩不勝煩的時候，這兒兀兀然站出了康有爲、梁啓超、黃遵憲、孫中山，面對北方朗聲發言。一時火起，還會打點行裝，慷慨北上，把事情鬧個青紅皂白。北伐，北伐，廣州始終是北伐的起點。

北上常常失敗。那就回來，依然喝早茶、逛花市，優閒得像沒事人一樣，過著世俗氣息頗重的情感生活。

這些年，廣州好像又在向著北方發言了，以它的繁忙，以它的開放，以它的勇敢。不過這次發言與以前不同，它不必暫時捨棄早茶和花市了，濃濃冽冽地，讓慷慨言詞拌和著茶香和花香，直飄遠方。

像我這樣一個文人，走在廣州街上有時也會感到寂寞。倒也不是沒有朋友，在廣州，我的學生和朋友多得很，但他們也有寂寞。我們都在尋找和期待著一種東西，對它的創造，步履不能像街市間的人羣那樣匆忙，它的功效，也不像早茶和花市，只滿足日常性、季節性的消耗。

牌坊

1

童年的時候，家鄉還有許多牌坊。

青山綠水，長路一條，走不了多遠就有一座。高高的，全由青石條砌成，石匠們手藝高超，雕鑿得十分細潔。頂上有浮飾圖紋，不施彩粉，通體乾淨。鳥是不在那裏築窩的，飛累了，在那裏停一停，看看遠處的茂樹，就飛走了。

這算是鄉間的名勝。夏日，涼沁沁的石板底座上總睡著幾個赤膊的農夫，走腳小販擺開了攤子，孩子們繞著石柱奔跑。哪個農夫醒來了，並不立即起身，睜眼仰看著天，仰看著牌坊堂皇的頂端，嘟噥一聲：「嗐，這家有錢！」走腳小販消息靈通，見多識廣，慢悠悠地接口。有一兩句飄進孩子們的耳朵，於是知道，這叫貞節牌坊，哪個女人死了丈夫，再不嫁人，就立下一個。

村子裏再不嫁人的孀孀婆婆多得很，爲什麼不來立呢？只好去問她們，打算把牌坊立在哪裏。一陣惡罵，還抹下眼淚。

於是牌坊變得凶險起來。玩完了，也學農夫躺下，胡亂猜想。白雲飄過來了，好像是碰了一下牌坊再飄走的。晚霞升起來了，紅得眼明，晚霞比牌坊低，牌坊比天還高，黑陰陰的，像要壓下來。閉一閉眼睛再看，天更暗了，牌坊的石柱變成長長的腳，有偏長的頭，有狹狹的嘴。一骨碌爬起身來，奔逃回家。

從此與牌坊結仇，詛咒它的倒塌。夜裏，風暴雨狂，普天下生靈顫慄，早晨，四野一片哭聲。莊稼平了，瓦片掀了，大樹折了，趕快去看牌坊，卻定定地立著，紋絲不動。被雨透透地澆了一遍，被風狠狠地刮了一遍，亮閃閃地，更精神了，站在廢墟上。

村外有一個尼姑庵，最後一個尼姑死於前年。庵空了，不知從哪裏來了一位老先生，說要在這裏辦學堂。後來又來了幾個外地女教師，紅著臉細聲細氣到各家一說，一些孩子上學了。學了幾個字，便到處找字。鄉下有字的地方太少，想牌坊該有字，一座座看去，竟沒有。一個字也沒有。因此傻想，要是那個走腳小販死了，誰還知道牌坊的主人呢？

幸好，村子裏還有一個很老的老頭。老頭家像狗窩，大人們關照不要去，他是幹盜墓營生的。有個晚上他又與幾個伙伴去幹那事，黑咕隆咚摸到一枚戒指，偷偷含在嘴裏。伙伴們聽他口音有異，都是內行，一陣死拳，打成重傷，吐出來的是一枚銅戒，換來焦餅十張。從此，孩子們只嫌他髒，不敢看他那嘴。但是，他倒能說牌坊許多事。他說，立牌坊得講資格，有錢人家，沒過門的姑娘躲在繡房裏成年不出，一聽男方死了，見都沒見過面呢，也跟著自殺；或者……

都是小孩子聽不懂的話。只有一句聽得來神，他是低聲說的：「真是奇怪，這些女人說是死了，墳裏常常沒有。」

鄉下的孩子，腦袋裏不知裝了多少猜不透的怪事。誰也解答不了，直到呆呆地年老。老了，再講給孩子們聽。

2

管它無字的牌坊呢，管它無人的空棺呢，只顧每天走進破殘的尼姑庵，上學。

尼姑庵真讓人吃驚。進門平常，轉彎即有花廊，最後竟有滿滿實實的大花圃藏在北牆裏邊。不相信世間有那麼多花，不相信這塊熟悉的土地會擠出這麼多顏色。孩子們一見這個花圃，先是驚叫一聲，然後不再作聲，眼光直直的，亮亮的，腳步輕輕的，悄悄的，走近前去。

這個花圃，占了整個尼姑庵的四分之一。這羣孩子只要向它投了一眼，立時入魔，一輩子丟不下它。往後，再大的花園也能看到，但是，讓幼小的生命第一次領略聖潔的燦爛的，是它。它在孩子們心頭藏下了一種彩色的宗教。

女教師說，這些花是尼姑們種的。尼姑才細心呢，也不讓別人進這個小園，舒舒暢暢地種，痛痛快快地看。女教師說，不許把它搞壞。輕輕地拔草，輕輕地埋下腳籬，不許把它碰著。搬來一些磚塊砌成凳子，一人一個，端端地坐著，兩手齊按膝蓋，好好看。

終於要問老師，尼姑是什麼。女教師說了幾句，又說不清，孩子們挺失望。

兩年以後，大掃除，女教師用一條毛巾包住頭髮，將一把掃帚扎在竹竿上，在掃屋樑。忽然掉下一個布包，急急打開，竟是一疊繡品。一幅一幅翻看，引來一陣陣驚呼。大多是花，與花圃裏的一樣多，一樣豔，一樣活。這裏有的，花圃裏都有了；花圃裏有的，這裏都有了。還繡著一些成對的鳥，絲線的羽毛不信是假，很多小手都伸上去摸，女教師阻止了。問她是什麼鳥，竟又紅著臉不知道。問她這是尼姑們繡的嗎，她點點頭。問尼姑們在哪裏學得這般好功夫，她說，從小在繡房裏。這些她都知道。

繡房這個詞，已第二次聽到。第一次從盜墓老頭的髒嘴裏。那天放學，直著兩眼胡思亂想。真想找老頭問問，那些立了牌坊的繡房姑娘，會不會從墳墓裏逃出來，躲到尼姑庵種花來了。可惜，老頭早已死了。

只好與小朋友一起討論。年紀最大的一個口氣很也大，說，很多出殯都是假的，待我編一個故事，你們等著聽。他一直沒編出來。孩子們腦中只留下一些零亂的聯想，每天看見花圃，就會想到牌坊，想到布幔重重的靈堂，飛竄的小船，老人的啞哭，下帘的快轎……顛三倒四。

3

孩子們漸漸大了，已注意到，女教師們都非常好看。她們的臉很白，所以一臉紅馬上就看出來了。她們喜歡把著孩子的手寫毛筆字，孩子們常常聞到她們頭上淡淡的香味。「你看，又寫歪了！」老師輕聲責備，其實孩子沒在看字，在看老師長長的睫毛，那麼長，一抖一抖地。老師們極愛清潔，喝口水，先把河水打上來，用明礬沉澱兩天。再輕輕舀到水壺裏，煮開，拿出一隻雪白的杯子，倒上，才輕輕地呷一口，牙齒比杯子還白。看到孩子在看，笑一笑，轉過臉去，再呷一口。然後掏出折成小四方的手絹，抹一下嘴唇。誰見過這麼複雜的一套，以前，渴了，就下到河灘上捧一捧水。老師再三叮嚀，以後決不許了。可村裏的老人們說，這些教師都是大戶小姐，講究。

學生一大就麻煩，開始琢磨老師。寒假了，她們不回家，她們家不過年嗎？不吃年夜飯嗎？暑假了，她們也不回家，那麼長的暑假，知了叫得煩人，校門緊閉著，她們不冷清嗎？大人說，送些瓜給你們老師吧，她們沒什麼吃的。不敢去，她們會喜歡瓜嗎？會把瓜煮熟了吃嗎？大人也疑惑，就不送了吧。一個初夏的星期天，離學校不遠的集鎮上，一位女教師買了一捧楊梅，用手絹掂著，回到學校。好像路上也沒遇到學生，也沒遇到熟人，但第二天一早，每個學生的書包裏都帶來一大袋楊梅，紅燦燦地把幾個老師的桌子堆滿了。家家都有楊梅樹，家家大人昨天才知道，老師是願意吃楊梅的。

老師執意要去感謝，星期天上午，她們走出了校門，娉娉婷婷地走家訪戶，都不在。門開著，沒有人。經一位老婆婆指點，走進一座山岙。全是樹，沒有房，正疑惑，棵棵樹上都在呼叫老師，有聲不見人。都說自己家的楊梅好，要老師去。老師們在一片呼喚聲中暈頭轉向，好一會，山岙裏仍然只見這幾個微笑著東張西望的美麗身影。終於有人下樹來拉扯，先是孩子們，再是母親們。鄉間婦人粗，沒幾句話，就稱讚老師的漂亮，當著孩子的面，問爲什麼不結婚。倒是孩子們不敢看老師的臉，躲回樹上。

但是對啊，老師們爲什麼不結婚呢？好像都沒有家。沒有自己的家，也沒有父母的家。也不見有什麼人來找過她們，她們也不出去。她們像從天上掉下來的，掉進一個古老的尼姑庵裏。她們來得很遠，像在躲著什麼，躲在花圃旁邊。她們總說這個尼姑庵很好，看一眼孩子們，又說尼姑庵太寂寞。

一天，鄉間很少見到的一個老年郵差送來一封信，是給一位女教師的。後來又來過一個男人，學校裏的氣氛怪異起來。再幾天，那位女教師自盡了。孩子們圍著她哭，她像睡著了，非常平靜。其他女教師也非常平靜，請了幾個鄉民，到山間築墳，學生們跟著。那個年齡最大的學生走過一座牌坊時不知嘀咕一句什麼，「胡說！」一聲斷喝，同時出自幾個女教師的口，從來沒見過她們這麼氣忿。

孩子們畢業的時候，活著的教師一個也沒有結婚。孩子們圍著尼姑庵——學校的圍牆整整繞了三圈，把圍牆根下的雜草全都拔掉。不大出校門的女教師們把學生送得很遠。這條路乾淨多了，路邊的牌坊都已推倒，石頭用來修橋，搖搖晃晃的爛木橋變成了結實的石橋。

叫老師快回，老師說，送到石橋那裏吧。她們在石橋上捋著孩子們油亮的頭髮，都掏出小手絹，擦著眼睛。孩子們低下頭去，看見老師的布鞋，正踩著昔日牌坊上的漂亮雕紋。

4

童年的事，越想越渾。有時，小小的庵廟，竟成了一個神秘的圖騰。曾想借此來思索中國婦女掙扎的祕途，又苦於全是疑問，毫無憑信。十年前回鄉，花圃仍在，石橋仍在，而那些女教師，一個也不在了。問現任的教師們，完全茫然不知。

當然我是在的，我又一次繞著圍牆急步行走。怎麼會這麼小呢？比長藏心中的小多了。立時走完，愴然站定，夕陽投下一個長長的身影，貼牆穿過舊門。這是一個被她們釋放出去的人。一個至今還問不清牌坊奧祕的人。一個由女人們造就的人。一個從花圃出發的人。

一九八五年，美國歐·亨利小說獎授予司徒華·達比克的《熱冰》。匆匆讀完，默然不動。

小說裏也有一塊聖女的牌坊，不是石頭做的，而是一方冰塊。貞潔的處女，冰凍在裏邊。

據說這位姑娘跟著兩個青年去划船，船划到半道上，兩個青年開始對她非禮舉動，把她的上衣都撕破了。她不顧一切跳入水中，小船被她蹬翻，兩個青年游回到了岸上，而她則被水蓮蔓莖絆住，陷於泥沼。她的父親抱回了女兒半裸的遺體，在痛苦的瘋癲中，把尚未僵硬的女兒封進了冷庫。村裏的老修女寫信給教皇，建議把這位冰凍的貞潔姑娘封爲聖女。

她真的會顯靈。有一次，一位青年醉酒誤入冷庫，酒醒時冷庫的大門已經上鎖。他見到了這塊冰：「原來裏面凍的是個姑娘。他清晰地看到她的秀髮，不僅是金色的，簡直是冬季裏放在玻璃窗後面的閃閃燭光，散發著黃澄澄的金色。她袒露著酥胸，在冰層裏特別顯得清晰。這是一個美麗的姑娘，朦朦朧朧像在睡夢裏，又不像睡夢中的人兒，倒像是個乍到城裏來的迷路者。」結果，這位青年貼著這塊冰塊反而感到熱氣騰騰，抗住了冷庫裏的寒冷。

小說的最後，是兩個青年偷偷進入冷庫，用小車推出那方冰塊，在熹微的晨光中急速奔跑。兩個青年揮汗如雨，挾著一個完全解凍了的姑娘飛奔湖面，越奔越快，像要把她遠遠送出天邊。

我默然不動。

思緒亂極了，理也理不清。老修女供奉著這位姑娘的貞潔，而她卻始終袒露著自己有熱量的生命，在她躲避的冰裏。我的家鄉爲什麼這麼熱呢？老也結不成像樣的冰。我的家鄉爲什麼有這麼多不透明的頑石呢？嚴嚴地封住了包裹著的生命。偷偷種花的尼姑，還有我的女老師們，你們是否也有一位老父，哭著把你們送進冰塊？達比克用閃閃燭光形容那位姑娘的秀髮，你們的呢，美貌絕倫的中國女性？把女兒悄悄封進冰塊的父親，你們一定會有的，我猜想。你們是否企盼過那兩個揮汗如雨的青年，用奔跑的熱量，讓你們完全解凍，一起投向熹微的天際？

冒犯了，也許能讀到這篇文章的我的年邁的老師們，你們在哪裏？

廟宇

1

自幼能誦《般若波羅蜜多心經》。當然不懂其義，完全是從鄉間老嫗們的口中聽熟的。

柴門之內，她們虔誠端坐，執佛珠一串，朗聲念完《心經》一遍，即用手指撥過佛珠一顆。長長一串佛珠，全都撥完了，才拿起一枚桃木小梗，蘸一蘸朱砂，在黃紙關牒上點上一點。黃紙關牒上印著佛像，四周都是密密麻麻的小圈，要用朱砂點遍這些小圈，真不知需多少時日。夏日午間，蟬聲如潮，老太太們念佛的聲音漸漸含糊，腦袋耷拉下來，猛然驚醒，深覺罪過，於是重新抖擻，再發朗聲。冬日雪朝，四野堅冰，佛珠在凍僵的手指間抖動，衣履又是單薄，只得吐出大聲佛號，呵出口中熱氣，暖暖手指。

年輕的媳婦正在隔壁紡紗、做飯。婆婆是過來人，從紡車的嗚嗚聲中可以辨出紡紗的進度，從爐火的呼呼聲中可推知用柴的費儉。念佛聲突然中斷，一聲咳嗽，以作儆示，媳婦立即領悟，於是，念佛聲重又平和。媳婦偶爾走過門邊，看一眼婆婆，只等兒子長大成家，有了媳婦，自己也就離了紡車、爐臺，拿起佛珠。

不知幾個月後，廟中有一節典，四村婦人，皆背黃袋，衣衫乾淨，向廟中趕去。廟中沸沸揚揚，佛號如雷，香煙如霧。莊嚴佛像下，緇衣和尚敲木魚，巍然端然。這兒是人的山，人的海，一人之於衆人，如雨入湖，如枝在林，全然失卻了自身。左顧右盼，便生信賴，便知皈依。兩膝發軟，跪向那布包的蒲團。

鄰家有一幫會中人，一日缺錢，闖入我家，抱我而走，充作人質，以便逼索。家人哀求追趕，無濟於事。村間一二叔伯大聲呼叫，只換得他大步逃奔。他抱我躲進了廟會的人羣，擠擠挨挨，東張西望。

他從未進過廟宇，從未見過如此擁擠的人羣。他的步子不得不放慢，漸漸端詳起四周的奇景。佛號浩蕩而悠揚，調節著他的鼻息，衆人低眉垂目，懈弛了他的對抗。他懷抱我的手勢開始變得舒適，宛若一個攜嬰朝拜的信士。當他擠出廟門，就像成了另一個人，笑咧咧的。走進我家，把我輕輕放回搖籃，揚長而去。我的嘴裏，銜著一支土製棒糖。

他再也沒有回來。聽人說，就在幾天之後，他在路上，被先前的仇人砸死。

2

我家近處的廟宇很小，只有兩個和尚，一胖一瘦，還有一個年老的廟祝。瘦和尚是住持，嚴峻冷漠；胖和尚是雲遊僧人，落腳於此，臉面頗爲活絡。

兩個和尚全在一起念經，由瘦和尚敲木魚，的的篤篤，嗚嗚唉唉。孩子們去了，圍著他們嬉鬧，瘦和尚把眉頭緊蹙，胖和尚則瞟眼過來，牽牽嘴角，算是給孩子們打了招呼。孩子們追逐到殿前院子裏了，胖和尚就會緩緩起身，穿過院子走向茅房，回來時在青石水斗裏淨淨手，用寬袖擦乾，在孩子們面前蹲下身來，摸摸他們的頭髮和臉蛋，然後把手伸進深深的口袋，取出幾枚供果，塞在那些小手裏。耽擱時間一長，瘦和尚的木魚聲就會變響，胖和尚隨即起身，走回經座。

他們不念經的時候，孩子們敢到胖和尚的禪房裏去。胖和尚滿臉笑容，躬身相迎，問孩子們的名字，然後拿起毛筆，握住軟軟的小手掌，把各人的名字一一寫上。他的字寫得極好，比學校的女老師寫的好多了。不忍心洗掉，照著它，一遍遍臨摹。第二天寫字課，老師看見黑糊糊的手掌，笑了：「怎麼把手都塗髒了？」還沒說完，竟一步上前，緊緊握住，急問：「誰寫的，這麼好？」她知道，這些村莊，幾乎沒有識字的人。說是和尚，老師像被燙著了一般，連忙放手，轉身走開。

放了學，少不了告訴胖和尚，老師稱讚了他的字。胖和尚噎聲一笑，說：「我們住持寫得才好！」隨即領孩子到後院，指了指菜園南端的一堵粉牆。那裏，滿牆都是烏亮活靈的字，比字帖上的還好。深深嘀了一聲，小步走去，依偎著粉牆仰望。難怪瘦和尚一臉端莊。

一天，兩個和尚仍在念經，孩子們唱起了老師新教的一首歌，像與和尚比賽。

歌詞是：

長亭外，古道邊，芳草碧連天。
晚風拂柳笛聲殘，夕陽山外山。
……

和尚們念完一段經，站起身來。走向孩子們的，不是胖和尚而是瘦和尚。孩子們驚恐地要逃開，瘦和尚說：「等一等，你們剛才唱的是什麼？」孩子們囁嚅地復述了一遍，瘦和尚說：「來，到我的禪房裏來。」

瘦和尚的禪房在樓上，孩子們從來沒有上去過，心跳得厲害。這個禪房太整潔了，油亮的藏經箱成排壁立，地板油漆過，一塵不染。瘦和尚走到桌邊舉筆展紙，說：「你們再念一遍。」孩子們邊念，他邊寫，寫完自個兒咿唔一陣，點頭說：「寫得好。是你們老師寫的？」他打開桌上的錫罐，取出一把供果，分給孩子們。比胖和尚平日分的，多得多了。

第二天當然又去轉告老師，說和尚稱讚她的歌寫得好。老師立即臉紅，說：「我怎麼寫得出來?那是李叔同寫的。」幾天之後，瘦和尚又用毛筆在紙上寫下三個字：李叔同。

學校離小廟不遠，只隔著一條大路，但和尚和老師從來沒有見過面。終於有一天，老師正在小小的操場上與孩子們玩，突然停住，眼睛直釘釘看著牆外。那裏是一個傾倒學校垃圾的瓦礫堆，瘦和尚正在彎腰揀著廢紙。揀了一大堆，用長長的衣服兜著，走到廟門邊，抖進牆上一個洞口，點火焚燒。洞口上有四個暗暗的字跡：敬惜字紙。

孩子們疑惑地仰臉看老師，老師也在發呆。

又有一次，輪到和尚們發呆了。兩個和尚在路邊看到一頭羊被石頭一絆，差點跌進水池。他們惜生護生，立即牽起羊頸上的繩子，拴在路旁一棵小樹上。當時，大路旁已種下兩排小樹，直伸遠方。兩位和尚笑瞇瞇地正待走開，從校門裏急急地奔出我們的老師，胸脯起伏著，氣喘吁吁地解開拴在樹上的繩子，對孩子們說：「羊要把小樹掙斷的，快把羊送還給主人！」平下氣息後她又說：「等你們畢業，這樹就遮成了林蔭道。那時正是大熱天，你們陰陰涼涼地走到縣城去考中學。」一兩位和尚在幾步之外，呆呆站著。他們萬沒想到，學校老師竟是如此一位麗人。不敢正視，直耳聽著，眼睛只釘著孩子們看。他們惜生護生，好像並不包括植物，而老師起伏的胸脯中，卻藏著一個綠色的天地。

夜間，整個鄉村一片漆黑，只有小廟禪房的燈和老師宿舍的燈還亮著，遙遙相對。禪房裏點的是蠟燭頭，老師點的是玻璃罩煤油燈。村裏老人說，他們都在「做課」。

孩子們每夜都抓蟋蟀，連亂墳崗子也不怕。這裏已是村邊，村外是無邊無際的荒原。於是，兩道燈光，宛如黑海漁火。

3

吾鄉東去六里許，有一座輝煌大廟，名曰金仙寺。寺門面對寬闊的白洋湖。寺廟前半部在平地上，後半部則沿山而上，路人只見其黃牆聳天，延綿無際，不知其大幾何。進得寺門，立即自覺矮小，連跨過一條門坎也得使勁搬腿。誰也走不完它的殿閣和曲廊，數不盡它的佛像與石階。曾扒窗偷看過它的一個廚房，其鍋之大，幾若圓池。老人說，興盛之時，此寺和尚上千，一睹此鍋，大體可信。記得此寺一個院落，有灑金木雕的全本西遊記連環故事，刻工之精，無與倫比。鄉間兒童，隔些時日便躡腳進去，低聲指認，悄聲爭辯，讀完了一部浪漫巨著。也讀完了一門雕刻美學。

金仙寺東側，便是小鎮鳴鶴場。走完狹長的街道，再走完一道長堤，又有一座小廟，土名石湫頭。該地石湫處處，故而得名。石湫頭小廟只是通向一座比金仙寺更爲宏大廟宇的起點。由它向南，翻過五座山頭，即見遠近聞名的五磊寺。

在鄉人心中，金仙寺和五磊寺，無異於神秘天國。那裏也該有住持或首領吧，他們會是何等樣的超邁人物?如此浩大的排場，開支來自何處?這些問題，連小廟裏的兩位胖瘦和尚也完全不知。一天又一天，只聽山那邊傳來的晨鐘暮鼓，堂皇而又沉著。

大概是從三〇年代起始罷，兩寺漸漸有了新的動向。山薯出土季節，常見田埂阡陌間，有兩寺和尚挑擔來往。他們把山藷送給有過施捨的人家，說是答謝，實則提醒，請施主趕緊再結善緣。看著汗漬涔涔的和尚，看著沾滿黃泥的山藷，鄉人們終於知道，兩寺的財脈已經枯竭。黃泥山藷確是佳品，濃甜嫩脆，比平地紅藷好得遠了。

年長之後翻閱史料，看到一段記載驚了一跳。我離開座位，佇立南窗遙望家鄉。豈能想到，和尚們挑著山藷走出廟門，五磊寺裏住著的，竟然正是——寫歌詞的李叔同！

李叔同，留學日本首演《茶花女》，揭開中國話劇史。又以音樂繪畫，刷新故國視聽。英姿翩翩，文采風流，從者如雲，才名四播。現代中國文化，正待從他腳下走出婉約清麗一途。突然晴天霹靂，一代俊彥轉眼變爲苦行佛陀。嬌妻幼子，棄之不見，琴弦俱斷，彩色盡傾，只換得芒鞋破缽、黃卷青燈。李叔同失落了，飄然走出一位弘一法師，千古佛門又一傳人。

我們唱著他的歌，與和尚比賽，而他自己卻成了和尚。

他在掙脫，他在躲避。他已耗散多時，突然間不耐煩囂。他不再苦惱於藝術與功利的重重牴牾，縱身一躍，去冥求性靈的完好。

松濤陣陣，山雨淋淋，這裏已沒有一個現代的顫音。法師自杭州出家，歷十餘年，由淨土而皈南山律宗，在五磊寺受菩薩戒，發願弘揚律宗，創建道場。五磊寺住持栖蓮，金仙寺住持亦幻積極響應。一所「南山律學院」正醞釀建起。法師只提倡議，不管實務。兩寺住持，只得到上海募錢。上海名士得知法師倡議，慨然解囊，兩寺住持隨即辦置化緣簿，請法師寫序。

法師一見簿册，突然大怒，嚴責兩寺住持「藉名斂財」。但無財何從建院？法師也是進退維谷。重去招惹早已訣別了的世界，是他所忌諱。於是律學院停辦，法師不久也雲遊別處，留下尷尬的廟宇兩座。

或許可說，法師出家，是新文化在中國的尷尬；法師發怒，是佛教在新時代的尷尬。我由此想到小廟與學校間相對的燈光。兩道燈光間，法師的袈裟如雲如霧，飄蕩隱約。

4

金仙寺旁，土木工程正忙。和尚們念經完畢，或挑山薯回來，成羣結隊儍儍地觀看。

那是一位叫吳錦堂的華僑在重建家鄉。吳氏不知何許人也，據傳，乃近鄉一普通農孩，長大流落上海，被僱於一家日本餐廳，如此這般，到了日本，竟日漸發達，成高官巨賈。然後傾其資產，投於桑梓。金仙寺面臨的白洋湖，由他築岸建堤，光潔堅致，氣勢恢宏。沿湖民房，悉數重造，皆若層層別墅。由東到西，長幾里許，竟成了一個世外桃源。更爲甚者，還在北面東山頭，耗巨資興建一所學校，曰錦堂師範。佔地之大，建房之多，令鄉間財紳咋舌。不久他便去世，金仙寺西側，築豪華墓道，成一名勝，供人憑弔。

墓體爲白石，正如湖岸爲白石，長堤爲白石，蕩蕩展開，白得晃眼。圈圈白光圍住了金仙寺，金仙寺依舊黃牆高聳，藤葛纏繞，暮鴉回翔。

和尚們洗滌打水，也享用著平臻臻的洋灰河埠。葛麻芒鞋，踏在上面，總覺得過於挺滑，不大自在。不知弘一法師可曾在這條長堤上漫步，估量他不會喜歡。他逃避著現代，而現代卻莽莽撞撞，闖到了廟門跟前。

天長日久，無人修葺，吳錦堂的種種建築，也漸漸污損，與四周蕭索的村落悄悄扯平。唯有你到浙江的所所中學，遇到幾名老教師，一問之下，常答曰出身錦堂師範。我在京滬兩地，遇到一些浙籍知名學者，敍完同鄉之誼，總能發現，竟也是錦堂師範的人才。

抗日戰爭時期，曾有幾名日本兵，爲吳錦堂墓站崗。鄉民疑惑了，不再對他感恩戴德。他的墳墓，一度成了曬穀場。

數月前在報上讀得一條新聞：全國青少年珠算比賽，前面一批名次竟然全部屬於浙江一座小鎮。記者用惶惑不解的筆調寫道，神童薈萃一處，實是奇蹟。這座小鎮，便是金仙寺旁側的鳴鶴場，吳錦堂修建世外桃源的所在。

我是理解的，自豪地一笑。耳邊響起嘩嘩的珠算聲，如白洋湖的夜潮。

聽說兩大寺廟又在重新修復，款項甚巨。工棚裏，應有錦堂師範的畢業生，指揮著算盤的交響樂。

注：此文發表後，收到從家鄉寄來的《慈溪修志通訊》，其中有一段文字介紹吳錦堂：吳錦堂（一八五五～一九二六），名作莫，東山頭鄉西房村人。出身農家，少時隨父耕作，及壯東渡日本，經商致富，名重中外，素以桑梓爲重，先後捐銀數十萬兩，興修水利，創辦學校，澤被鄉里。本世紀初，與陳嘉庚、聶雲臺並稱全國「辦學三賢」。又積極支持孫中山先生從事辛亥革命，是我國近代著名愛國華僑。

夜航船

1

我的書架上有一部明代文學家張岱的《夜航船》。這是一部許多學人查訪終身而不得的書，新近根據寧波天一閣所藏抄本印出。書很厚，書脊顯豁，插在書架上十分醒目。文學界的朋友來寒舍時，常常誤認爲是一部新出的長篇小說。這部明代小百科的書名確實太有意思了，連我自己巡睃書架時也常常會讓目光在那裏頓一頓，耳邊響起欸乃的櫓聲。

夜航船，歷來是中國南方水鄉苦途長旅的象徵。我的家鄉山嶺叢集，十分閉塞，卻有一條河流悄然穿入。每天深夜，總能聽到篤篤篤的聲音從河畔傳來，這是夜航船來了，船夫看到岸邊屋舍，就用木棍敲著船幫，招喚著準備遠行的客人。山民們夜夜聽到這個聲音，習以爲常，但終於，也許是身邊的日子實在混不下去了，也許是憨拙的頭腦中突然捲起了幻想的波瀾，這篤篤篤的聲音產生了莫大的誘惑。不知是哪一天，他們吃過一頓稍稍豐盛的晚餐，早早地收拾好簡薄的行囊，與妻兒們一起坐在閃爍的油燈下等候這篤篤聲。

當敲擊船幫的聲音終於響起時，年幼的兒子們早已歪歪扭扭地睡熟，山民粗粗糙糙地挨個兒摸了一下他們的頭，隨即用拳頭擦了擦眼角，快步走出屋外。蓬頭散髮的妻子提著包袱跟在後面，沒有一句話。

外出的山民很少有回來的。有的妻子，實在無以爲生了，就在丈夫上船的河灘上，抱著兒子投了水。這種事一般發生在黑夜，慘淡的月光照了一下河中的漣漪，很快什麼也沒有了。過不了多久，夜航船又來了，依然是篤篤篤、篤篤篤，慢慢駛過。

偶爾也有些叫人羨慕的信息傳來。鄉間竟出現了遠途而來的老郵差，手中拿著一封夾著匯票的信。於是，這家人家的木門檻在幾天內就會跨進無數雙泥腳。夜間，夜航船的敲擊聲更其響亮了，許多山民開始失眠。

幾張匯票使得鄉間有了私塾。一些幸運的孩子開始跟著一位外鄉來的冬烘先生大聲念書。進私塾的孩子有時也會被篤篤聲驚醒，翻了一個身，側身靜聽。這聲音，與山腰破廟裏的木魚聲太像了，那是祖母們嚮往的聲音。

2

一個坐夜航船到上海去謀生的人突然成了暴發戶。他回鄉重修宅院，爲了防範匪盜，在宅院四周挖了河，築一座小橋開通門戶。宅院東側的河邊，專修一個船碼頭，夜航船每晚要在那裏停靠，他們家的人員貨物往來多得很。夜航船專爲他們闢了一個精雅小艙，經常有人從平展展的青石階梯上下來，幾個傭人挑著足夠半月之用的食物上船。有時，傭人手上還會提著一捆書，這在鄉間是稀罕之物。山民們傻想著小艙內酒足飯飽、展卷臥讀的神仙日子。

船老大也漸漸氣派起來。我家鄉村就有一個開夜航船的船老大，早已成爲全村豔羨的角色。過去，坐他船的大多是私鹽販子，因此航船經常要在沿途受到緝查。緝查到了，私鹽販子總被捆綁起來，去承受一種叫做「躦槓」的酷刑。這種酷刑常常使私鹽販子一命嗚呼。船老大也會被看成是同伙，雖不做「躦槓」，卻要吊打。現在，緝查人員攔住夜航船，見到的常常是神態高傲的殷富文士，只好點頭哈腰連忙放行。船老大也就以利言相譏，出一口積壓多年的鳥氣。

每次船老大回村，總是背著那支大櫓。航船的櫓背走了，別人也就無法偷走那條船。這支櫓，就像現今小汽車上的鑰匙。船老大再勞累，背櫓進村時總把腰挺得直直的，擺足了一副凱旋的架勢。放下櫓，草草洗過臉，就開始喝酒。燈光亮堂，並不關門，讓亮光照徹全村。從別的碼頭順帶捎來的下酒菜，每每引得鄉人垂涎欲滴。連灌數盅後他開始講話，內容不離這次航行的船客，談他們的風雅和富有。

3

好多年前，我是被夜航船的篤篤聲驚醒的孩子中的一個。如果是夏夜，我會起身，攀著窗沿去看河中那艘扁黑的船，它走得很慢，卻總是在走，聽大人說，明天傍晚就可走到縣城。縣城準是大地方，河更寬了，船更多了，一條條晶亮晶亮的水路，再也沒有泥淖和雜藻，再也沒有土岸和殘埠，直直地通向天際。

第二天醒來，急急趕到船老大家，去撫摩那支大櫓。大櫓上過桐油，天天被水沖洗，非常乾淨。當時私塾已變成小學，學校的老師都是坐著航船來的，學生讀完書也要坐著航船出去。整個學校，就像一個船碼頭。

櫓聲欸乃，日日夜夜，山村流動起來了。

夜航船，山村孩子心中的船，破殘的農村求援的船，青年冒險家下賭注的船，文化細流浚通的船。

4

船頭畫著兩隻大大的虎眼，犁破狹小的河道，濺起潑刺刺的水聲。

這下可以回過頭來說說張岱的《夜航船》了。

這位大學者顯然是夜航船中的常客。他如此博學多才，不可能長踞一隅。在明代，他廣泛的遊歷和交往，不能不常常依靠夜航船。次數一多，他開始對夜航船中的小世界品味起來。

船客都是萍水相逢，無法作切己的深談。可是船中的時日緩慢又無聊，只能以閒談消遣。當時遠非信息社會，沒有多少轟動一時的新聞可以隨意評説，談來談去，以歷史文化知識最爲相宜。中國歷史漫長，文物典章繁複，談資甚多。稍稍有點文化的人，正可借此比賽和炫示學問。一來二去，獲得一點暫時的滿足。

張岱是紹興人，當時紹興府管轄八縣，我的家鄉餘姚正屬其中。照張岱説法，紹興八縣中數餘姚文化氣息最濃，後生小子都得讀書，結果那裏各行各業的人對於歷史文物典章，知之甚多，一旦聚在夜航船中，談起來機鋒頗健，十分熱鬧。因此，這一帶的夜航船，一下去就像進入一個文化賽場。

他在《夜航船》序裏記下了一個有趣的故事：

昔有一僧人，與一士子同宿夜航船。士子高談闊論，僧畏慴，舉足而寢。僧人聽其語有破綻，乃曰：「請問相公，澹臺滅明是一個人、兩個人？」士子曰：「是兩個人。」僧曰：「這等堯舜是一個人、兩個人？」士子曰：「自然是一個人！」僧乃笑曰：「這等說起來，且待小僧伸伸腳。」

你看，知識的優勢轉眼間就成了佔據鋪位的優勢。這個士子也實在是丟了吾鄉的臉，不知道「澹臺」是複姓倒也罷了，把堯、舜說成一個人是不可原諒的。讓他縮頭縮腳地蜷曲著睡，正是活該。但是，夜航船中也有不少真正的難題目，很難全然對答如流而不被人掩口恥笑。所以連張岱都說：「天下學問，唯夜航船中最難對付。」

於是，他發心編一部初級小百科，列述一般中國文化常識，使士子們不要在類似於夜航船這樣的場合頻頻露醜。他把這部小百科名之曰《夜航船》，當然只是一個蕭灑幽默的舉動，此書的實際效用遠在閒談場合之上。

5

但是，張岱的勞作，還是讓我們看到了一種有趣的「夜航船文化」。這又是中國文化的一個可感嘆之處。

在緩慢的航行進程中，細細品嘗著已逝的陳跡，哪怕是一些瑣碎的知識。不惜爲千百年前的細枝末節爭得臉紅耳赤，反正有的是時間。中國文化的進程，正像這艘夜航船。

船頭的浪，潑不進來；船外的風，吹不進來；航行的路程，早已預定。談知識，無關眼下；談歷史，拒絕反思。十年寒窗，竟在談笑爭勝間消耗。把船櫓託付給老大，士子的天地只在船艙。一番譏刺，一番炫耀，一番假惺惺的欽佩，一番自命不凡的陶醉，到頭來，爭得稍大一點的一個鋪位，倒頭便睡，換得個夢中微笑。

第二天，依然是這般喧鬧，依然是這般無聊。船一程程行去，歲月一片片消逝，永遠是喧鬧的無聊，無聊的喧鬧。

我一次次撫摸過的船櫓，竟是划出了這樣一條水路？我夢中的亮晶晶的水路，竟會這般黯然？

幸好，夜航船終於慢吞吞地走到了現代。吾鄉的水路有了一點好的徵兆：幾位大師上船了。

我彷彿記得曾坐小船經過山陰道，兩岸邊的烏桕，新禾，野花，雞，狗，叢樹和枯樹，茅屋，塔，伽藍，農夫和村婦，村女，曬著的衣裳，和尚，蓑笠，天，雲，竹，……都倒影在澄碧的小河中，隨著每一打槳，各各夾帶了閃爍的日光，並水裏的萍藻游魚，一同蕩漾。諸影諸物，無不解散，而且搖動，擴大，互相融和；剛一融和，卻又退縮，復近於原形。邊緣都參差如夏雲頭，鑲著日光，發出水銀色焰。

——這是魯迅在船上。

夜間睡在艙中，聽水聲櫓聲，來往船隻的招呼聲，以及鄉間的犬吠雞鳴，也都很有意思。僱一隻船到鄉下去看廟戲，可以了解中國舊戲的眞趣味，而且在船上行動自如，要看就看，要睡就睡，要喝酒就喝酒，我覺得也可以算是理想的行樂法。

——這是周作人在船上。他不會再要高談闊論的旅伴，只求個人的清靜自由。

早春晚秋，船價很便宜，學生的經濟力也頗能勝任。每逢星期日，出三四毛錢僱一隻船，載著二三同學，數册書，一壺茶，幾包花生米，與幾個饅頭，便可優游湖中，盡一日之長。……隨時隨地可以吟詩作畫。「野航恰受兩三人。」「恰受」兩字的狀態，在這種船上最充分地表出著。

——這是豐子愷在船上。他的船又熱鬧了，但全是同學少年，優游於藝術境界。

這些現代中國的航船雖然還是比較平緩、狹小，卻終於有了明代所不可能有的色澤和氣氛。

仍然想起張岱。他驚人的博學使他以一人之力編出了一部百科全書式的《夜航船》，在他死後二十四年，遠在千里之外的法國誕生了狄德羅，另一部百科全書將在這個人手上編成。這部百科全書，不是談資的聚合，而是一種啓蒙和挺進。從此，法國精神文化的航船最終擺脫了封建社會的黑夜，進入了一條新的河道。張岱做不到這地步，過錯不在他。

說到底，他的書名還是準確的：《夜航船》。

我，難道真的被夜航船的篤篤聲敲醒過嗎？它的聲響有多大呢？我疑惑了。

記得有一天深夜，幼小的我與祖母爭執過：我說這篤篤聲是航船，她說這篤篤聲是木魚。究竟是什麼呢？都是？都不是？抑或兩者本是同一件事？

祖母早已亡故。也許，我將以一輩子，索解這個謎。

吳江船

1

我已經寫了一篇《夜航船》。說來慚愧，我自己真正坐老式的夜航船至今只有一次，不在童年，不在故鄉，而在成年之後。那是一個夏天的夜晚，從吳江坐木船到蘇州，水程四十餘華里。兩個都是聞名千年的美麗古城，這種夜遊，本應該是動人心旌的至高享受。

坐船的不是我一人，而是一大羣當代青年士子。時間是本世紀七十年代初，張岱死後二八〇餘年。

事情還得從去吳江說起。

2

「楓落吳江冷。」這是誰寫的詩句?寥寥五個字,把肅殺晚秋的浸膚冷麗,寫得無可匹敵,實在高妙得讓人嫉恨。就在那樣的季節,我們去了,浩浩蕩蕩上千人,全是大學畢業生。吳江再蒼老,也沒有見過這麼多文人。

一看就知道不是旅遊。那麼多行李壓在肩上、夾在腋下、提在手裏,走路全都蹣跚踉蹌。都還沒有結婚,行李是老母親打點的,老人打點的行李總嫌笨重。父親大多不在家,那年月,能讓兒子讀完大學的父親,哪能不在別的地方寫檢查、聽口號呢。與母親的告別像是永訣,這次出行是大方向,沒有回來的時日。母親恨不得再塞進幾件衣物。兒女們自己則一直在理書,多帶一本書就多留住一分學問。

吳江縣城叫松陵鎮,據說設於唐代,流衍至今。我曾比較仔細地研究過明代曲學家沈璟就是吳江人,自署「松陵詞隱先生」。鎮中有一處突起兩個高坡,古松茂密,或許這便是鎮名的由來?沈璟是否常在這裏盤桓?不多想它了,松陵鎮不是我們旅程的終點，我們要去的是太湖。

由松陵鎮向西南，在泥濘小路上走七八里，便看見了太湖。初冬的太湖，是一首讀不完的詩。寒水，遠山，暮雲，全都溶成瓦藍色。白花花的蘆荻，層層散去，與無數出沒其間的鳥翅一起搖曳。一陣陣涼風捲來，把埋藏心底的所有太湖詩，一起捲出。那年月，人人都忘了山水；一站到湖邊，人人都在爲遺忘懺悔。滿臉惶恐，滿眼水色，滿身潔淨。我終於來了，不管來幹什麼，終於來到了太湖身邊。一種本該屬於自己的生命重又萌動起來，這生命來自遙遠的歷史，來自深厚的故土，喚醒它，只需要一個閃電般掠過的輕微信息。

我們的任務，是立即跳下水去，掏泥築堤，把太湖割去一塊，再在上面種點糧食。上面有人說了，誰也不稀罕你們種的這麼點糧食，要緊的是用勞役和汗水，洗去身上的污濁。

水寒徹骨，渾身顫抖。先砍去那些蘆葦，那些世上最美的蘆葦，那些離不開太湖、太湖也離不開它們的蘆葦。留在湖底的蘆葦根利如刀戟，大多數人的腳被扎出血來。渾濁的殷紅一股股地迴旋在湖水間，就像太湖在流血。

3

一天又一天，一月又一月，圍堤終於築起來了。每個人都已面黃肌瘦，母親打點的那些衣服，哪禁得住每天水泡泥浸？衣衫全部都變得襤褸不堪。爲了勞動方便，每人找一條草繩繫於腰間。一天，有幾個松陵鎮上的居民，不知爲了何事來到農場，見到這個情景，以爲遇到了苦役犯，趕緊走開。

棉衣只有一件，每次幹活都浸得濕透：外面是泥水，裏面是汗水。傍晚收工，走進自搭的草棚，脫下濕棉衣，立即鑽進被窩，明天一早，還要穿上濕棉衣出發。被窩是溫暖的，放下帳子，枕頭下壓著好看的書，趕緊搶住時間神遊一番。與浮士德對話幾句，到狄更斯的小旅館裏逛上一圈，再與曹雪芹磨上一會。雨果的《九三年》撼人心魄，許國璋的英語課本紮實有序，愛因斯坦的相對論那麼玄深又那麼具有魅力。此時此刻，世界各國的同齡人都在幹什麼呢？他們在中國的可能競爭者們現在正在苦思著一個曠古難題：濕棉衣哪一天才能乾？

帳子裏的祕密終於被發現，發現者們真正地憤怒了。世界上竟然還有這麼多汚七八糟的書，而且竟然還有這麼多人不顧白天幹活的勞累偷偷地看！很快傳下一個果斷的命令：收繳全部與「文革」相牴觸的書籍。

箱子一只只打開，上千名大學畢業生的書，堆得像小山一般。一個負責人繞著小山威武地走了一圈，有一個問題讓他有點犯難：這堆書算什麼呢？如果算是毒品，應該立即銷毀；如果算是戰利品，應該上繳領導。沉思片刻，他揮手宣布：裝船，運到松陵鎮，交給領導看一看，然後銷毀！

書，滿滿地裝了三大船，讓大學畢業生自己搖船啓航。臨行前負責人以親切的口氣對大學畢業生們說：燒書的火，也要請你們自己來點。

火是當夜就點起來了的。書太多，燒了好久，火光照亮了松陵鎮上的千年古松。

4

沒書了，閒得發悶。好在已到了夏天，收工後可以消遣的事情多了起來。有誘惑力的是游泳，一天幹下來渾身臭汗，總要到太湖裏洗一洗，何不乘機張開雙臂，鬆鬆爽爽地游一陣呢！清涼的湖水浩闊無比，吞到嘴裏都是甜津津的。夏天傍著個太湖不游泳，太說不過去了。

湖水輕撫著我，我把自己消融在湖水中。我們這一代命賤，幹了那麼重的活，一入水仍然滿身精力充沛。游得很遠了，雙眼貼著湖水環顧，這兒只有我一人，赤條條的，自由自在。不是洗澡，不是鍛鍊，不在比賽，只是玩樂。此時此刻，四肢全屬自己，連生命也掌握在手中。像青蛙，像蝴蝶，像海豚，卻又什麼都不像，只像人。真正像個人了，以自由和健康，與山水和諧。在這個時刻，我才可憐起古代文人，平時，我只是緬懷和羨慕著他們。今天我敢於與他們打賭稱勝：我們才是與太湖最親熱的文人。沈璟只是憑著太湖的神韻作作曲罷了，而我們，卻化作了太湖的音符，起伏躍騰。

游泳當時正提倡，負責人不反對，他們自己也游。

爲數不少的女大學生們，先站在岸上看，終於她們忍不住了，三五成羣地跑回了宿舍。當她們從宿舍出來的時候，全換上了游泳衣。

女子游泳，在城市游泳池屢見不鮮，但在這裏卻引起了巨大的騷動。她們平時穿著破舊衣衫下田，繁重的農活使她們失去了性別。每天，在田埂上，當她們挑著絕不比男學生輕的稻擔迎面走來的時候，男學生從來沒有想到這是一些青春燦爛的姑娘。現在，出現在眼前的，是一座座略帶腼腆的生命傑作。風撩了撩她們的散髮，她們的步子輕輕盈盈，如踏著音樂，向太湖走去，走進波堤切利的《維納斯誕生》裏邊。

男學生們被震懾了，刹那間勾起了遺失的記憶，毫無邪念地睜大雙眼。他們和她們都是二十餘歲。

此後的日子，漸漸過得曖昧。男女學生接觸得多了，有幾對明顯地往來頻繁。一個晚上，幾個男學生走過女宿舍門口，正好突然下雨，女學生們熱情地挽留他們避雨，還倒了熱水讓他們洗臉。幾天後的一個星期天，所有的男學生出動，在女宿舍門口挖了一口深深的大井，還用小石子在井沿上壘出三字：友誼井。

但是很快傳來消息說，這裏出現了腐蝕與反腐蝕的鬥爭，階級鬥爭有了新動向。事情說到這個份上，也就好辦了。當時正好全國又在興起什麼運動，大學畢業生原來所在的大學向農場派出了好些戰鬥組，大多由工人宣傳隊率領。太湖邊的草棚子裏熱鬧起來了，夜夜燈光都很晚才熄。青年們第二天一早上工，都頭重腳輕，晃晃悠悠。

挖思想、排疑點、理線索、定重點，炊事班每天打出的飯菜，開始有了剩餘。好幾個小集團被清查出來了，大會上，報告者的口氣越來越兇。後來，終於點出了一些名字。罪行最嚴重的是一個漂亮熱情、善於交際的女學生，她在下農場前的一次同學聚會中，被幾個男同學戲稱爲「外交部長」。她竟然笑了笑，沒有拒絕，也沒有向領導揭發。「這樣的反動小集團連職位都分好了，不爲奪權爲什麼！」報告者的推斷極其雄辯。

一天傍晚，傳來警報，正在受審查的她失蹤了。上級命令全體人員分頭追尋，幾個男學生在湖邊找到了她的紗頭巾。

把她打撈上來時她的心臟已經停止跳動，一個胖呼呼的男衛生員連忙做人工呼吸。折騰了一會毫無效果，衛生員決定直接給心臟注射強心針。她的衣衫被撕開了，赤裸裸地仰臥在岸草之間。月光把她照得渾身銀白，她真正成了太湖的女兒。

遺體必須連夜送往蘇州，天已太晚，能動用的交通工具只有船。輪流搖船的仍然是幾位男學生，他們解纜架櫓，默默地搖走了這艘夜航船。

這次夜航，要經過著名的垂虹橋。垂虹橋歷時久遠，早已老態龍鍾，但十四橋孔仍在，不知夜航船會從哪個橋孔通過。

宋代大詞人姜夔對垂虹橋最是偏愛，有一次，他在那裏與摯友范成大告別，與他所愛的姑娘小紅坐船遠去，留下詩作一首：

自琢新詞韻最嬌，
小紅低唱我吹簫。
曲終過盡松陵路，
回首煙波十四橋。

今夜，煙波橋下，沒有歌聲簫聲，只有櫓聲嘎嘎。

5

不知什麼原因，兩年之後，突然通知我們回城。

實在不知上級出於什麼考慮，一定要把出發的時間定在夜間。天剛擦黑，大學畢業生們整隊上路，從農場步行到松陵鎮。滿箱的書已經燒掉，帶來的衣服大多已穿破扔了，行李變得很輕便。大家都心急火燎地想早一分鐘離開這個地方，下步很快，才一會兒，就到了鎮上。再排隊到船碼頭，準備從那裏下船去蘇州，然後在蘇州搭乘火車。

天太黑，數不清那天僱用了多少船。反正是長長一串，把這麼多大學生全裝下了。首船有柴油機發動，後面的船一艘連一艘，像一條長蟲，爬行在河道上。到得船上，安下心來，才猛然想起，最後連太湖都沒有看上一眼。明天早晨，太湖醒來，會有多寂寞。

夜航船行進在夜的土地，夜的河港。岸邊的村莊黑森森地後退，驚起的水鳥掠著翅膀低飛幾圈又回巢了。這條河流淌的是千年波濤，吳地歷來文化繁盛，文人的夜航十分平常。明代盛大無比的虎丘山曲會，參賽文人大多是坐船去的，唐寅他們的人生故事，好大一半發生在船上，直到柳亞子先生爲南社奔忙，也不得不經常坐船夜航。今天是我們在船上，從千古吳江到千古蘇州，去幹什麼呢？不知道。一羣沒有了書的書生，茫茫然，昏昏然，一個個打起了瞌睡。

就這樣，我終於坐了一次夜航船。算來，也有二十年了。

信客

1

我國廣大山區的郵電網絡是什麼年代健全起來的，我沒有查過，記得早年在鄉間，對外的通信往來主要依靠一種特殊職業的人：信客。

信客是一種私人職業，不受任何機構管理。這個地方外出謀生的人多了，少不了要帶幾封平安家信、捎一點衣物食品的，方圓幾十里又沒有郵局，那就用得著信客了。信客要有一點文化，知道各大碼頭的情形，還要一副强健的筋骨，背得動重重的行李。

細想起來，做信客實在是一件苦差事。鄉間外出的人數量並不太多，人們又不集中在一個城市，因此信客的生意不大，卻很費腳力。如果交通方便也就用不著信客了，信客常走的路大多七轉八拐，換車調船，聽他們說說都要頭昏。信客如果把行李交付托運也就賺不了什麼錢，他們一概是肩挑、背馱、手提、腰纏，咬著牙齒走完坎坷長途。所帶的各家各戶信件貨物，品種繁多，又絕對不能有任何散失和損壞，一路上只得反覆數點，小心翼翼。當時大家都窮，托帶費十分低廉，有時還抵不回來去盤纏，信客只得買最差的票，住最便宜的艙位，隨身帶點冷饅頭、炒米粉充饑。

信客爲遠行者們效力，自己卻是最困苦的遠行者。一身破衣舊衫，滿臉風塵，狀如乞丐。

沒有信客，好多鄉人就不會出遠門了。在很長的時期中，信客沉重的腳步，是鄉村和城市的紐帶。

2

我家鄰村，有一個信客，年紀不小了，已經長途跋涉了二三十年。他讀過私塾，年長後外出闖碼頭，碰了幾次壁，窮落潦倒，無以爲生，回來做了信客。他做信客還有一段來由。

本來村裏還有一個老信客。一次，村裏一戶人家的姑娘要出嫁，姑娘的父親在上海謀生，托老信客帶來兩匹紅綢。老信客正好要給遠親送一分禮，就裁下窄窄的一條紅綢捆紮禮品，圖個好看。沒想到上海那位又托另一個人給家裏帶來口信，說收到紅綢後看看兩頭有沒有畫著小圓圈，以防信客做手腳。這一下老信客就栽了跟頭，四鄉立即傳開他的醜聞，以前叫他帶過東西的各家都在回憶疑點，好像他家的一切都來自剋扣。但他的家，破爛灰黯，值錢的東西一無所有。

老信客聲辯不清，滿臉淒傷，拿起那把剪紅綢的剪刀直扎自己的手。第二天，他掂著那隻傷痕纍纍的手找到了同村剛從上海落魄回來的年輕人，進門便說：「我名聲蹧蹋了，可這鄉間不能沒有信客。」

整整兩天，老信客細聲慢氣地告訴他附近四鄉有哪些人在外面，鄉下各家的門怎麼找，城裏各人的謀生處該怎麼走。說到幾個城市裏的路線時十分艱難，不斷在紙上畫出圖樣。這位年輕人連外出謀生的人也大半不認識，老信客說了又說，比了又比，連他們各人的脾氣習慣也作了介紹。

把這一切都說完了，老信客又告訴他沿途可住哪幾家小旅館，旅館裏哪個茶房可以信託。還有各處吃食，哪一個攤子的大餅最厚實，哪一家小店可以光買米飯不買菜。

從頭至尾，年輕人都沒有答應過接班。可是聽老人講了這麼多，講得這麼細，他也不再回絕。老人最後的囑咐是揚了揚這隻扎傷了的手，說「信客信客就在一個信字，千萬別學我。」

年輕人想到老人今後的生活，說自己賺了錢要接濟他。老人說：「不。我去看墳場，能餬口。我臭了，你挨著我也會把你惹臭。」

老信客本來就單人一身，從此再也沒有回村。

年輕信客上路後，一路上都遇到對老信客的問詢。大半輩子的風塵苦旅，整整一條路都認識他。流落在外的遊子，年年月月都等著他的腳步聲。現在，他正躲在山間墳場邊的破草房裏，夜夜失眠，在黑暗中睜著眼，迷迷亂亂地回想著一個個碼頭，一條條船隻，一個個面影。

颱風下雨時，他會起身，手扶門框站一會，暗暗囑咐年輕的信客一路小心。

3

年輕的信客也漸漸變老。他老犯胃病和風濕病，一犯就想到老信客，老人什麼都說了，怎麼沒提起這兩宗病？順便，關照家人抽空帶點吃食到墳場去。他自己也去過幾次，老人逼著他講各個碼頭的變化和新聞。歷來是壞事多於好事，他們便一起感嘆唏噓。他們的談話，若能記錄下來，一定是歷史學家極感興趣的中國近代城鄉的變遷史料，可惜這兒是山間，就他們兩人，剛剛說出就立即飄散，茅屋外只有勁厲的山風。

信客不能常去看老人。他實在太忙，路上花費的時間太多，一回家就忙著發散信、物，還要接收下次帶出的東西。這一切都要他親自在場，親手查點，一去看老人，會叫別人苦等。

只要信客一回村，他家裏總是人頭濟濟。多數都不是來收發信、物的，只是來看個熱鬧，看看各家的出門人出息如何，帶來了什麼稀罕物品。農民的眼光裏，有羨慕，有嫉妒；比較得多了，也有輕蔑，有嘲笑。這些眼神，是中國農村對自己的冒險家們的打分。這些眼神，是千年故土對城市的探詢。

終於有婦女來給信客說悄悄話：「關照他，往後帶東西幾次並一次，不要雞零狗碎的」；「你給他說說，那些貨色不能在上海存存？我一個女人家，來强盜來賊怎麼辦」……信客沉穩地點點頭，他看得太多，對這一切全能理解。都市裏的升沉榮辱，震顫著長期遲鈍的農村神經系統，他是最敏感的神經末梢。

闖蕩都市的某個謀生者突然得了一場急病死了，這樣的事在那樣的年月經常發生。信客在都市同鄉那裏聽到這個消息，就會匆匆趕去，代表家屬鄉親料理後事、收拾遺物。回到鄉間，他就夾上一把黑傘，傘柄朝前，朝死者家裏走去。鄉間報死訊的人都以倒夾黑傘爲標記，鄉人一看就知道，又有一個人客死他鄉。來到死者家裏，信客滿臉戚容，用一路上想了很久的委婉語氣把噩耗通報。可憐的家屬會號啕大哭，會猝然昏厥，他都不能離開，幫著安慰張羅。更會有一些農婦聽了死訊一時性起，咬牙切齒地憎恨城市，憎恨外出，連帶也憎恨信客，把他當作了死神寃鬼，大聲詬斥，他也只能低眉順眼、聽之忍之、連聲諾諾。

下午，他又要把死者遺物送去，這件事情更有危難。農村婦女會把這堆簡陋的遺物當作丈夫生命的代價，幾乎沒有一個相信只有這點點。紅紅的眼圈裏射出疑惑的利劍，信客渾身不自在，真像做錯了什麼事一般。他只好柔聲地匯報在上海處置後事的情況，農村婦女完全不知道上海社會，提出的詰問每每使他無從回答。直到他流了幾身汗，賠了許多罪，才滿臉晦氣地走出死者的家。他能不幹這檔子事嗎？不能。説什麼我也是同鄉，能不盡一點鄉情鄉誼？老信客説過，這鄉間不能沒有信客。做信客的，就得挑著一副生死禍福的重擔，來回奔忙。四鄉的外出謀生者，都把自己的血汗和眼淚，堆在他的肩上。

4

信客識文斷字，還要經常代讀、代寫書信。沒有要緊事帶個口信就是了，要寫信總是有了不祥的事。婦女們一把眼淚、一把鼻涕在信客家裏訴説，信客鋪紙磨墨，琢磨著句子。他總是把無窮的幽怨和緊迫的告急調理成文謅謅的語句，鄭重地裝進信封，然後，把一顆顆破碎和焦灼的心親自帶向遠方。

一次，他帶著一封滿紙幽怨的信走進了都市的一間房子，看見發了財的收信人已與另一個女人同居。他進退兩度，猶豫再三，看要不要把那封書信拿出來。發了財的同鄉知道他一來就會壞事，故意裝作不認識，厲聲質問他是什麼人。這一下把他惹火了，立即舉信大叫：「這是你老婆的信！」

信是那位時髦女郎拆看的，看罷便大哭大嚷。那位同鄉下不了臺，硬説他是私闖民宅的小偷，拿出一封假信來只是脱身伎倆。爲了平息那個女人的哭鬧，同鄉狠狠打了他兩個耳光，並把他扭送到了巡捕房。

他向警官解釋了自己的身分，還拿出其他許多同鄉的地址作爲證明。傳喚來的同鄉集資把他保了出來，問他事由，他只說自己一時糊塗，走錯了人家。他不想讓顛沛在外的同鄉蒙受陰影。

這次回到家，他當即到老信客的墳頭燒了香，這位老人已死去多年。他跪在墳頭請老人原諒：從此不再做信客。他說：「這條路越來越凶險，我已經撐持不了。」

他向鄉親們推說自己腿腳有病，不能再出遠門。有人在外的家屬一時陷入恐慌，四處物色新信客，怎麼也找不到。

只有這時，人們才想起他的全部好處，常常給失去了生活來源的他端來幾碗食物點心，再請他費心想想通信的辦法。

也算這些鄉村劫數未盡，那位在都市裏打了信客耳光的同鄉突然發了善心。此公後來更發了一筆大財，那位時髦女郎讀信後已立即離他而去，他又在其他同鄉處得知信客沒有說他任何壞話，還聽說從此信客已賦閒在家，如此種種，使他深受感動。他回鄉來了一次，先到縣城郵局塞錢說項，請他們在此鄉小南貨店裏附設一個代辦處，並提議由信客承擔此事。

辦妥了這一切，他回到家裏慰問鄰里，還親自到信客家裏悄悄道歉，請他接受代辦郵政的事務。信客對他非常恭敬，請他不必把過去了的事情記在心上。至於代辦郵政，小南貨店有人可幹，自己身體不濟，恕難從命。同鄉送給他的錢，他也沒拿，只把一些禮物收下。

此後，小南貨店門口掛出了一只綠色的郵箱，也辦包裹郵寄，這些鄉村又與城市接通了血脈。

信客開始以代寫書信爲生，央他寫信的實在不少，他的生活在鄉村中屬於中等。

5

兩年後，幾家私塾合併成一個小學，採用新式教材。正缺一位地理教師，大家都想到了信客。

信客教地理繪聲繪色，效果奇佳。他本來識字不多，但幾十年遊歷各處，又代寫了無數封書信，實際文化程度在幾位教師中顯得拔尖，教起國文來也從容不迫。他眼界開闊，對各種新知識都能容納。更難能可貴的是，他深察世故人情，很能體諒人，很快成了這所小學的主心骨。不久，他擔任了小學校長。

在他當校長期間，這所小學的教學質量，在全縣屬於上乘。畢業生考上城市中學的比例，也很高。

他死時，前來弔唁的人非常多，有不少還是從外地特地趕來的。根據他的遺願，他的墓就築在老信客的墓旁。此時的鄉人已大多不知老信客是何人，與這位校長有什麼關係。爲了看著順心，也把那個不成樣子的墳修了一修。

酒公墓

1

一年前，我受死者生前之託，破天荒第一次寫了一幅墓碑，碑文曰「酒公張先生之墓」。寫畢，捲好，鄭重地寄到家鄉。這個墓碑好生奇怪。爲何稱爲「酒公」，爲何避其名號，爲何專託我寫，須從頭說起。

酒公張先生，與世紀同齡。其生涯的起點，是四明山餘脈魚背嶺上的一個地名：狀元墳。相傳宋代此地出過一位姓張的狀元，正是張先生的祖先，狀元死後葬於家鄉，魚背嶺因此沾染光澤，張姓家族更是津津樂道。但是，到張先生祖父的一代，全村已找不到一個識字人。

張先生的祖母是一位賢淑的寡婦，整日整夜紡紗織布，積下一些錢來，硬要兒子張老先生翻過兩個山頭去讀一家私塾，說要不就對不起狀元墳。張老先生十分刻苦，讀書讀得很成樣子，成年後闖蕩到上海學生意，竟然十分發達，村中鄉親全以羨慕的目光看著張家的中興。

張老先生錢財雖多，卻始終記著狀元的後代，愧恨自己學業的中斷。他把全部氣力都花在兒子身上，於是，他的獨生兒子，我們的主角張先生讀完了中學，又到美國留學。在美國，他讀到了胡適之先生用英文寫的論先秦邏輯學的博士論文，決定也去攻讀邏輯。但他的主旨與胡適之先生並不相同，只覺得中國人思緒太過隨意，該用邏輯來理一理。留學生中大家都戲稱他爲「邏輯救國論者」。二十年代末，張先生學成回國，在上海一家師範學校任教。那時，美國留學生已不如胡適之先生回國時那樣珍貴。師範校長客氣地聽完了他關於開設邏輯課的重要性的長篇論述，莞爾一笑，只說了一句：「張先生，敝校只有一個英文教師的空位」。張先生木然半晌，終於接受了英語教席。

他開始與上海文化圈結交，當然，仍然三句不離邏輯。人們知道他是美國留學生，都主動地靠近過來寒暄，而一聽到講邏輯，很快就表情木然，飄飄離去。在一次文人雅集中，一位年長文士詢及他的「勝業」，他早已變得毫無自信，訥訥地說了邏輯。文士沉吟片刻，慈愛地說：「是啊是啊，收羅纂輯之學，爲一切學問之根基！」旁邊一位年輕一點的立即糾正：「老伯，你聽差了，他說的是巡邏的邏，不是收羅的羅！」並轉過臉來問張先生：「是否已經到巡捕房供職？」張先生一愣，隨即明白，他理解的「邏輯」是「巡邏偵緝」。從此，張先生再也不敢說邏輯。

但是，張先生終於在雅集中紅了起來，原因是有人打聽到他是狀元的後代。人們熱心地追詢他的世譜，還紛紛請他書寫扇面。張先生受不住先前那番寂寞，也就高興起來，買了一些碑帖，練毛筆字。不單單爲寫扇面，而是爲了像狀元的後代。衣服也換了，改穿長衫。課程也換了，改教國文。他懂邏輯，因此，告別邏輯，才合乎邏輯。

2

一九三〇年，張先生的父親去世。遺囑要求葬故鄉狀元墳，張先生扶柩回鄉。墳做得很有氣派，整個葬儀也慷慨花錢，四鄉傳爲盛事，觀者如堵。此事刮到當地青幫頭目陳矮子耳中，他正愁沒有機會張揚自己的聲勢，便帶著一大幫人到葬儀中尋釁。

那天，無數鄉人看到一位文弱書生與一羣强人的對峙。對他們來説，兩方面都是別一世界的人，插不上嘴，也不願插嘴，只是饒有興味地呆看。陳矮子質問張先生是否知道這是誰的地盤，如此築墳，爲何不來稟告一聲。張先生解釋了自家與狀元墳的關係，又説自己出外多年，不知本地規矩。他順便説明自己是美國留學生，想借以稍稍鎮一鎮這幫强人。

陳矮子得知了張先生的身分，又摸清了他在官府沒有背景，便朗聲大笑，轉過臉來對鄉人宣告：「河西袁麻子的魁武幫弄了一個中學生做師爺，神氣活現，我今天正式聘請這位狀元的後代、美國留學生做師爺，讓袁麻子氣一氣！」說畢，又命令手下隨從一齊跪在張老先生的新墳前磕三個響頭，便挾持著張先生揚長而去。

這天張先生穿一身麻料孝衣，在兩個强人的手臂間掙扎呼號。已經拉到很遠了，還回過頭來，滿臉眼淚，看了看山頭的兩宗墳墓。狀元墳實在只是黃土一抔，緊挨著的張老先生的墳新石堅致，供品豐盛。

張先生在陳矮子手下做了些什麼，至今還是一個謎。據說，從此之後，這個幫會貼出的文告、往來的函件，都有一筆秀挺的書法。爲了這，氣得袁麻子把自己的師爺殺了。

又據說，張先生在幫會中酒量大增，猜拳的本事，無人能敵。

張先生逃過三次，都被抓回。陳矮子爲了面子，未加懲處。但當張先生第四次出逃被抓回後，終於被打成殘疾，逐出了幫會。鄉人說，陳矮子最講義氣，未將張先生處死。

張先生從此失蹤。多少年後，幾個親戚才打聽到，他到了上海，跛著腿，不願再找職業，不願再見旁人，躲在家裏做寓公。父親的那點遺產，漸漸坐吃山空。

直到一九四九年，陳矮子被鎮壓，張先生才回到家鄉。他艱難地到山上拔淨了墳頭的荒草，然後到鄉政府要求工作。鄉政府說：「你來得正好，不忙找工作，先把陳矮子幫會的案子弄弄清楚。」這一弄就弄了幾年，而且越弄越不清楚。他的生活，靠幫鄉人寫婚喪對聯、墓碑、店招、標語維持。一九五七年，有一天他喝酒喝得暈暈乎乎，在給鄉政府寫標語時把「東風壓倒西風」寫成了「西風壓倒東風」。被質問時還輕描淡寫地說只是受了當天天氣預報的影響。此地正缺右派名額，理所當然把他補上了。

本來，右派的頭銜對他倒也無啥，他反正原來就是那副朽木架子。只是一個月前，他剛剛與一個比他年長八歲的農村寡婦結婚，女人發覺他成了雙料壞人，怕連累前夫留下的孩子，立即離他而去。

四年後，他右派的帽子摘了。理由是他已經改惡從善。實際上，是出於縣立中學校長對政府的請求。摘帽沒幾天，縣立中學聘請他去擔任英語代課教師。縣中本不設英語課，這年高考要加試外語，校長急了，要爲畢業班臨時突擊補課。問遍全縣上下，只有張先生一人懂英語。

3

他一生沒有這麼興奮過。央請隔壁大娘爲他整治出一套乾淨適體的服裝，立即翻山越嶺，向縣城趕去。

對一羣鄉村孩子，要在五個月內從字母開始，突擊補課到應付高考水平，實在艱難。但是，無論別人還是他，都極有信心，理由很簡單，他是美國留學生。縣中裏學歷最高的教師，也只是中師畢業。

開頭一切還算順利，到第四個星期卻出了問題。那天，課文中有一句 We all love Chairman Mao，他圍繞著常用詞 love，補充了一些解釋。他講解道，這個詞最普通的含義，乃是愛情。他在黑板上寫了一個例句：愛是人的生命。

當他興致勃勃地從黑板上回過身來，整個課堂的氣氛變得十分怪異。女學生全都紅臉低頭，幾個男學生扭歪了臉，傻看著他發愣。突然，不知哪個學生先笑出聲來，隨即全班爆發出無法遏止的笑聲。張先生驚恐地再看了一下黑板，檢查有沒有寫錯了字，隨即又摸了摸頭，捋了捋衣服，看自己在哪裏出了洋相。笑聲更響了，四十幾張年輕的嘴全都張開著，抖動著，笑著他，笑著黑板，笑著愛，震耳欲聾。這天的課無法講完了，第二天他剛剛走進教室，笑聲又起，他在講臺上呆站了幾分鐘就出來，來到校長辦公室，聲稱自己身體不好，要回鄉休息。

這一年，整個縣中沒有一人能考上大學。

張先生回家立即脫下了那身乾淨服裝，塞在箱角。想了一想，端出硯臺，重新以寫字爲生。四鄉的人們覺得他命運不好，不再請他寫結婚對聯，他唯一可寫的，只是墓碑。

據風水先生說，魚背嶺是一個極好的喪葬之地，於是，整座山嶺都被墳墓簇擁。墳墓中有一大半墓碑出自張先生的手筆。他的字，以柳公權爲骨，以蘇東坡爲肌，遒勁而豐潤，端莊而活潑，十分惹目。外地客人來到此山，常常會把湖光山色忘了，把茂樹野花忘了，把溪澗飛瀑忘了，只觀賞這一座座墓碑。死者與死者家屬大多不懂此道，但都耳聞張先生字好，希望用這樣的好字把自己的姓名寫一遍，銘之於石，傳之不朽。

鄉間喪事是很捨得花錢的，張先生寫墓碑的報酬足以供他日常生活之費。他好喝酒，喝了兩斤黃酒之後執筆，字跡更見飛動，因此，鄉間請他寫墓碑，從不忘了帶酒，另備酒肴三五碟。通常，鄉人進屋後，總是先把酒肴在桌上整治妥當，讓張先生慢悠悠喝著，同時請一年輕人在旁邊磨墨，張先生是不願用墨汁書寫的。待到喝得滿臉酡紅，笑瞇瞇地站起身來，也不試筆，只是握筆凝神片刻，然後一揮而就。

鄉人帶來的酒，每次都在五斤以上，可供張先生喝幾天。附近幾家釀酒作坊，知道張先生品酒在行，經常邀他去品定各種酒的等次，後來竟把他的評語，作爲互相競爭的標準，因此都盡力來討好他。酒罈，排滿他陋室的牆角。大家嫌「張先生」的稱呼過於板正，都叫他酒公，他也樂意。一家作坊甚至把他評價最高的那種酒定名爲酒公酒，方圓數十里都有名氣。

前年深秋，我回家鄉遊玩，被滿山漂亮的書法驚呆。了解了張先生的身世後，我又一次上山在墓碑間徘徊。我想，這位半個多世紀前的邏輯救國論者，是用一種最潦倒、最別致的方式，讓生命佔據了一座小山。他平生未能用自己的學問征服過任何一個人，只能用一枝毛筆，在中國傳之千年的毛筆，把離開這個世界的人慰撫一番。可憐被他慰撫的人，既不懂邏輯，也不懂書法，於是，連墓碑上的書法，也無限寂寞。誰能反過來慰撫這種寂寞呢？只有那一排排灰褐色的酒罈。

在美國，在上海，張先生都日思夜想過這座故鄉的山，祖先的山。沒想到，他一生履歷的終結，是越來越多的墓碑。人總要死，墓很難坍，長此以往，家鄉的天地將會多麼可怕！我相信，這位長於推理的邏輯學家曾一次次對筆驚恐，他在筆墨酣暢地描畫的，是一個何等樣的世界！

4

偶爾，張先生也到釀酒作坊翻翻報紙。八年前，他在報紙上讀到一篇散文，題爲《笑的懺悔》。起初只覺題目奇特，一讀下去，他不禁心跳劇烈。

這篇文章出自一位在省城工作的中年人的手筆。文章是一封寫給中學同班同學的公開信，作者詢問老同學們是否都有同感：當自己品嚐過了愛的甜苦，經歷過了人生的波瀾，現在正與孩子一起苦記著外語單詞的時候，都會爲一次愚蠢透頂的傻笑深深愧羞？

張先生那天離開釀酒作坊時的表情，使作坊工人非常奇怪。兩天後，他找到鄉村小學的負責人，要求講點課，不要報酬。

他實在是命運險惡。才教課三個月，一次颱風，把陳舊的校舍吹坍。那天他正在上課，拐著腿拉出了幾個學生，自己被壓在下面。從此，他的下肢完全癱瘓，手也不能寫字了。

我見到他時正靜臥在床。我們的談話從邏輯開始，我剛剛講了幾句金岳霖先生的邏輯思想，他就抖抖索索地把我的手緊緊拉住。他説自己將不久人世，如有可能，在他死後爲他的墳墓寫一方小字碑文；如沒有可能，就寫一幅「酒公張先生之墓」。絕不能把名字寫上，因爲他深感自己一生，愧對祖宗，也愧對美國、上海的師友親朋。這個名字本身，就成了一種天大的嘲謔。

我問他小字碑文該如何寫，他神情嚴肅地斟酌吟哦了一番，慢吞吞地口述起來：

酒公張先生，不知籍貫，不知名號，亦不知其祖宗世譜，只知其身後無嗣，孑然一人。少習西學，長而廢棄，顛沛流蕩，投靠無門。一身弱骨，或踟躕於文士雅集，或顫慄於强人惡手，或驚恐於新世問詰，或惶愧於幼者哄笑，棲棲遑遑，了無定奪。釋儒道皆無深緣，眞善美盡數失落，終以濁酒、敗墨、殘肢、墓碑，編織老境。一生無甚德守，亦無甚惡行，耄年回首，每嘆枉擲如許麥菜蔬，徒費孜孜攻讀、矻矻苦吟。嗚呼！故國神州，莘莘學子，願如此潦倒頹敗者，唯張先生一人。

述畢，老淚縱橫。我當時就說，如此悲涼的文詞，我是不願意書寫的。

張先生終於跛著腿，走完了他的旅程。現在，我書寫的七字墓碑，正樹立在狀元墳，樹立在層層墓碑的包圍之中。他的四周，全是他恣肆的筆墨。他竭力諱避家族世譜，但三個墳，狀元，張老先生和他的，安然並列，連成一線，像是默默地作著他曾熱衷過的邏輯證明。

老屋窗口

1

前年冬天，母親告訴我，家鄉的老屋無論如何必須賣掉了。全家兄弟姐妹中，我是最反對賣屋的一個，爲著一種說不清的理由。而母親的理由卻說得無可辯駁：「幾十年沒人住，再不賣就要坍了。你對老屋有情分，索性這次就去住幾天吧，給它告個別。」

我家老屋是一幢兩層的樓房，不知是祖父還是曾祖父蓋的。在貧瘠的山村中，它像一座城堡矗立著，十分顯眼。全村幾乎都姓余，既有余氏祖堂也有余氏祠堂，但是最能代表余氏家族榮耀的，是這座樓。這次我家這麼多兄弟姐妹一起回去，每人都可以寬寬敞敞地住一間。我住的是我出生和長大的那一間，在樓上，母親昨天就僱人打掃得一塵不染。

人的記憶真是奇特。好幾十年過去了，這間屋子的一切細枝末節竟然都還貯積在腦海的最低層，一見面全都翻騰出來，連每一縷木紋、每一塊污斑都嚴絲密縫地對應上了。我癡癡地環視一周，又伸出雙手沿壁撫摩過去，就像撫摩著自己的肌體，自己的靈魂。

終於，我撫摩到了窗臺。這是我的眼睛，我最初就在這兒開始打量世界。母親憐惜地看著成日扒在窗口的兒子，下決心卸去沉重的窗板，換上兩頁推拉玻璃。玻璃是託人從縣城買來的，路上碎了兩次，裝的時候又碎了一次，到第四次才裝上。從此，這間屋子和我的眼睛一起明亮。窗外是茅舍、田野，不遠處便是連綿的羣山。於是，童年的歲月便是無窮無盡的對山的遐想。跨山有一條隱隱約約的路，常見農夫挑著柴擔在那裏蠕動。山那邊是什麼呢？是集市？是大海？是廟舍？是戲臺？是神仙和鬼怪的所在？我到今天還沒有到山那邊去過，我不會去，去了就會破碎了整整一個童年。我只是記住了山脊的每一個起伏，如果讓我閉上眼睛隨意畫一條曲線，畫出的很可能是這條山脊起伏線。這對我，是生命的第一曲線。

2

這天晚上我睡得很早。天很冷，鄉間沒有電燈，四周安靜得怪異，只能睡。一床剛剛縫好的新棉被是從同村族親那裏借來的，已經曬了一天太陽，我一頭鑽進新棉花和陽光的香氣裏，幾乎熔化了。或許會做一個童年的夢吧？可是什麼夢也沒有，一覺睡去，直到明亮的光逼得我把眼睛睜開。

怎麼會這麼明亮呢？我瞇縫著眼睛向窗外看去，兜眼竟是一排銀亮的雪嶺，昨天晚上下了一夜大雪，下在我無夢的沉睡中，下在歲月的溝壑間，下得如此充分，如此透徹。

一個陡起的記憶猛地闖入腦海。也是躺在被窩裏，兩眼直直地看著銀亮的雪嶺。母親催我起床上學，我推說冷，多賴一會兒。母親無奈，陪著我看窗外。

「諾，你看！」她突然用手指了一下。

順著母親的手看去，雪嶺頂上，晃動著一個紅點。一天一地都是一片潔白，這個紅點便顯得分外耀眼。這是河英，我的同班同學，她住在山那頭，翻山上學來了。那年我才六歲，她比我大十歲，同上著小學二年級。她頭上紮著一方長長的紅頭巾，那是學校的老師給她的。這麼一個女孩子一大清早就要翻過雪山來上學，家長和老師都不放心，後來有一位女教師出了主意，叫她紮上這方紅頭巾。女教師說：「只要你翻過山頂，我就可以憑著紅頭巾找到你，釘著你看，你摔跤了我就上來幫你。」河英的母親說：「這主意好，上山時歸我看。」

於是，這個河英上一趟學好氣派，剛剛在那頭山坡擺脫媽媽的目光，便投入這頭山坡老師的注視。每個冬天的清晨，她就化作雪嶺上的一個紅點，在兩位女性的呵護下，像朝聖一樣，逶逶迤迤走向學校，走向書本。

這件事，遠近幾個山村都知道，因此每天注視這個紅點的人，遠不止兩位女性。我母親就每天期待著這個紅點，作爲催我起床的理由。這紅點，已成了我們學校上課的預備鈴聲。只要河英一爬上山頂，山這邊有孩子的家庭就忙碌開了。

3

女孩到十五六歲，在當時的山鄉已是應該結婚的年齡。早在一年前，家裏已爲河英準備了婚禮。舉行婚禮的前一天，新娘子找不到了，兩天後，在我們教室的窗口，躲躲閃閃地伸出了一個漂亮姑娘蓬頭散髮的臉。她怎麼也不肯離開，要女教師收下她幹雜活。女教師走過來，一手撫著她的肩頭，一手輕輕地捋起她的頭……霎時，兩雙同樣明淨的眼睛靜靜相對。女教師眼波一閃，說聲「跟我走」，拉起她的手走向辦公室。

我在《牌坊》一文中已有記述，我們的小學設在一座廢棄的尼姑庵裏。幾個不知從哪裏來的美貌女教師，都像是大戶人家的小姐，都有逃婚的嫌疑。她們都不姓余，但點名的時候，她們一般都只叫我們的名字，把姓省略了，因爲全班學生絕大多數都一個姓。只有坐在我旁邊的米根是例外，姓陳，他家是從外地遷來的。

那天河英從辦公室出來，她和幾個女教師的眼圈都是紅紅的。當天傍晚放學後，女教師們鎖了校門，一個不剩地領著河英翻過山去，去與她的父母親商量。第二天，河英就坐進了我們教室，成了班級裏第二個不姓余的學生。

這件事可以辦得這樣爽利，直到我長大後還在經常疑惑。新娘子逃婚在山村可是一件大事，如果已成事實，家長勢必還要承擔「賴婚」的責任。哪部小說、戲曲一寫到這樣的事不是渲染得天翻地覆、險象環生？河英的父母怎麼會讓自己的女兒如此乾脆地斬斷前姻來上學呢？我想，根本原因在於幾位女教師的奇異出現。

山村的農民一輩子也難得見到一個讀書人，更無法想像一個能識文斷字的女人。我母親因抗日戰爭從上海逃難到鄉下，被鄉人發現竟能坐在家裏看一本本線裝書和洋裝書，還能幫他們代寫書信、查核契約，視爲奇事。好多年了，母親出門還會有很多人指指點點、交頭接耳，嚇得母親只好成天躲在「城堡」裏。這天晚上，這麼多女教師一起來到山那邊的河英家，一定把她父母震懾了。這些完全來自另一世界的雅潔女子，柔聲細氣地說著他們根本反駁不了的陌生言詞。她們居然說，把河英交給她們，過不了幾年也能變得像她們這樣！父母親只知抹凳煮茶，頻頻點頭，完全亂了方寸，最後，燃起火把，把女教師們送過了山嶺。

據說，那天夜裏，與河英父母一起送女教師過山的鄉親很多，連原本該是河英的「婆家」也在，長長的火把陣接成了一條火龍。

只有舉行盛大的廟會，才會出現這種景象。

4

河英是我們學校的第一個女生。她進校之後，陸續又有一些女孩子進來，教室裏滿滿的，很像一個班級了。

女教師常常到縣城去，觀摩正規小學的教學，順便向縣裏申請一點經費。她們每次回來，總要在學校裏搞點新花樣，後來，竟然開起了學生運動會。

當然沒有運動衣，教師要求學生都穿短褲和汗衫來參加。那幾天，家家孩子都在纏逼自己的母親縫製土布短褲衫。這也變成了一種事先輿論，等到開運動會的那一天，小操場的短圍牆外面早已擠滿了觀看的鄉親。

學生們排隊出來了，最引人注目的是河英。她已是一個大姑娘，運動衫褲是她自己照著畫報上女運動員的照片縫製的，深藍色的土布衣衫裁得很窄，繃得很緊，身材一下子顯得更加頎長，線條流暢而柔韌。我記得她走出操場前幾次在女教師跟前忸怩退縮，不斷伸拉著自己的短褲，像要把它拉長。最後，幾個女教師一把將她推出了門外。門外，立即捲起鄉親們的一片怪叫，怪叫過後一片喊嚓，喊嚓過後一片寂靜。河英終於把頭昂起，開始跨欄、滾翻、投籃。這一天，整個運動會的中心是她，其他稚氣未脫的孩子的跳跳蹦蹦，都引不起太多的注意。河英背後，站著一排女教師，她們都穿著縣城買來的長袖運動衣，脖子上掛著哨子，滿臉鼓勵，滿臉笑容；再背後，是尼姑庵斑剝的門庭。這裏，重疊著三度景深。

這次運動會的後果是災難性的。從此，經常可以聽到婦女這樣罵女兒：「你去浪吧，與河英一樣！」好幾個女孩子退學了，男孩子也經不起家長的再三叮囑，不再與河英一起玩，一起走路。村裏一位近似於族長的老人還找到了女教師，希望將河英退學，說余氏家族很難看得慣這樣的學生。我母親聽說這事後，怔怔地出了半天神，最後要我去邀請河英來家裏玩。那次河英來玩了之後，母親特意牽著我的手，笑吟吟地把她送到村口。村民們都驚訝極了，因爲母親平日送客，歷來只送到大門。

這以後，河英對我像親弟弟一樣。我本來就與我的鄰座陳米根要好，於是三個人老在一起玩，放學後一起到我家做作業，坐在玻璃窗前，由我母親輔導。母親笑著對我說：「你們姓余的可不能這麼霸道，這兒四個人就四個姓！」

5

今天，我躺在被窩裏，透過玻璃窗死死釘著遠處的雪嶺，總想在那裏找到什麼。好久好久，什麼也沒有，沒有紅點，也沒有褐點和灰點。

起床後，我與母親談起河英，母親也還記得她，說：「可以找米根打聽一下，聽說他開了一爿小店。」

陳米根這位數十年前的好朋友本來就是我要拜訪的，那天上午，我踏雪找到了他的小店，就在小學隔壁。兩人第一眼就互相認出來了，他極其熱情，寒暄過一陣後，從一個木箱裏拿出兩塊芝麻餅塞在我手裏，又沏出一杯茶來放在櫃臺上。店堂裏沒有椅子，我們就站著說話。他突然笑得有點奇怪，湊上嘴來說：「還是告訴你了吧，最後也瞞不住，這次買你家房子的正是我的兒子。我不出面，是怕伯母在價格上爲難。說來見笑，我那時到你家溫習功課，就看中了你家的房子。伯母也真是，幾十年前就按上了玻璃窗！據說裝了四次？」

這個話題談下去對我實在有點艱難，我只好客氣地打斷他，打聽河英的下落。他說：「虧得你還記得她。山裏女人，就那個樣子了，成天幹粗活，又生了一大堆孩子，孩子結婚後與兒媳婦們合不來，分開過。成了老太婆了，我前年進山看到她，連我的名字也忘了。」

就這樣，三言兩語，就把童年時代最要好的兩個朋友都交割清了。

離開小店，才走幾步就看到了我們的校門。放寒假了，校園裏闃寂無人，我獨個兒繞圍牆走了一圈便匆匆離開。回家告訴母親，我明天就想回去了。母親憂傷地說：「你這一回去，再也不會來了。沒房了，從此余家這一脈的後代真要浪跡天涯了。」

6

第二天一早，我依然躺在被窩裏凝視著雪嶺。那個消失的紅點，突然變得那麼遙遠，那麼抽象，卻又那麼震撼人心。難道，這紅點竟是倏忽而逝的哈雷彗星？迷迷糊糊地，心中浮現出一位早就浪跡天涯的余姓詩人寫哈雷彗星的幾句詩。

你永遠奔馳在輪迴的悲劇
一路揚著朝聖的長旗
……

廢墟

1

我詛咒廢墟，我又寄情廢墟。

廢墟吞沒了我的企盼，我的記憶。片片瓦礫散落在荒草之間，斷殘的石柱在夕陽下站立，書中的記載，童年的幻想，全在廢墟中殞滅。昔日的光榮成了嘲弄，創業的祖輩在寒風中聲聲咆哮。夜臨了，什麼沒有見過的明月苦笑一下，躲進雲層，投給廢墟一片陰影。

但是，代代層累並不是歷史。廢墟是毀滅，是葬送，是訣別，是選擇。時間的力量，理應在大地上留下痕跡；歲月的巨輪，理應在車道間輾碎凹凸。沒有廢墟就無所謂昨天，沒有昨天就無所謂今天和明天。廢墟是課本，讓我們把一片地理讀成歷史；廢墟是過程，人生就是從舊的廢墟出發，走向新的廢墟。營造之初就想到它今後的凋零，因此廢墟是歸宿；更新的營造以廢墟爲基地，因此廢墟是起點。廢墟是進化的長鏈。

一位朋友告訴我，一次，他走進一個著名的廢墟，才一抬頭，已是滿目眼淚。這眼淚的成分非常複雜。是憎恨，是失落，又不完全是。廢墟表現出固執，活像一個殘疾了的悲劇英雄。廢墟昭示著滄桑，讓人偷窺到民族步履的蹣跚。廢墟是垂死老人發出的指令，使你不能不動容。

廢墟有一種形式美，把拔離大地的美轉化爲皈附大地的美。再過多少年，它還會化爲泥土，完全融入大地。將融未融的階段，便是廢墟。母親微笑著慫恿過兒子們的創造，又微笑著收納了這種創造。母親怕兒子們過於勞累，怕世界上過於擁塞。看到過秋天的飄飄黃葉嗎？母親怕它們冷，收入懷抱。沒有黃葉就沒有秋天，廢墟就是建築的黃葉。

人們說，黃葉的意義在於哺育春天。我說，黃葉本身也是美。

兩位朋友在我面前爭論。一位說，他最喜歡在疏星殘月的夜間，在廢墟間獨行，或吟詩，或高唱，直到東方泛白；另一位說，有了對晨曦的期待，這種夜遊便失之於矯揉。他的習慣，是趁著殘月的微光，找一條小路悄然走回。

我呢，我比他們年長，已沒有如許豪情和精力。我只怕，人們把所有的廢墟都統統刷新、修繕和重建。

2

不能設想，古羅馬的角鬥場需要重建，龐貝古城需要重建，柬埔寨的吳哥窟需要重建，瑪雅文化遺址需要重建。

這就像不能設想，遠年的古銅器需要拋光，出土的斷戟需要鍍鎳，宋版圖書需要上塑，馬王堆的漢代老太需要植皮豐胸、重施濃妝。

只要歷史不阻斷，時間不倒退，一切都會衰老。老就老了吧，安詳地交給世界一副慈祥美。假飾天真是最殘酷的自我糟踐。沒有皺紋的祖母是可怕的，沒有白髮的老者是讓人遺憾的。沒有廢墟的人生太累了，沒有廢墟的大地太擠了，掩蓋廢墟的舉動太僞詐了。

還歷史以真實，還生命以過程。

——這就是人類的大明智。

當然，並非所有的廢墟都值得留存。否則地球將會傷痕斑斑。廢墟是古代派往現代的使節，經過歷史君王的挑剔和篩選。廢墟是祖輩曾經發動過的壯舉，會聚著當時當地的力量和精粹。碎成齏粉的遺址也不是廢墟，廢墟中應有歷史最强勁的韌帶。廢墟能提供破讀的可能，廢墟散發著讓人留連盤桓的磁力。是的，廢墟是一個磁場，一極古代，一極現代，心靈的羅盤在這裏感應强烈。失去了磁力就失去了廢墟的生命，它很快就會被人們淘汰。

並非所有的修繕都屬於荒唐。小心翼翼地清理，不露痕跡地加固，再苦心設計，讓它既保持原貌又便於觀看。這種勞作，是對廢墟的恩惠。全部勞作的終點，是使它更成爲一個名副其實的廢墟，一個人人都願意憑弔的廢墟。修繕，總意味著一定程度的損壞。把損壞降到最低度，是一切真正廢墟修繕家的夙願。也並非所有的重建都需要否定。如果連廢墟也沒有了，重建一個來實現現代人吞古納今的宏志，那又何妨。但是，那只是現代建築家的古典風格，沿用一個古名，出於幽默。黃鶴樓重建了，可以裝電梯；阿房宮若重建，可以作賓館；滕王閣若重建，可以闢商場。這與歷史，關係不大。如果既有廢墟，又要重建，那麼，我建議，千萬保留廢墟，傍鄰重建。在廢墟上開推土機，讓人心痛。

不管是修繕還是重建，對廢墟來說，要義在於保存。圓明園廢墟是北京城最有歷史感的文化遺跡之一，如果把它完全鏟平，造一座嶄新的圓明園，多麼得不償失。大清王朝不見了，熊熊火光不見了，民族的鬱憤不見了，歷史的感悟不見了，抹去了昨夜的故事，去收拾前夜的殘夢。但是，收拾來的又不是前夜殘夢，只是今日的遊戲。

3

中國歷來缺少廢墟文化。廢墟二字，在中文中讓人心驚肉跳。

或者是冬烘氣十足地懷古，或者是實用主義地趨時。懷古者只想以古代今，趨時者只想以今滅古。結果，兩相殺伐，兩敗俱傷，既斫傷了歷史，又砍折了現代。鮮血淋淋，傷痕纍纍，偌大一個民族，前不見古人，後不見來者，念天地之悠悠，獨愴然而涕下。

在中國人心中留下一些空隙吧！讓古代留幾個腳印在現代，讓現代心平氣和地逼視著古代。廢墟不值得羞愧，廢墟不必要遮蓋，我們太擅長遮蓋。

中國歷史充滿了悲劇，但中國人怕看真正的悲劇。最終都有一個大團圓，以博得情緒的安慰，心理的滿足。唯有屈原不想大團圓，杜甫不想大團圓，曹雪芹不想大團圓，孔尚任不想大團圓，魯迅不想大團圓，白先勇不想大團圓。他們保存了廢墟，淨化了悲劇，於是也就出現了一種真正深沉的文學。

沒有悲劇就沒有悲壯，沒有悲壯就沒有崇高。雪峯是偉大的，因爲滿坡掩埋著登山者的遺體；大海是偉大的，因爲處處漂浮著船楫的殘骸；登月是偉大的，因爲有「挑戰者號」的殞落；人生是偉大的，因爲有白髮，有訣別，有無可奈何的失落。古希臘傍海而居，無數嚮往彼岸的勇士在狂波間前仆後繼，於是有了光耀百世的希臘悲劇。

誠懇坦然地承認奮鬥後的失敗，成功後的失落，我們只會更沉著。中國人若要變得大氣，不能再把所有的廢墟驅逐。

4

廢墟的留存，是現代人文明的象徵。

廢墟，輝映著現代人的自信。

廢墟不會阻遏街市，妨礙前進。現代人目光深遠，知道自己站在歷史的第幾級臺階。他不會妄想自己腳下是一個拔地而起的高臺。因此，他樂於看看身前身後的所有臺階。

是現代的歷史哲學點化了廢墟，而歷史哲學也需要尋找素材。只有在現代的喧囂中，廢墟的寧靜才有力度；只有在現代人的沉思中，廢墟才能上升爲寓言。

因此，古代的廢墟，實在是一種現代構建。

瀚。

現代，不僅僅是一截時間。現代是寬容，現代是氣度，現代是遼闊，現代是浩瀚。

我們，挾帶著廢墟走向現代。

夜雨詩意

1

早年爲了學寫古詩，曾買過一部線裝本的《詩韻合璧》，一函共六册，字體很小，內容很多。除了供查詩韻外，它還把各種物象、各種情景、各種心緒分門別類，纂集歷代相關詩句，成了一部頗爲齊全的詩歌詞典。過去文人要應急寫詩時，查一查、套一套，很可快速地炮製出幾首來。但是毫無疑問，這樣寫出來的詩都是不值一讀的。只有在不帶寫詩任務時隨便翻翻，看看在同一名目下中國詩化語詞的多方匯集，才有一點意思。

翻來翻去，眼下出現了「夜雨」這一名目，那裏的詩大多可讀。既然是夜間，各種色相都隱退了，一切色彩斑斕的詞彙也就失去了效能；又在下雨，空間十分逼仄，任何壯舉豪情都鋪展不開，詩句就不能不走向樸實，走向自身，走向情感，李商隱著名的《夜雨寄北》堪稱其中典範。

光聽著窗外夜色中時緊時疏的雨聲，便滿心都會貯足了詩。要說美，也沒有什麼美，屋外的路泥濘難走，院中的花零落不堪，夜行的旅人渾身濕透。但正是在這種情境下，你會感受到往常的世俗喧囂一時澆滅，天上人間只剩下了被雨聲統一的寧定，被雨聲阻隔的寂寥。人人都悄然歸位，死心塌地地在雨簾包圍中默默端坐。外界的一切全成了想像，夜雨中的想像總是特別專注、特別遙遠。

夜雨款款地剝奪了人的活力，因此夜雨中的想像又格外敏感和畏怯。這種畏怯又與某種安全感拌和在一起，凝聚成對小天地中一脈溫情的自享和企盼。在夜雨中與家人圍爐閒談，幾乎都不會拌嘴；在夜雨中專心攻讀，身心會超常地熨貼；在夜雨中思念友人，會思念到立即尋筆寫信；在夜雨中挑燈作文，文字也會變得滋潤蘊藉。

在夜雨中想像最好是對窗而立。黯淡的燈光照著密密的雨腳，玻璃窗冰冷冰冷，被你呵出的熱氣呵成一片迷霧。你能看見的東西很少，卻似乎又能看得很遠。風不大，輕輕一陣立即轉換成淅瀝雨聲，轉換成河中更密的漣漪，轉換成路上更稠的泥濘。此時此刻，天地間再也沒有什麼會干擾這放任自由的風聲雨聲。你用溫熱的手指劃去窗上的霧氣，看見了窗子外層無數晶瑩的雨滴。新的霧氣又朦上來了，你還是用手指去劃，劃著劃著，終於劃出了你思念中的名字。

2

夜雨是行旅的大敵。

倒不是因爲夜間行路艱難，也不是因爲沒有帶著雨鞋和傘。夜雨會使旅行者想家，想得很深很深。夜雨會使旅行者企望安逸，突然憬悟到自己身陷僻遠、孤苦的處境，顧影自憐，構成萬里豪情的羈絆。

不是急流險灘，不是崇山峻嶺，而是夜雨，使無數旅行者頓生反悔，半途而歸。我不知道法顯、玄奘、鄭和、鑑真、徐霞客他們在一次次夜雨中心境如何，依我看，他們最强的意志，是衝出了夜雨的包圍。

如我無用之輩，常常會在大雨如注的夜晚，躲在鄉村旅店裏，把地圖拿出來細細查看。目光在已經走過的千里之間來回，癡想著其間在夜幕雨帳籠罩下的無數江河和高山。這樣的夜晚，我常常失眠。爲了把這種沒出息的惰怠心緒驅趕，我總會在夜雨中邀幾個不相識的旅人長時間閒談。

但是，真正讓心緒復歸的，完全不是這種談話，而是第二天晴朗的早晨。雨後的清晨，鋪天蓋地奔瀉著一種興奮劑，讓人幾乎把昨夜忘卻；又不能完全忘卻，留下一點影子，陰陰涼涼的，添一分淡淡的惆悵。

3

在人生的行旅中，夜雨的魅力也深可尋探。

我相信，一次又一次，夜雨曾澆熄過突起的野心，夜雨曾平撫過狂躁的胸襟，夜雨曾阻止過一觸即發的爭鬥，夜雨曾破滅過兇險的陰謀。當然，夜雨也斫折過壯闊的宏圖、勇敢的進發、火燙的情懷。

不知道歷史學家有沒有查過，有多少烏雲密布的雨夜，悄悄地改變了中國歷史的步伐。將軍舒眉了，謀士自悔了，君王息怒了，英豪冷靜了，俠客止步了，戰鼓停息了，駿馬回槽了，刀刃入鞘了，奏章中斷了，敕令收回了，船楫下錨了，酒氣消退了，狂歡消解了，呼吸勻停了，心律平緩了。

不知道傳記學家有沒有查過，一個個雨夜，扭轉了多少傑出人物的生命旅程。人生許多關節點的出現常常由於偶然。種種選擇發端於一顆柔弱的心，這顆心不能不受到突發性情景的執意安排。一場雨，既然可以使一位軍事家轉勝爲敗，那麼，它也能使一個非軍事的人生計畫改弦易轍。無數偶然中隱伏著必然，換言之，堂皇的必然中遍布著偶然。人生長途延伸到一個偶然性的境遇，預定的走向也常常會扭轉。因此，哪怕是夜，哪怕是雨，也默默地在歷史中佔據著地位。

如果人生和歷史都是拔離了瑣碎事物的構建，那麼它們也就不屬於現實世界。於是人們每時每刻遇到的一切，都可能包孕著恢宏的蘊涵。詩人的眼光，正在於把兩者鈎連。夜雨中，人生和歷史都在蹣跚。

4

漸漸，我對夜雨的謝意，有了一點新的思考。

記得幾年前我在廬山上旅行的時候，常常能在荒嶺草徑邊看到一座座坍弛的屋基，從屋基的用料看，絕不是山民的居舍，而應該是精雅別墅的所在。不知是哪些富有的雅士詩興突發，要在這兒離羣索居，獨享自然。然而，他們終於沒有住久，我想多半是因爲無法消受荒山夜雨時可怖的氛圍。但毫無疑問，此間的詩意卻是無與倫比的充沛。

去年我遇到一位美國教授，閒談間竟也提到了夜雨。教授說，他也深深迷戀著這種詩意，所以特意在城郊的山頂造了一間考究的白木房子，只要有夜雨襲來，他就立即駕車上山。

他邀請我到他的白木房子裏住幾天，我至今未去，但完全能想像，我以前對夜雨的感悟與他領受的大爲逆反。狼狽的苦旅不見了，荒寂的恐怖不見了，只是在緊張生活的空閒，讀一首詩，親撫一下自然，一切是那樣的輕鬆和瀟灑。

在這裏，我們顯然遇到了一個美學上的麻煩。某種感人的震撼和深厚的詩意似乎注定要與艱難相伴隨，當現代交通工具和營造手段使夜雨完全失去了苦澀味，其間的詩意也就走向浮薄。我至今還無法適應在中國傳統的山水畫中加上火車、汽車和高壓電線，儘管我對這種文明本身毫無推拒之意。去一趟四川恨不得能買到當天的飛機票，但家裏掛的卻要一幅描畫山道奇險、步履艱難的「蜀山行旅圖」。在燈光燦爛的現代都市街道上駕車遇雨，實在是談不上多少詩意的，只有一次在國外一個海濱，天色已晚，瓢潑大雨就像把我們的車摔進了大瀑布的中心，替我駕車的女士完全認不得路了，一路慌亂地在水簾和夜幕間轉悠，事後倒覺得有了點詩意，原因也許正是碰到了自然所給予的艱難。

人類在與自然周旋的漫漫長途中，有時自然的暴力會把人完全吞沒，如地震，如海嘯，如泥石流，一時還很難從這些事端中提取出美。人至少要在有可能與自然對峙的時候才會釀造美，在這種對峙中，有時人明確無誤地戰勝了自然，例如汽車、電燈、柏油路的出現，產生了一種鬆快愉悅的美；有時人與自然較量得十分吃力，兩相憋勁，勢均力敵，那就會產生峻厲、莊嚴、扣人心弦的悲劇美。由於這種美襯托了人類嚴峻的生存狀態，考驗了人類終極性的生命力，因此顯得格外動人心魄。人類的生活方式可以日新月異，但這種終極性的體驗卻有永久價值。也許正是這個原因吧，歷史上一切真正懂藝術的人總會著迷於這種美學形態，而希臘悲劇乃至種種原始藝術總是成爲人類不衰的審美熱點。過於整飭、圓熟的審美格局反射了人對自然的戰勝狀態和凌駕狀態，可以讓人產生一種方便感和舒坦感，卻無法對應出一種生命考驗。爲此，歐洲啓蒙主義的大師們不贊成法國古典主義的大一統，不贊成把人類的社會生活和藝術生活都處理成凡爾賽宮規整無比的園林一般。他們呼喚危崖、怒海、莽林，呼喚與之相對應的生命狀態。這便是他們心中的詩意，狄德羅甚至直截地說，人類生活越是精雅文明就越缺少詩意。難道是他們在抵拒現代嗎？不，他們是啓蒙者，分明啓蒙出了一個活生生的現代。現代，本不是一種文質彬彬的搭建，而是人類的一種原始創造力的自然發展。

因此，再現代的人也願意一再地在「蜀山行旅圖」中把延綿千年的生命力重溫一遍，願意一再地品味苦澀的夜雨，然後踩著泥濘走向未來。

前不久聽到有人對那些以黃土文化爲背景的藝術作品提出批評，認爲它們寫得過土過野。這些批評家不願意看到人類行旅上的永久性泥濘，只希望獲得一點兒成果性的安慰。無論在生命意識還是在審美意識上，他們都是弱者，狄德羅所說的詩意他們無法理解。

筆墨祭

1

中國傳統文人究竟有哪些共通的精神素質和心理習慣，這個問題，現在已有不少海內外學者在悉心研究。這種研究的重要性是顯而易見的，但也時時遇到麻煩。年代那麼長，文人那麼多，說任何一點共通都會湧出大量的例外，而例外一多，所謂共通云云也就很不保險了。如果能對例外作一一的解釋，當然不錯，但這樣一來，一篇文章就成了自己出難題又自己補漏洞的尷尬格局。補來補去，痛快淋漓的主題都被消磨掉了，好不爲難煞人。

我思忖日久，頭腦漸漸由精細歸於樸拙，覺得中國傳統文人有一個不存在例外的共通點：他們都操作著一副筆墨，寫著一種在世界上很獨特的毛筆字。不管他們是官居宰輔還是長爲布衣，是俠骨赤膽還是蠅營狗苟，是豪壯奇崛還是脂膩粉漬，這副筆墨總是有的。

筆是竹竿毛筆，墨由煙膠煉成。濃濃地磨好一硯，用筆一舔，便簌簌地寫出滿紙黑生生的象形文字來。這是中國文人的基本生命形態，也是中國文化的共同技術手段。既然如此，我們何不乾脆偷偷懶，先把玩一下這管筆、這錠墨再說呢？

一切精神文化都是需要物態載體的。五四新文化運動就遇到過一場載體的轉換，即以白話文代替文言文；這場轉換還有一種更本源性的物質基礎，即以「鋼筆文化」代替「毛筆文化」。五四鬥士們自己也使用毛筆，但他們是用毛筆在呼喚著鋼筆文化。毛筆與鋼筆之所以可以稱之爲文化，是因爲它們各自都牽連著一個完整的世界。

2

作爲一個完整世界的毛筆文化，現在已經無可挽回地消逝了。

誠然，我並不否定當代書法的成就。有一位朋友對我説，當代書法家沒有一個能比得上古代書法家。我不同意這種看法。古代書法家的隊伍很大，層次很多，就我見聞所及，當代一些書法高手完全有資格與古代的許多書法家一比高低。但是，一個無法比擬的先決條件是，古代書法是以一種極其廣闊的社會必需性爲背景的，因而產生得特別自然、隨順、誠懇；而當代書法終究是一條刻意維修的幽徑，美則美矣，卻未免失去了整體上的社會性誠懇。

在這一點上有點像寫古詩。五四以降，能把古詩寫得足以與古人比肩的大有人在，但不管如何提倡張揚，唐詩宋詞的時代已絕對不可能復現。詩人自己可以寫得非常得心應手（如柳亞子、郁達夫他們），但社會接納這些詩作卻並不那麼熱情和縱容了。久而久之，敏感的詩人也會因寂寞而陷入某種不自然。他們的藝術人格，或許就會因社會的這種選擇而悄悄地重新調整。這裏遇到的，首先不是技能技巧的問題。

我非常喜歡的王羲之、王獻之父子的幾個傳本法帖，大多是生活便條。只是爲了一件瑣事，提筆信手塗了幾句，完全不是爲了讓人珍藏和懸掛。今天看來，用這樣美妙絕倫的字寫便條實在太奢侈了，而在他們卻是再自然不過的事情。接受這張便條的或許眼睛一亮，卻也並不驚駭萬狀。於是，一種包括書寫者、接受者和周圍無數相類似的文人們在內的整體文化人格氣韻，就在這短短的便紙中洩漏無遺。在這裏，藝術生活化和生活藝術化相溶相依，一枝毛筆並不意味著一種特殊的職業和手藝，而是點化了整體生活的美的精靈。我相信，後代習摹二王而維妙維肖的人不少，但誰也不能把寫這些便條的隨意性學到家。

在富麗的大觀園中築一個稻香村未免失之矯揉，農舍野趣只在最平易的鄉村裏。時裝表演可以引出陣陣驚嘆，但最使人舒心暢意的，莫過於街市間無數服飾的整體鮮亮。成年人能保持天真也不失可喜，但最燦爛的天真必然只在孩童們之間。在毛筆文化鼎盛的古代，文人們的衣衫步履、談吐行止、居室布置、交際往來，都與書法構成和諧，他們的生命行爲，整個兒散發著墨香。

相傳漢代書法家師宜官喜歡喝酒，卻又常常窘於酒資，他的辦法是邊喝邊在酒店牆壁上寫字，一時觀者雲集，紛紛投錢。你看，他輕輕發出了一個生命的信號，就立即有那麼多的感應者。這與今天在書法展覽會上讓人讚嘆，完全是另一回事了。整個社會對書法的感應是那樣敏銳和熱烈，對善書者又是如此尊敬和崇尚。這使我想起現代的月光晚會，哪個角落突然響起了吉他，整個晚會都安靜下來，領受那旋律的力量。

書法在古代的影響是超越社會藩籬的。師宜官在酒店牆上寫字，寫完還得親自把字鏟去，把牆壁弄得傷痕斑斑，但店主和酒保並不在意，他們也知書法，他們也在驚嘆。師宜官的學生梁鵠在書法上超越了老師，結果成了當時的政治權勢者爭奪的人物。他曾投於劉表門下，曹操破荊州後還特意尋訪他，既爲他的字，也爲他的人。在當時，字和人的關係難分難捨。曹操把他的字懸掛在營帳中，運籌帷幄之餘悉心觀賞。在這裏，甚至連政治軍事大業也與書法藝術相依相傍。

我們今天失去的不是書法藝術，而是烘托書法藝術的社會氣氛和人文趨向。我聽過當代幾位大科學家的演講，他們寫在黑板上的中文字實在很不像樣，但絲毫沒有改變人們對他們的尊敬。如果他們在微積分算式邊上寫出了幾行優雅流麗的粉筆行書，反而會使人們驚訝，甚至感到不協調。當代許多著名人物用毛筆寫下的各種題詞，恕我不敬，從書法角度看他大多功力不濟，但不會因此而受到人們的鄙棄。這種情景，在古代是不可想像的。因爲這裏存在著兩種完全不同的文化信號系統和生命信號系統。

古代文人苦練書法，也就是在修煉著自己的生命形象，就像現代西方女子終身不懈地進行著健美訓練，不計時間和辛勞。

由此，一系列現代人難以想像的奇蹟也隨之產生。傳說有人磨墨寫字，日復一日，把貯在屋簷下的幾缸水都磨乾了；有人寫畢洗硯，把一個池塘的水都洗黑了；有人邊走路邊在衣衫上用手指劃字，把衣衫都劃破了……最令人驚異的是，隋唐時的書法家智永，寫壞的筆頭竟積了滿滿五大簏子，這種簏子每只可容一百多斤的重量，筆頭很輕，但五簏子加在一起，也總該有一、二百斤吧。唐代書法家懷素練字，用壞的筆堆成了一座小丘，他索性挖了一個坑來掩埋，起名曰「筆冢」。沒有那麼多的紙供他寫字，他就摘芭蕉葉代紙，據說，近旁的上萬株芭蕉都被他摘得光禿禿的。這種記載，即便打下幾成折扣，仍然是十分驚人的。如果僅僅爲了練字謀生，完全犯不著如此。

「古墨輕磨滿几香，硯池新浴燦生光」。這樣的詩句，展現的是對一種生命狀態的喜悅。「非人磨墨墨磨人」，是啊，磨來磨去，磨出了一個個很道地的中國傳統文人。

在這麼一種整體氣氛下，人們也就習慣於從書法來透視各種文化人格。顏真卿書法的厚重莊嚴，歷來讓人聯想到他在人生道路上的同樣品格。李後主理所當然地不喜歡顏字，說「真卿得右軍之筋而失之粗魯」，「有楷法而無佳處，正如叉手並腳田舍漢。」初次讀到這位風流皇帝對顏真卿的這一評價時我忍不住笑出了聲，從他的視角看去，說顏字像「叉手並腳田舍漢」是非常貼切的。這是一個人格化的比喻，比喻兩端連著兩種對峙的人格系統，往返觀看煞是有趣。

蘇東坡和董其昌也是兩種截然不同的文人。在董其昌看來，濃洌、放達、執著的蘇東坡連用墨都太濃麗了，竟譏之爲「墨豬」。他自己則喜歡找一些難貯墨色的紙張，滑筆寫去，淡遠而又浮飄。

趙孟頫的字總算是漂亮的了，但是耿直俠義的傅青主卻由衷地鄙薄。他實在看不慣趙孟頫以趙宋王朝親裔的身分投降元朝的行爲，結果從書法中也找出了奴顏媚骨。他說：「予極不喜趙子昂，薄其人，遂惡其書。」他並不是故意地以人格取消書法，只要看他自己的書法，就會知道他厭惡趙書是十分真誠的。他的字，通體古拙，外逸內剛。

有些書法家的人格更趨近自然，因此他們的筆墨也開啓出另一番局面。宋代書法家政黄牛喜歡揣摩兒童寫的字，他曾對秦觀說：「書，心畫也，作意則不妙耳。故喜求兒童字，觀其純氣。」漢代書法家蔡邕則一心想把大自然的物象納入筆端，他說：「凡欲結構字體，皆須像其一物，若鳥之形，若蟲食禾，若山若樹，縱横有托，運用合度，方可謂書。」這些書法家在講寫字，更在吐露自己的人生觀念、哲學觀念、宗教觀念。如果僅僅就書法技巧論，揣摩兒童筆劃，描畫自然物象，不是太離譜了麼？只有把書法與生命合而爲一的人，才會把生命對自然的渴求轉化成筆底風光。

在我看來，書法與主客觀生命狀態的關係，要算韓愈說得最生動。他在《送高閒上人》序中說及張旭書法時謂：「往時張旭善草書，不治他技，喜怒窘窮，夏悲愉佚，怨恨思慕，酣醉，無聊，不平，有動於心，必於草書焉發之。觀於物，見山水崖谷，鳥獸蟲魚，草木之花實，日月列星，風雨水火，雷霆霹靂，歌舞戰鬥，天地事物之變，可喜可愕，一寓於書，故旭之書，變動猶鬼神，不可端倪，以此終其身而名後世。」記得宗白華先生就曾借用這段話來論述過中國書法美學中的生命意識。

宗白華先生是在研究高深的美學，而遠在唐朝的韓愈卻在寫著一篇廣傳遠播的時文。韓愈的說法今天聽來頗爲警策，而在古代，卻是萬千文人的一種共識。相比之下，我們今天對筆墨世界裏的天然律令，確已漸漸生疏。

3

文章寫到這裏，很容易給人造成一個誤會，以爲古代書法可以與各個文人的精神品格直接對應起來。「文如其人」、「書如其人」，這些簡陋的觀點確也時常見之於許多文章。

「文如其人」有大量的例外，這一點已有錢鍾書先生作過列述。書法藝術在總體上是一種形式美，它與人品的關係自然更加曲折錯綜。要說對應也只是一種「泛化對應」，在泛化過程中交糅進了種種其他因素。

不難舉出，許多性格柔弱的文人卻有一副奇崛的筆墨，而沙場猛將留下的字跡倒未必有殺伐之氣。有時，人品低下、節操不濟的文士也能寫出一筆矯健溫良的好字來。例如就我親眼所見，秦檜和蔡京的書法實在不差。

人的生命狀態的構建和發射是極其複雜的。中國傳統文人面壁十年，博覽諸子，行跡萬里，宦海沉浮，文化人格的吐納幾乎是一個渾沌的祕儀，不可輕易窺探。即如秦檜、蔡京者流，他們的文化人格遠比他們的政治人格曖昧，而當文化人格折射爲書法形式時，又會增加幾層別樣的雲靄。

被傅青主所瞧不起的趙孟頫，他的書法確有甜媚之弊，但甜媚之中卻又嶙嶙峋峋地有著許多前人風範的沉澱。因寫《藝舟雙楫》而出名的清代書法理論家包世臣說，見到一幅趙孟頫的墨跡，乍看全是趙孟頫，但仔細一看，這個過於純淨的趙孟頫就不可能是趙孟頫。趙孟頫學過二王、學過李北海、學過褚河南，沒有這些先師們的痕跡，趙孟頫只剩了一種字形，顯然是贋品。

這個論斷著實高妙。像趙孟頫這麼複雜的文人，只能是多重人格結構匯聚和溶化的結果；已經匯聚、溶化成了一個卓然獨立的大家，竟還可以一一尋其脈絡，並在墨跡指認出來。這種現象，與人們平時談藝時津津樂道的「溶匯百家而了無痕跡」正好相悖。這裏，展露了中國文化的一種重要特徵。

「溶匯百家而了無痕跡」的情況也是有的，主要出現在早期創業者羣體中。如王羲之，曾悉心學習過衞夫人的書法，後來又追慕鍾繇和張芝，還揣摩過許多秦漢以來的碑跡。他自稱隸勝鍾而草遜張，終於融會貫通而攀上萬世矚目的書學峯巔。要在王羲之行書中一一辨認出他所師法過的前代書家痕跡，不太容易。但是，當高峯樹起之後，它也就成了後世書家不能不繼承的遺產。繼承者又成了高峯，遺產也就累聚成一座深幽重疊的迷宮，使代代子孫既富足又惶恐，即便力求創新也擺脫不了遺傳的干係。蘇東坡算得敢於獨立創新的了，但清代翁方綱卻一眼看破，說蘇字中最好的仍然是帶有晉賢風味的那一種。二王餘緒的遠代流注，連蘇東坡也逃不過。

膽子更大一點的書法革新家，雖然高舉著叛逆的旗幡，卻也要有意無意地讓人看出種種承襲的遊絲，其中有人還專門著文來說明自身隱潛的連脈。米芾承顏而恣野，鄭板橋學黃山谷而後以隸爲楷，怪怪的金農自稱得意於「禪國山碑」和「天發神讖碑」，趙之謙奇峯兀立而其實「顏底魏面」……

這就是可敬而可嘆的中國文化。不能說完全沒有獨立人格，但傳統的磁場緊緊地統攝著全盤，再强悍的文化個性也在前後牽連的網絡中層層損減。本該健全而響亮的文化人格越來越趨向於羣體性的互滲和耗散。互滲於空間便變成一種社會性的認同；互滲於時間便變成一種承傳性定勢。個體人格在這兩種力量的拉扯中步履維艱。生命的發射多多少少屈從於羣體惰性的薰染，剛直的靈魂被華麗的重擔漸漸壓彎。請看，僅僅是一枝毛筆，就負載起了千年文人的如許無奈。

比較徹底的文化革新很難從這麼漫長的歲月中站起身來。別的且不說，看淼淼百代，偌大的中國會有哪個人，敢用別的書寫工具來寫信記帳？

4

也許，應該靜靜地等待時間的自然流變。

但是，既然整個傳統文化早已構成互滲性的一統，時間並不能把中國文化推上逐級進化的臺階。

記得郭沫若曾經爲書法提供過一則時間性變遷的範例，斷定王羲之的字跡應不脫魏晉隸書筆意，傳世《蘭亭序》因此是僞作。《蘭亭序》的真僞且不去説它，就基本思路論，我覺得郭沫若忽視了中國文化前後左右的互滲關係，忽視了中國文人複雜的藝術可能性，忽視了在前面這兩個前提下魏晉時代書法藝術面對不同的實際需要（如刻碑、修帖、寫便條）所必然產生的多元性。

從魏晉開始的一個極其漫長的歷史過程中，在書法領域內部，幾乎一切都是可能的。因爲這是一個渾然一統的世界。顛倒、錯位、裹捲、渦漩、復舊、超前，什麼也不用奇怪。大體的階段和脈絡有一點，時肥時瘦、時濃時枯，但一旦要作過於科學的裁割，立即會顧此失彼，手忙腳亂。

事情必須要等到一個整體性變革的來臨，才能出現根本性的阻斷。

終於，有了辛亥革命和五四運動。

終於，有了胡適之和白話文。

終於，有了留學生和「煙士披里純」。①

終於，有了化學分子式和數學定理。

毛筆文化的一統世界開始動搖了。起初，誰也沒有想到新的時代會對遍灑中國的無數枝毛筆過不去。大家先從文化的內容著眼，因內容而想到載體，於是提倡白話文。毛筆只是一種手段性的工具，對它的去留人們不大在意。

林琴南用文言文翻譯了大量的外國文藝作品，用的當然是毛筆。懂外文的助手們捧著原著把文意口述給他聽，他的毛筆在紙頁上飛快地舞動著，一頁又一頁、一疊又一疊、一本又一本，湧向書肆，散落到無數青年手上，這或許是中國毛筆文化極成功的一次後期呈現，你看，就憑著毛筆和文言文，不是把域外的新文藝生動地介紹了麼？它不是已經適應了新的時代和世界潮流了麼？誰說舊瓶不能裝新酒呢？

但是，喝了新酒的人漸漸上了癮，他們開始用疑惑的眼光來打量這家專做二道生意的林氏酒坊。他們發現了原裝酒，一喝，勁兒大多了，他們不再滿足林琴南手上那只古色古香的小酒罈。

許多新文化的迷醉者因林譯小說的啓蒙而學了外文，因學外文而放棄了毛筆。毛筆之外的天地是那麼廣闊，他們變得義無反顧。

林琴南握著毛筆的手終於顫抖了。他停止了翻譯，用毛筆寫下了聲討白話文兼及整個新文化的憤怒檄文。他的文章，是對毛筆文化的一次系統維護。人們對這位老人懷著一種複雜的情感：他是窗戶的開啓者，又是大門的把守者。他可以用毛筆指點一些什麼，卻絕不允許讓毛筆文化的整體構架渙散。

相比之下，當時新文化的鬥士們卻從容得多，除了蔡元培給林琴南寫了一封回信，劉半農假冒「王敬軒」給他開了個玩笑，沒有再與這位老人多作爭辯。他們洞悉世界大潮和時代走向，信心十足，忙著幹許多更重要的事。他們沒有更多的精力與一種頑固的邏輯怪圈糾纏日久，對於他們自己也在用的毛筆，更不作任何攻難。

新文化隊伍中的人士，寫毛筆字在總體上不如前代。他們有舊學根基，都能寫；但當主要精力已投注到新的文化方式之後筆墨的優劣已不是他們價值系統中的敏感部位。陳獨秀和胡適的毛筆字都寫得一般，魯迅、郭沫若、茅盾寫得較好，魯、郭兩位或許還能躋身書法家的行列。對他們來説，毛筆字主要已成爲一種並不强悍的工具形態。「文房四寶」，已完全維繫不住他們的人格構架。

5

然而，事情又一次地出現了負面。

毛筆文化既然作爲一個完整的世界存在過數千年，它的美色早已鍛鑄得極其燦爛。只要認識中國字，會寫中國字，即便是現代人，也會被其中溫煦的風景所吸引。吸引得深了，還會一步步登堂入室，成爲它文化圈中新的成員。

五四文化新人與傳統文化有著先天性的牽連，當革新的大潮終於消退，行動的方位逐漸模糊的時候，他們人格結構中親近傳統一面的重新强化是再容易不過的。像一個渾身濕透的弄潮兒又回到了一個寧靜的港灣，像一個筋疲力盡的跋涉者走進了一座舒適的庭院，一切都顯得那麼自然。中國文化的帆船，永久載有這個港灣的夢；中國文人的腳步，始終沾有這個庭院的土。因此，再壯麗的航程，也隱藏著回歸的路線。

我們很難疾言厲色，說這種回歸是叛變。文化人格學的闡釋，要比社會進化論達觀得多。中國的事情總是難辦，重要原因就在於有這一幅幅文化人格圖譜不易索解。

陳獨秀夠激進的了，但他在杭州遇到沈尹默時，卻首先批評了這位青年書法家的字：「昨天看見你寫的一首詩，詩很好，字則其俗在骨。」對這句話，沈尹默刻骨銘心。沈尹默後來也寫寫白話詩，但主要精力卻投注在書法上，終身不懈，成了中國現代毛筆文化的一個重要孑遺。

周作人不失爲五四前期頭腦特別清醒的鬥士之一，他竟能在本世紀初年就一把抓住人的主題，提出「人的文學」的口號，在人文理性品格上明顯地高人一籌。但他後來卻深深地埋向毛筆文化而不可自拔，即便每天用毛筆抄一些古書古文也怡然自得。他抄書爲文當然也有一系列並不落後的文化哲學觀念在左右，但留給社會的整體形象，已成爲一個毛筆世界裏不倦的爬剔者。他寫於一九三六年二月的一篇散文《買墨小記》，道盡了他所沉溺的那個天地，也展露了那個天地中的他。文章寫得很有韻味，不妨抄下一段：

我寫字多用毛筆，這也是我落伍之一，但是習慣了不能改，只好就用下去，而毛筆非墨不可，又只得買墨。本來墨汁是最便也最經濟的，可是膠太重，不知道用的什麼煙，難保沒有「化學」的東西，寫在紙上常要發青，寫稿不打緊，想要稍保存就很不合適了。……

買墨爲的是用，那麼一年買一兩半兩就夠了。這話原是不錯的，事實上卻不容易照辦，因爲多買一兩塊留著玩玩也是人之常情。

墨到可玩的地步當然是要有年代的，周作人買來磨的是光緒至道光年間的墨。據說嚴格一點應該用光緒五年以前的墨。再後面，墨法已遭浩劫。周作人還搜集到了俞樾、趙之謙、范寅等人的著書之墨，「捨不得磨，只是放著看看而已。」周作人不是收藏家，他的玩墨，反映了一種人格情趣。而這種人格情趣又偏偏出現在一位新文化代表人物的身上，真是既奇異又必然。

很巧，就在周作人寫《買墨小記》的半年前，他的哥哥魯迅也寫了一篇有關筆墨的文章，題曰《論毛筆之類》。儘管不是故意的，兄弟倆圍繞著同一個問題發表的意見大相逕庭，真可稱作是一場「筆墨官司」了。魯迅說：

我自己是先在私塾裏用毛筆，後在學校裏用鋼筆，後來回到鄉下又用毛筆的人，卻以爲假如我們能夠悠悠然，洋洋焉，拂硯伸紙，磨墨揮毫的話，那麼，羊毫和松煙當然也很不壞。不過事情要做得快，字要寫得多，可就不成功了，這就是說，它敵不過鋼筆和墨水。譬如在學校裏抄講義罷，即使改用墨盒，省去臨時磨墨之煩，但不久，墨汁也會把毛筆膠住，寫不開了，你還得帶洗筆的水池，終於弄到在小小的桌子上，擺開「文房四寶」。況且毛筆尖觸紙的多少，就是字的粗細，是全靠手腕作主的，因此也容易疲勞，越寫越慢。閒人不要緊，一忙，就覺得無論如何，總是墨水和鋼筆便當了。

兩位成熟的大學者忽然都在乍看起來十分瑣碎的用筆用墨問題上大做文章，似乎令人奇怪，但細細品味他們的文句即可明白，這裏潛伏著一種根本性的人格對峙。魯迅灑筆開去，從用筆說到了中國社會變革的一個大課題：「便於使用的器具的力量，是決非勸諭、譏刺、痛罵之類的空言所能制止的。假如不信，你倒去勸那些坐汽車的人，在北方改用騾車，在南方改用綠呢大轎試試看。」魯迅說，改造傳統很艱難，而禁止青年人卻很容易。在中國，當「改造傳統」和「禁止青年」各不相讓的時候，常常是後者佔上風。但禁止的結果只能是「使一部分青年又變成舊式的斯文人」。

魯迅究竟是魯迅，他從筆說到了人。「筆墨官司」所打的，原來是青年一代中國文人的人格選擇。

這種人格選擇的實際範疇當然比用筆用墨大得多。就在周氏兄弟寫文章的前兩年，當年諷刺過林琴南的五四文化新人劉半農作爲教授參加北京大學招生閱卷，見到一位考生把「昌明文化」誤寫成了「倡明文化」，他竟爲此發表了詩作並加注，考證「倡」即「娼」，嘲笑學生是不是指「文化由娼妓而明」。劉半農的這種諷刺顯然是極不厚道的，但更重要的是，他如今心目中青年學生應有的形象已經納入一條乾嘉式的道路。為此，其他新文化人士十分不滿，記得曹聚仁還借此發表了一個著名的觀點：我們以為青年人錯了的地方，很可能恰恰是對的，我們今天以為正字的，很可能是真正的別字；中國文字構架如此宏大繁複，青年人難免會經常寫別字、讀別字，這是青年人應享的權利。

曹聚仁也夠水準，他同樣從別字說到了人，與魯迅相呼應。他國學根底深厚，卻不主張讓青年人重返港灣和庭院，反對他們在毛筆文化中把聰明才智耗盡。寧肯魯莽粗糙一點，也不成為古風翩然、國學負擔沉重的舊式斯文人。

6

過於迷戀承襲，過於消磨時間，過於注重形式，過於講究細節，毛筆文化的這些特徵，正恰是中國傳統文人羣體人格的映照，在總體上，它應該淡隱了。

這並不妨礙書法作為一種傳統藝術光耀百世。喧鬧迅捷的現代社會時時需要獲得審美慰撫，書法藝術對此功效獨具。我自己每每在頭昏腦脹之際，近乎本能地把手伸向那些碑帖。只要輕輕翻開，灑脫委和的氣韻立即撲面而來。

我真希望有更多的中國人能夠擅長此道，但良知告訴我，這個民族的生命力還需要在更寬廣的天地中展開。健全的人生須不斷立美逐醜，然而，有時我們還不得不告別一些美，張羅一個個酸楚的祭奠。世間最讓人消受不住的，就是對美的祭奠。

只好請當代書法家們好生努力了，使我們在祭奠之後還能留下較多的安慰。

註① 英文「靈感」一詞的音譯，五四前後常見諸報刊，有人還把這五個字寫入白話詩中。

藏書憂

1

近年來我搬了好幾次家，每次搬的時候都引來許多圍觀的人。家具沒有什麼好看的，就看那一捆捆遞接不完的書。搬前幾星期就得請幾位學生幫忙，把架子上的書按次序拿下來，紮成一捆捆的。這是個勞累活，有兩位學生手上還磨出了水泡。搬的時候採用流水作業，一排人站在樓梯上，一捆捆傳遞下去。書不像西瓜，可以甩著來，一捆書太重，甩接幾次就沒有手勁了。摔破一個西瓜不要緊，摔壞了書卻叫人心疼。因此，這支小心翼翼的傳送隊伍確實是很有趣的，難怪人們要圍觀。

我當然稱不上什麼藏書家。好書自然也有不少，卻沒有版本學意義上的珍本和善本。我所滿意的是書房裏那種以書爲壁的莊嚴氣氛。書架直達壁頂，一架架連過去、圍起來，造成了一種逼人身心的文化重壓。走進書房，就像走進了漫長的歷史，鳥瞰著遼闊的世界，遊弋於無數閃閃爍爍的智能星座之間。我突然變得瑣小，又突然變得宏大，書房成了一個典儀，操持著生命的盈虧縮脹。

一位外國旅遊公司的經理來到我的書房，睜大眼睛慢慢地巡視一遍，然後又站在中間凝思良久，終於誠懇地對我說，「真的，我也想搞學問了。」我以爲他是說著玩玩的，後來另一位朋友告訴我，這位經理現在果真熱心於跑書店，已張羅起了一個很像樣子的書房。我想，他也算是一位閱盡世間美景的人了，何以我簡陋書房中的雜亂景況，竟能對他產生如此大的衝撞？答案也許是，他突然聞到了由人類的書體才智結晶成的生命芳香。

羅曼·羅蘭說，任何作家都需要爲自己築造一個心理的單間。書房，正與這個心理單間相對應。一個文人的其他生活環境、日用器物，都比不上書房能傳達他的心理風貌。書房，是精神的巢穴，生命的禪牀。

我的家一度在這個城市的東北部，一度在喧鬧的市中心，現在則搬到了西南郊。屋外的情景時時變換，而我則依然故我，因爲有這些書的圍繞。有時，窗外朔風呼嘯，暴雨如注，我便拉上窗簾，坐擁書城，享受人生的大安詳。是的，有時我確實想到了古代的隱士和老僧，在石窟和禪房中吞吐著一個精神道場。

2

然而我終究不是隱士和老僧，來訪的友人每天絡繹不絕。友人中多的是放達之士，一進書房便爬上蹲下，隨意翻閱。有的友人一進門就宣布，不是來看我，而是來看書的，要我別理他們，照樣工作。這種時候我總是很高興，就像自己的財富受到了人們的鑑賞。但是，擔憂也隱隱在心頭升起，怕終於聽到那句耳熟的話。那句話還是來了：「這幾本我借去了！」

我沒有學別人，在書房裏貼上「恕不借書」的布告。這種防範密守，與我的人生態度相悖。我也並不是一個吝嗇的人，朋友間若有錢物的需要，我一向樂於傾囊。但對於書，我雖口頭答應，心中卻在囁嚅。這種心情，大概一切藏書的學人都能體諒。我怕人借書，出於以下三方面的擔憂。

其一，怕急用的時候遍找無著。

自己的書，總或多或少有內容上的潛在記憶。寫文章時想起某條資料需要引證，會不由自主地站起走向某個書架，把手伸到第幾層。然而那本書卻不在，這下就慌了手腳，前後左右翻了個遍，直鬧得臉紅心跳、汗流浹背。文章一旦阻斷，遠比其他事情的暫停麻煩，因爲文思的梳理、文氣的醞釀，需要有一個複雜的過程，有時甚至稍縱即逝，以後再也連貫不上。有的文章非常緊迫，很可能因幾條資料的失落，耽誤了刊物的發稿，打亂了出版社的計畫。於是只好定下心來，細細回想是誰借走了這幾本書。想出來也沒有用，因爲這種事大多發生在深夜。

借書的朋友有時也很周到，經過反覆掂量，拿走幾本我「也許用不到」的書。其實文章一旦展開，誰知道用到用不到呢。有時我只好暗自祈禱：但願最近真的用不到。即如我寫這篇文章，幾次想起周作人幾本文集中有幾條關於藏書的材料，可惜這幾本文集不知被誰借去了，剛才還找得心急火燎。

其二，怕歸還時書籍被弄「熟」弄髒。

這雖是外在形態的問題，對藏書的人來説卻顯得相當重要。藏書藏到一定地步，就會對書的整體形式重視起來，不僅封面設計，有時連墨色紙質也會斤斤計較。捧著一本挺展潔淨的書，自己的心情也立即變得舒朗。讀這樣的書，就像與一位頭面乾淨、衣衫整齊的朋友對話，整個氣氛迴盪著雅潔和高尚。但是，借去還來的書，常常變成捲角彎脊，一派衰相。有時看上去還算乾淨，卻沒有了原先的那分挺拔，拿在手上軟綿綿、熟沓沓，像被抽去了筋骨一般。遇到這種情況，如果書店裏還有這本書賣，我準會再去買一本，把「熟」了的那本隨手送掉。

或問：「你不是也購置遠年舊書嗎，舊書還講究得了什麼挺拔？」我的回答是：那是歷史風塵，舊得有味，舊得合乎章法。我們不能因爲古銅鼎綠鏽斑剝，把日常器皿也都搞髒。

其三，怕借去後彼此忘掉。我有好些書，多年不見歸還，也忘了是誰借的，肯定永遠也不會回來了。我堅信借書的朋友不想故意吞沒，而是借去後看看放放，或幾度轉借，連他們也完全遺忘。三年前我去一位朋友家，見他書架上一套《閱微章堂筆記》十分眼熟，取下一看，正是我的書，忘了是什麼時候被他借去的。朋友見我看得入神，爽朗地說：「你要看就借去吧，我沒什麼用。」這位朋友是位極其豁達大方的人，平生絕無佔他人便宜的嫌疑，他顯然是忘了。那天在場友人不少，包括他的妻子兒女，我怕他尷尬，就笑了一下，把書放回書架。那是一個二〇年代印的版本，沒有太大的價值，我已有了新出的版本，就算默默地送給這位朋友了吧。好在他不在文化界工作，不會看到我的這篇文章。

但是，有些失落不歸的書是無法補購的了。有人說，身外之物，何必頂真？但是這些書曾經參加了我的精神構建，失落了它們，我精神領域的一些角落就失去了參證。既有約約綽綽的印象，又空虛飄浮得無可憑依，讓人好不煩悶。不是個中人很難知道：失書和丟錢完全是兩回事。

由此我想到了已故的趙景深教授。他藏書甚富，樂於借人，但不管如何親密，借書必須登記。記得那是一個中學生用的練習本，一一記下何人何時借何書，一目了然。借了一段時間未還，或他自己臨時要用，借書者就會收到他的一封信。字跡娟小，言詞大方，信封下端一律蓋著一個長條藍色橡皮章，印著他的地址和姓名。

還想到了毛澤東警衛員尹荊山的一則回憶。五〇年代末，毛澤東向黃炎培借取王羲之書帖一本，借期一個月。黃炎培借出後心中忐忑，才一星期就接連不斷打電話催問，問是否看完，什麼時候還。毛澤東有點生氣，整整看了一個月，在最後一天如期歸還。黃炎培也真夠大膽的，但文人對自己的藏書癡迷若此，並不奇怪。

又想起了我的一位朋友，半年前，他竟在報上發表告示，要求借了他書的人能及時歸還。我知道他的苦衷，他借書給別人十分慷慨，卻是個不記事的馬大哈，久而久之突然發現自己的書少了那麼多，不知向誰追討，除了登報別無良策。我見報後不久來到他家，向他表白，我沒有借過。他疑惑的目光穿過厚厚的鏡片打量著我，問了一聲「真的？」我不無惶恐，儘管我確實沒有借過。

我生性怯懦，不知如何向人催書。黃炎培式的勇氣，更是一絲無存。有時我也想學學趙景深教授，設一個登記簿，但趙先生是藏書名家，又德高望重，有資格把事情辦得如此認真。我算什麼呢，區區那一點書，面對親朋好友，也敢把登記簿遞過去？

藏書者就這樣自得其樂、又擔驚受怕地過著日子。不知從什麼時候開始，一種更大的擔憂漸漸從心底升起：我死了之後，這一屋子書將何去何從？

3

這種擔憂本來只應屬於垂垂老者，但事實是，我身邊比我大不了幾歲的學術界朋友已在一個個離去。

早在讀大學時，我的一個同學就因患尿毒症死去。他本也是個買書迷，身邊錢不多，見有好書即便節衣縮食也要弄到手。學校課程安排緊張，夜間書店又不開門，等到星期天又怕書賣完，因此，他總在午休時間冒著炎暑、寒風趕到書店，買回一本就引起全宿舍的羨慕。他死時，家裏的一個書架已經相當充盈，但他長年守寡的母親並不識字，他也沒有兄弟姐妹。當時，全班沒有一個同學有足夠的錢能把這些書買下來，即使有，也不想讓那位可憐的母親傷心。我合計這位母親會永遠地守護著這些書，直至自己生命的終了。照年歲計算，這位母親已離開人世，那麼這一架書到哪裏去了呢，這些並不珍貴卻讓一個青年學子耗盡了心血的書？假設這架書還在，我敢斷言，當年同宿舍的同學大多還能記起，哪一本書是在什麼樣的情況下買來的，當時引起過何等樣的欣喜。這是一截截的生命的組接，當買書者的自然生命消逝之後，這些書就成了一種死灰般的存在，或者成了一羣可憐的流浪漢。

如果說這一架書不足爲道，那麼，許多博學的老學者逝世的時候，如何處置豐富的藏書確實成了一個苦澀的難題。學問不會遺傳，老學者或因受盡了本專業的風波險阻，或怕父子同在一個行當諸多不便，大多沒有讓自己的子女承襲己業。有的子女在專業上與父親比較靠近，但在鑽研深度上往往不能望其父親之項背。總而言之，老學者的豐富藏書，對子女未必有用。學者死後，他原來所在大學的圖書館很想把藏書全數購入，但這是圖書館預算外的開支，經費當然不足，派往談判者既要以行家的姿態向家屬說明這些藏書價值不大，又要以同仁的身分勸家屬不要讓藏書隨便流散，以保存永久性的紀念。家屬對這些言詞大多抱有警惕，背地裏悄悄地請了舊書店的收購員前來估價。舊書店收購了他們所需要的書，學校圖書館也就因惱怒而不再登門接洽，餘下的書籍最後當作廢紙論斤賣掉，學者的遺稿也折騰得不知去向……

有的學者因此而下了決心，事先立下遺囑，死後把藏書全部獻給圖書館。但是這些學者並非海內大儒，圖書館會開設專室集中存放。個人藏書散入大庫，嘩啦一下就什麼蹤跡也找不到了。學者無私的情懷十分讓人感動，但無可否認，這是學者的第二次死亡。

有位教授對著書房反覆思量，這也不是，那也不是，最後忽發奇想，決定以自己的餘年尋找一個能夠完整繼承藏書的女婿。這種尋找十分艱苦，同專業的研究生是有的，但人品合意、女兒滿意的又是鳳毛麟角。教授尋找的，其實是自己第二生命的延續，經歷了一系列的悲劇和滑稽，他終於領悟，能談得上延續的至多是自己寫的書；至於藏書，管不得那麼多了。

4

寫藏書寫出如許悲涼，這是我始料所未及的。但我覺得，這種悲涼中蘊涵著某種文化品嚐。

中國文化有著强硬的前後承襲關係，但由於個體精神的稀薄，個性化的文化承傳常常隨著生命的終止而終止。一個學者，爲了構建自我，需要吐納多少前人的知識，需要耗費多少精力和時間。苦苦匯聚，死死鑽研，篩選爬剔，孜孜矻矻。這個過程，與買書、讀書、藏書的艱辛經歷密切對應。書房的形成，其實是一種雙向佔有：讓你佔領世間已有的精神成果，又讓這些精神成果佔領你。當你漸漸在書房裏感到舒心愜意了，也就意味著你在前人和他人面前開始取得了個體自由。越是成熟，書房的精神結構越帶有個性，越對社會歷史文化具有選擇性。再宏大的百科全書、圖書集成也代替不了一個成熟學者的書房，原因就在這裏。但是，越是如此，這個書房也就越是與學者的生命帶有不可離異性。書房的完滿構建總在學者的晚年，因此，書房的生命十分短暫。

新的一代起來了，他們必須從頭來起，先是一本本地購讀，一點點地匯聚，然後再一步步地自我構建。單單繼承一個書房，就像貼近一個異己的生命，怎麼也溶不成一體。歷史上有多少人能最終構建起自己的書房呢？社會上多的是隨手翻翻的借書者。而少數好不容易走向相對完整的靈魂，隨著鬚髮皓然的軀體，快速地在書房中殞滅。歷史文化的大浪費，莫過於此了。

嗜書如命的中國文人啊，你們的光榮和悲哀，該怎樣裁割呢？

臘梅

1

人真是奇怪，蝸居斗室時，滿腦都是縱橫千里的遐想，而當我在寫各地名山大川遊歷記的時候，倒反而常常有一些靜定的小點在眼前隱約，也許是一位偶然路遇的老人，也許是一隻老是停在我身邊趕也趕不走的小鳥，也許是一個讓我打了一次瞌睡的草垛。有時也未必是旅途中遇到的，而是走到哪兒都會浮現出來的記憶亮點，一閃一閃的，使飄飄忽忽的人生線絡落下了幾個針腳。

是的，如果說人生是一條一劃而過的線，

那麼，具有留存價值的只能是一些點。

把那些枯萎的長線頭省略掉吧，只記著那幾個點，實在也夠富足的了。

爲此，我要在我的遊記集中破例寫一枝花。它是一枝臘梅，地處不遠，就在上海西郊的一個病院裏。

它就是我在茫茫行程中經常明滅於心間的一個寧靜光點。

2

步履再矯健的人也會有生病的時候，住醫院對一個旅行者來說可能是心理反差最大的一件事。要體力沒體力，要空間沒空間，在侷促和無奈中等待著，不知何時能跨出人生的下一站。

看來天道酬勤，也罰勤。你們往常的腳步太灑潑了，就驅趕到這個小院裏停駐一些時日，一張一弛。不管你願意不願意，習慣不習慣。

那次我住的醫院原是一位外國富商的私人宅邸，院子裏樹木不少，可惜已是冬天，都凋零了。平日看慣了山水秀色，兩眼全是飢渴，成天在樹叢間尋找綠色。但是，看到的只是土褐色的交錯，只是一簇簇相同式樣的病房服在反覆轉圈，越看心越煩。病人偶爾停步攀談幾句，三句不離病，出於禮貌又不敢互相多問。只有兩個病人一有機會就高聲談笑，護士說，他們得的是絕症。他們的開朗很受人尊敬，但誰都知道，這裏有一種很下力氣的精神支撐。他們的談笑很少有人傾聽，因爲大家拿不出那麼多安慰的反應、勉强的笑聲。常常是護士陪著他們散步，大家遠遠地看著背影。

病人都喜歡早睡早起，天矇矇亮，院子裏已擠滿了人。大家趕緊在那裏做深呼吸，動動手脚，生怕天亮透，看清那光秃秃的樹枝和病懨懨的面容。只有這時，一切都將醒未醒，空氣又冷又清爽，張口開鼻，搶得一角影影綽綽的清晨。

一天又一天，就這麼過去了。突然有一天清晨，大家都覺得空氣中有點異樣，驚恐四顧，發現院子一角已簇擁著一羣人。連忙走過去，踮脚一看，人羣中間是一枝臘梅，淡淡的晨曦映著剛長出的嫩黃花瓣。趕近過去的人還在口中唸叨著它的名字，一到它身邊都不再作聲，一種高雅淡潔的清香已把大家全都懾住。故意吸口氣去嗅，聞不到什麼，不嗅時卻滿鼻都是，一下子染透身心。

花，僅僅是一枝剛開的花。但在這兒，是沙漠駝鈴，是荒山涼亭，是久旱見雨，是久雨放晴。病友們看了一會，慢慢側身，把位置讓給擠在後面的人，自己在院子裏踱了兩圈，又在這兒停下，在人羣背後耐心等待。從此，病院散步，全成了一圈一圈以臘梅爲中心的圓弧線。

3

住院病人多少都有一點神經質。天地狹小，身心脆弱，想住了什麼事怎麼也排遣不開。聽人說，許多住院病人都會與熱情姣好的護士產生一點情感牽連，這不能全然責怪病人們逢場作戲，而是一種脆弱心態的自然投射。待他們出院，身心恢復正常，一切也就成爲過眼煙雲。

現在，所有病人的情感都投射在臘梅上了，帶著一種超常的執迷。與我同病房的兩個病友，一早醒來就說聞到了臘梅的香氣，有一位甚至說他簡直是被香氣薰醒的，而事實上我們的病房離臘梅不近，至少隔著四、五十米。

依我看來，這枝臘梅確也當得起病人們的執迷。各種雜樹亂枝在它身邊讓開了，它大模大樣地站在一片空地間，讓人們可以看清它的全部姿態。枝幹虬曲蒼勁，黑黑地纏滿了歲月的皺紋，光看這枝幹，好像早就枯死，只在這裏伸展著一個悲愴的歷史造型。實在難於想像，就在這樣的枝幹頂端，猛地一下湧出了那麼多鮮活的生命。花瓣黃得不夾一絲混濁，輕得沒有質地，只剩片片色影，嬌怯而透明。整個院子不再有其他色彩，好像葉落枝黃地鬧了一個秋天，天寒地凍地鬧了一個冬天，全是在爲這枝臘梅鋪墊。梅瓣在寒風中微微顫動，這種顫動能把整個鉛藍色的天空搖撼。病人們不再厭惡冬天，在臘梅跟前，大家全都懂了，天底下的至色至香，只能與清寒相伴隨。這裏的美學概念只剩下一個詞：冷豔。

它每天都要增加幾朵，於是，計算花朵和花蕾，成了各個病房的一件大事。爭論是經常發生的，爭執不下了就一起到花枝前仔細數點。這種情況有時發生在夜裏，病人們甚至會披衣起牀，在寒夜月色下把頭埋在花枝間。月光下的臘梅尤顯聖潔，四周暗暗的，惟有晶瑩的花瓣與明月遙遙相對。清香和夜氣一拌和，濃入心魄。

有一天早晨起來，天氣奇寒，推窗一看，大雪紛飛，整個院子一片銀白。臘梅變得更醒目了，裊裊婷婷地兀自站立著，被銀白世界烘托成仙風道骨，氣韻翩然。幾個年輕的病人要冒雪趕去觀看，被護士們阻止了。護士低聲說，都是病人，哪能受得住這般風寒？還不快回！

站在底樓簷廊和二樓陽臺上的病人，都柔情柔意地看著臘梅。有人說，這麼大的雪一定打落了好些花瓣；有人不同意，說大雪只會催開更多的蓓蕾。這番爭論終於感動了一位護士，她自告奮勇要冒雪去數點。這位護士年輕苗條，剛邁出去，一身白衣便消融在大雪之間。她步履輕巧地走到臘梅前，捋了捋頭髮，便低頭仰頭細數起來。她一定學過一點舞蹈，數花時的身段讓人聯想到《天女散花》。最後，她終於直起身來向大樓微微一笑，衝著大雪報出一個數字，惹得樓上樓下的病人全都歡呼起來。數字證明，承受了一夜大雪，臘梅反而增加了許多朵，沒有凋殘。

這個月底，醫院讓病人評選優秀護士，這位冒雪數花的護士得了全票。

過不了幾天，突然下起了大雨，上海的冬天一般不下這麼大的雨，所有的病人又一下子擁到了簷廊、陽臺前。誰都明白，我們的臘梅這下真的遭了難。幾個眼尖的，分明已看到花枝地下的片片花瓣。雨越來越大，有些花瓣已沖到簷下，病人們憂愁滿面地仰頭看天，聲聲惋嘆。就在這時，一個清脆的聲音在耳邊響起：「我去架傘！」

這是另一位護士的聲音，冒雪數梅的護士今天沒上班。這位護士雖然身材長，卻還有點孩子氣，手上夾把紅綢傘，眸子四下一轉。人們像遇到救星一樣，默默看著她，忘記了道謝。有一位病人突然阻止了她，說紅傘太刺眼，與臘梅不太搭配。護士噘嘴一笑，轉身回到辦公室，拿出來一把黃綢傘。

病人中又有人反對，說黃色對黃色會把臘梅蓋住。好在護士們用的傘色彩繁多，最後終於挑定了一把紫綢傘。

護士穿著乳白色雨靴，打著紫傘來到花前，拿一根繩子把傘捆紮在枝幹上，等她捆好，另一位護士打著傘前去接應，兩個姑娘互摟著肩膀回來。

兒。

4

春天來了，臘梅終於凋謝。病人一批批出院了，出院前都到臘梅樹前看一會兒。

各種樹木都綻出了綠芽，地上的青草也開始抖擻起來，病人的面色和眼神都漸漸晴朗。不久，這兒有許多鮮花都要開放，蜜蜂和蝴蝶也會穿牆進來。

病房最難捱的是冬天，冬天，我們有過一枝臘梅。

這時，臘梅又萎謝躲避了，斑剝蒼老，若枯枝然。

幾個病人在打賭：「今年冬天，我要死纏活纏闖進來，再看一回臘梅！」

護士說：「你們不會再回來了，我們也不希望健康人來胡調。健康了，趕路是正經。這臘梅，只開給病人看。」

說罷，微微紅了點臉。

家住龍華

一九八八年十二月十五日。

我家住在上海西南角龍華。這是一個古老的地名，一閉眼睛，就能引出不少遠年遐想。但在今天上海市民心目中，龍華主要成了一個殯儀館的代名詞。記得兩年前學院宿舍初搬來時，許多朋友深感地處僻遠，不便之處甚多。一位最達觀的教師笑著說：「畢竟有一點方便，到時候覺得自己不行了，用不著向殯儀館叫車，自己慢慢走去就是。」蔣星煜先生立即安慰道：「它不至於只會就地取材。」

我素來是樂天派，相信可以把這樣的笑話輕鬆地說它幾十年。最近竟然病了，而且不輕，說笑話稍稍有點勉強。請了病假，把學院的雜事推給幾位朋友，又有點空閑讀文學作品了。昨夜讀的是霍達的《國殤》，才讀兩頁，紙頁就被淚水浸濕。他們也是中年，他們也是教授，全死了。

返觀自身，我有權利說一點他們的死因。單爲一項工作奮鬥，再累也累不死人。最痛楚的是生命的分裂。已經被書籍和學問鑄就了一大半生命，又要分勻出去一大半來應付無窮的煩人事。每件事都是緊迫，無可奈何的，甚至是堂皇莊嚴的。於是，只好在敲門聲和電話鈴不會再響起的半夜，用涼水抹一把臉，開始翻開書籍、舖展文稿、拆閱來信。這又是一個世界，自己正與各國同行征戰。從來沒有在這種征戰中認輸的習慣，那就捂住呵欠，用杯杯濃茶來吶喊助威。天色微明，過幾個小時又得去開會、談話。累？當然，但想想在軍墾農場拚命的當年，對自己身體忍耐力的自信又悄悄回來。鬧鐘響了，立即起牀，全不理會病魔早已在屋角等待。

我今天不用上班，睡足了起身，提個籃子去買菜。菜場很遠，要走過古塔和古寺。身體不好，走得慢一點，多看看古塔和古寺吧。這地方實在是有年代了，連唐朝的皮日休過龍華時都有一種懷古感：

今寺猶存古剎名，
草橋霜滑有人行。
尚嫌殘月清光少，
不見波心塔影橫。

想著這麼漫長的歷史，心氣又立即浮動起來，真想動筆。這一年我一直在《收穫》雜誌上連載《文化苦旅》，想借山水古蹟探尋中國文人艱辛跋涉的腳印。這項寫作被一個堅拒日久的行政任命阻斷了，但龍華真需要補一篇。那麼蒼老的目光逼視著一座近代都市的興衰，其中很有一些可說的話。哪怕是最浮滑的近代上海文人，他們的精神幅度也不能不往來於古老的歷史和現代的潮流之間。對這個課題研究得特別出色的是歷史學家陳旭麓教授，應該把他論中國近代知識分子人格結構和海派特徵的文章，再找出來讀一讀。

買菜回來，趕快走進書房，陳旭麓教授的文章怎麼也找不到。電話鈴響了，接來一聽，臉色大變。我又不能不相信神祕的超自然力量了。電話中分明說的是：

「陳旭麓教授的遺體告別儀式，今天下午二時在龍華殯儀館舉行！」

打電話的朋友特別叮嚀：「你家在龍華，很近，一定要去。」

在我的抽屜裏還有陳旭麓教授的來信：「近來偶有空閒，到長風公園走走，自詡長風居士。」

但是，遺體告別儀式上的悼詞證明，陳先生根本沒有這般優閒。他剛剛到外地參加五個學術討論會回來，去世前幾小時還在給研究生講課，就在他長眠之後的今天，他案頭求他審閱的青年人的文稿和自己未完成的書稿，還堆積如山。

我自認是他少有的忘年交，但在弔唁大廳裏，六、七百人都痛哭失聲，連以前從未聽到過他名字的汽車司機們也都在這個氣氛下不能自持。他是一個在十九年前死了妻子，親手把一大羣孩子帶大的辛勞父親；同時，他又是一百多位研究生的指導教師。他不斷地從家庭生活費中抽出三、五十元接濟貧困學生，自己卻承受著許多中國知識分子都遇到過的磨難、折騰和傾軋。他對誰也不說這一切，包括對自己的子女和學生，只是咬著牙，一天又一天，把近代史的研究推到了萬人矚目的第一流水平。

他走了，平平靜靜。他的大女兒向來賓致謝，並低聲向父親最後道別：「爸爸，今天你的行裝又是我打點的。你走好，我不能攙扶你了……」

儀式結束了。我默默看看大廳裏的種種輓聯，擦不完的眼淚，堵不住的哽咽。突然，就在大廳的西門裏側，我看到了我的另一位朋友獻給陳旭麓先生的輓聯，他的名字叫王守稼。但是，他的名字上，竟打著一個怪異的黑框！

連忙拉人詢問，一位陌生人告訴我：「這是我們上海歷史學界的不幸，接連去世兩位！王守稼在給陳旭麓先生送輓聯後，接受手術，沒有成功。」那人見我癡呆，加了一句：「明天下午也在這裏，舉行王守稼副教授的遺體告別儀式。」

我實在忍不住了。站在王守稼書寫的輓聯前，爲他痛哭。就在剛才，我還在廳堂裏到處找他。他，今年四十六歲，也是一個少見的好人。早在復旦大學讀書時，因家貧買不起車票，每星期從市西的家裏出發，長途步行去學校，卻又慷慨地一再把飯菜票支援更貧困的外地同學。我忘不了他坦誠、憂鬱、想向一切人傾訴又不願意傾訴的目光。人越來越瘦，學術論文越發越多。臉色越來越難看，文章越寫越漂亮。論明清時期的經濟、政治、外交乃至倭寇，精采備至。他經常用寧波話講著自己的寫作計畫：「還有一篇，還有一篇……」像是急著要在歷史上找到身受苦難的病根。陳旭麓教授就曾對我說，王守稼是他最欣賞的中年歷史學家之一。直到去世，王守稼依然是極端繁忙，又極端貧困。他的遺囑非常簡單：懇求同學好友幫忙，讓他年幼的兒子今後能讀上大學。這也許是我們這一代最典型的遺囑。

是的，家住殯儀館很近，明天，再去與守稼告別。

朋友們走了，我還在。不管怎麼樣，先得把陳旭麓先生的幾篇文章找出來，好好讀讀，再把我關於龍華的那篇《文化苦旅》寫完。今夜就不寫了，病著，又流了那麼多淚，早點睡。

篇後附記

以上這篇匆匆寫於病中的日記式隨筆，被江曾培兄拿到他主編的《小説界》雜誌發表了，沒想到竟在文化界引起反響，並不知不覺地在一次頗具規模的「上海人一日」徵文中獲得首獎。我想這大概是由於評委都是文人，對我筆底流露的某種苦澀味也有一點切身感受的緣故。我在文中提到要在《文化苦旅》中加一篇以龍華爲題材的文章，致使不少讀者經常問起，但我一直未能寫出，眞是抱歉。

龍華是不好寫的。它長久默默地審視著上海的歷史，而歷史對它本身卻沒有過多的垂愛，就像我上文寫到的兩位歷史學家。是的，龍華就是一位年邁、潦落而昧於自己生平的歷史學家。

至今無法考定龍華寺和龍華塔究竟建於何時，幾種可能性之間的時距竟相隔七百多年之遙。放達一點，我們可以接受一般傳說中的說法，龍華塔由三國時代的孫權建於公元二四七年；謹愼一點，考察現存的塔磚和塔基只是公元九七七年（北宋年間）的遺物。我反正不以嚴謹的歷史科學爲專業，向來對一切以實物證據爲唯一依憑的主張不以爲然，反而懷疑某種傳說和感悟中或許存在著比實物證據更大的眞實。傳說有不眞實的外貌，但既然能與不同時空無數傳說者的感悟對應起來，也就有了某種深層眞實；實物證據有眞實的外貌，但世界萬事衍化爲各種實物形態的過程實在隱伏著大量的隨機和錯位。靠龍華塔中北宋年間的磚料當然不能確證塔的初建年代，但倘若依據孫權建塔的傳說，那時龍華地區應還是海水漫漫，間或有一些零星漁户、蘆荻荒灘。也許吧，在一個無法敲實的年代，一位遠行的高僧登岸了，他要去的是建業（今南京）或其他比較著名的地方，先在這海邊茅棚中歇歇腳。漁民由於成天與災難周旋，凶吉難卜，特別容易接受高僧口中善惡報應的布道，於是天長日久，漁舍間漸漸有了僧寮，也開始產生了建造比較簡陋的鎮海之塔的可能。我在上文中引述了唐代詩人皮日休的詩，想以此說明龍華寺和龍華塔在唐代詩人眼中已是一種古蹟，但皮日休的詩本身也並不是確證無疑的。拙文被收到一個集子中時資深的責任編輯左泥先生還曾爲此詩向我查問，我告訴他，此詩未見諸《皮子文藪》，而見於康熙年間的《上海縣誌》，一九三六年柳亞子等編的《上海研究資料》也有引述。我們姑且相信了吧，相信康熙年間史志編纂者們起碼的負責精神，相信應該有比較著名的詩人到過這個地方並留下聲音。在一定的時候，歷史常常得求助於詩人。歷史在明明暗暗地搭建着過程，把過程中的愁苦和感嘆留給詩人，但正由於此，詩人的感嘆也就成了歷史的旁證。

皮日休曾參加過黃巢起義，但據說龍華正是在這次起義中遭到過不小的破壞，致使他來的時候已一片寥落。大概在皮日休來後又過了一百年左右，景象更是不濟了，公元九七八年，北宋吳越忠懿王錢俶常夜泊海上，風雨驟至，但在朦朧中只見岸邊草莽間有一種奇怪的光在閃耀，而且還隱隱聽到了鐘梵聲，錢俶常忙問這是什麼地方，隨從人員告訴他，這是古龍華寺的地基，早成廢墟。錢俶常覺得這天晚上上天對他投下了啓示和期待，立即下令重建，這就是至今塔磚塔基上能找出那個年代印記的原因吧。不管怎麼說，從那時開始，龍華塔就像奠基標竿一樣一直挺拔地插立在這塊土地上了。如果要我們站在今天的方位像星象學家一樣來破譯錢俶常那夜看到的奇光和鐘梵，那麼不妨說，這種異相所預示的內容要大得多，或許已在預示著多少年後這兒將出現普天之下最密集的人羣海潮般的聚合呢。

但是，歷史之神並沒有因爲龍華是終將出現的世界級大都市上海的奠基標竿而對它有特殊的佑護。誰也不知道它的宿命，只得聽任兵燹、倭寇一次次將它破壞，然後又有一批苦行僧含辛茹苦一次次把它修建。幾大佛教名山一直香煙繚繞地堂皇在那裏，而可憐的龍華寺卻歷來沒有受到各代佛教界的重視，甚至連住持或駐錫龍華寺的著名僧人也幾乎都進不了高僧傳記和佛教史籍，儘管他們經常要承擔募款重修的任務，對佛教事業的貢獻不比名山僧人少。今天，我們可以勉强從歷朝上海縣志中找見龍華寺衆多住持的名字，但往往什麼材料也沒有留下，而如所周知，名字也僅止於法名。

一個又一個，一代接一代，飄然而來，溘然而逝，終於留下了塔寺，留下了鐘梵，留下了衣鉢；而對文化學者們來説，則是留下了一個特定方域的遠年標幟，一個長江下游民衆精神皈依的佐證，一個長久屬於海邊的希望，一個不息地祈禱昌盛的記憶。

是無數的歷史寂寞，鑄就了强悍的歷史承傳。在此，存在著一種超越宗教的文化啓悟。孤獨獨立的龍華塔只想舐風醮雨，在悠悠藍天上默然劃過，而不想在《高僧傳》上記下一筆。且把現代的繁盛看成可以對之拈花一笑的大法會吧，承受過歷史之神詔諭的文化靈魂，最終還要歸於冷清和沉潛。

三十年的重量

其一

時至歲末，要我參加的多種社會文化活動突然壅塞在一起，因此我也變得「重要」起來，一位朋友甚至誇張地說，他幾乎能從報紙的新聞上排出我最近的日程表。難道真是這樣了？我只感到渾身空蕩蕩、虛飄飄。

實在想不到，在接不完的電話中，生楞楞地插進來一個蒼老的聲音。待對方報清了名字，我不由自主地握著話筒站起身來：那是我三十年前讀中學時的語文老師穆尼先生。他在電話中說，三十年前的春節我曾與同班同學曹齊合作，畫了一張賀年片送給他。那張賀年片已在「文革」初抄家時遺失，老人說：「你們能不能補畫一張送我，作爲我晚年最珍貴的收藏？」老人的聲音，誠懇得有點顫抖。

放下電話，我立即斷定，這將是我繁忙的歲末活動中最有意義的一件事。

我呆坐在書桌前，腦海中出現了六〇年代初歡樂而清苦的中學生活。那時候，中學教師中很奇異地隱藏著許多出色的學者，記得初中一年級時我們自修課的督課老師竟是著名學者鄭逸梅先生，現在說起來簡直有一種奢侈感。到高中換了一所學校，依然學者林立。我的英語老師孫珏先生對英語和中國古典文學的雙重造詣，即便在今天的大學教師中也不多見。穆尼先生也是一位見過世面的人，至少當時我們就在舊書店裏見到過他在青年時代出版的三、四本著作，不知什麼原因躲在中學裏當個語文教師。記得就在他教我們語文時，我的作文在全市比賽中得了大獎，引得外校教師紛紛到我們班來聽課。穆尼老師來勁了，課程內容越講越深，而且專挑一些特別難的問題當場向我提問，我幾乎一次也答不出來，情景十分尷尬。我在心中抱怨：穆尼老師，你明知有那麼多人聽課，向我提這麼難的問題爲什麼不事先打個招呼呢！後來終於想通：這便是學者，半點機巧也不會。

哪怕是再稚嫩的目光，也能約略辨識學問和人格的亮度。我們當時才十四、五歲吧，一直傻傻地想著感激這些老師的辦法。憑孩子們的直覺，這些老師當時似乎都受著或多或少的政治牽累，日子過得很不順心。到放寒假，終於有了主意，全班同學約定在大年初一到所有任課老師家拜年。那時的中學生是買不起賀年卡的，只能湊幾張白紙自己繪製，然後成羣結隊地一家家徒步送去。說好了，什麼也不能吃老師家的，怯生生地敲開門，慌忙捧上土土的賀年卡，囁囁地說上幾句就走。老師不少，走得渾身冒汗。節日的街道上，一隊匆匆的少年朝拜者。

我和曹齊代表全班同學繪製賀年片。曹齊當時就畫得比我好，總該是他畫得多一點，我負責寫字。不管畫什麼、寫什麼，也超不出十多歲的中學生的水平。但是，就是那點稚拙的塗劃，竟深深地鐫刻在一位長者的心扉間，把三十年的歲月都刻穿了。

今日的曹齊，已是一位知名的書畫家，在一家美術出版社供職。我曾看到書法選集乃至月曆上印有他的作品，畫廊上也有他的畫展。當他一聽到穆尼老師的要求，和我一樣，把手上的工作立即停止，選出一張上好宣紙，恭恭敬敬畫上一幅賀歲清供，然而迅速送到我的學院。我早已磨好濃濃一硯墨，在畫幅上端滿滿寫上事情的始末，蓋上印章，再送去精細裱裝。現在，這卷書畫已送到穆尼老師手上。

老師，請原諒，我們已經忘記了三十年前的筆墨，失落了那番不能複製的純淨，只得用兩雙中年人的手，捲一捲三十年的甜酸苦辣給你。

在你面前，為你執筆，我們頭上的一切名號、頭銜全都抖落了，只剩下兩個赤誠的學生。只有在這種情況下，我們才能超拔煩囂，感悟到某種跨越時空的人間至情。

憑借著這種至情，我有資格以三十年前的中學生的身分對今天的青少年朋友說：記住，你們或許已在創造著某種永恆。你們每天所做的事情中，有一些立即就會後悔，有一些卻有穿越幾十年的重量。

其二

我在前面提到了三十年前做中學生時一篇作文得獎的事，對這件遠年小事還有幾句話想說。

大概在兩年前吧，我中學時代的一位老師帶給我一封很奇怪的信。收信人是我，而信封上寫的地址卻是三十年前的中學和班級。老師早已退休，這天去學校領薪水，偶爾在收發室見到了這封信，他鬧不明白是怎麼回事，受好奇心驅使，辛辛苦苦地打聽到我家地址，親自送來了。

拆開信，終於明白，這是湖北北部農村的一位初中女學生寫來的，前不久他們學校發給學生一本新出版的《優秀作文選》，其中收了我三十年前的那篇作文，署名前依舊印了我當時的「番號」，於是這位中學生搞誤會了。她很大方地稱我「同學」，而且建議每個月與她交換一篇作文，特別是交換那些「老師不喜歡而自己喜歡」的作文。

送信來的老師搞清原委後笑了一下，立即又嚴肅地釘著我出神。好久，他很哲理地說：「其實今天的她，就是我記憶中的你；今天的你，就是當年的我。。」可不是，這個農村小姑娘不期然地把人生的歲月渦漩在一起，使我和我的老師都暈眩起來。她用稚嫩的筆畫，把時間的溝壑乾淨俐落地勾劃掉了。

給她回信動了我不少腦筋。我生怕她知道真相後發窘，而我自己也願意在一種逝去長久的無憂無慮的純淨心態中與她對話一陣，但這弄不好會變成大人對小孩的捉弄，最終還會使她傷心。猶豫再三，決定在回信中用一種非常輕鬆的口氣與她談話，也不提我的職業，讓她覺得這種書信往來極其正常和自然，只是在言詞間很不經意似地提一句，那是我很多年之前的作文。

看來孩子還是被驚嚇了，她不知道該如何來對付這麼一個大人，只能向父母親求援。父母親都是中學語文教師，知道我，於是事情就更麻煩了。我收到我的第二封來信的開頭竟然是：「尊敬的教授……」

渦漩停止了，時間的溝壑依然生楞楞地橫在眼前。

可以想像，以後的通信變得有點艱難。她非常想從我這裏知道通向文學藝術殿堂的路途該怎麼走，但在語氣上怎麼也輕鬆不起來了。她壓抑住了真實的自我，而變成了一個急於求成的「問道」者。信中的文詞除了拘謹還有一種雕飾感，一定是她父母親幫著修改過的。

通信越來越少了，但我腦中卻經常出現三十年前的自己。送信來的老師說得對，當年的我有點像她，癡癡地鍾愛著文學和藝術，但只要把這種鍾愛稍稍衍伸，就碰到了一個大人的世界，於是便天天盼望著歲月快快流逝。

記得我那篇得獎作文是在一個夏天的黃昏坐在一個小板凳上一揮而就的，好像是爲了應付暑假作業吧，一寫完就飛奔出去玩耍了。待到有一天驚奇萬分地看到它刊登在報紙上，而且後面還印有口氣堂皇的長篇評語，從審題、選材、詳略取捨、辭章修養一一加以讚揚，我立即變得嚴肅起來了。在一個極其隆重的授獎大會上，我看到有一位風度不凡的大學教師坐在主席臺上，據大會主席說，他是全上海這次作文比賽的總裁判，我暗想，我作文後的那篇評語大概也是他寫的。他講話了，音色渾厚，知識淵博，瀟灑幽默，在全場一陣陣的暢笑中把文章之道講得那樣清楚，我幾乎全身心地被他收服了。散會之後，我悄悄跟在他後面，他在給另外一些大人講話，我很想再聽到一點什麼，再看看他走路的姿勢，怎麼擺手、怎麼邁腿。此後，我讀書寫作時常常會想起這位大學教師，揣想著如果他在我眼前，會叫我怎麼讀、怎麼寫，這種揣想常常是毫無根據的，因此我變得很苦惱。總之，這位根本不認識我的大學教師既向我展示了一種高度，一種風範，也取走了我的輕鬆和自在，我終於因他而告別了少年心態。

我之所以不太願意再給湖北的那位中學生寫信，也就是怕我的片言隻語使她失落很多本不應早早失落的東西。對於這樣的失落，孩子本人是不會覺得什麼的，但年歲越大越會感到痛切。人生就是這樣，年少時，怨恨自己年少，年邁時，怨恨自己年邁，這倒常常促使中青年處於一種相對冷靜的疏離狀態和評判狀態，思考著人生的怪異，然後一邊慰撫年幼者，一邊慰撫年老者。我想，中青年在人生意義上的魅力，就在於這雙向疏離和雙向慰撫吧。因雙向疏離，他們變得灑脫和沉靜；因雙向慰撫，他們變得親切和有力。但是，也正因爲此，他們有時又會感到煩心和惆悵，他們還餘留著告別天真歲月的傷感，又遲早會產生暮歲將至的預感。他們置身於人生渦漩的中心點，環視四周，思前想後，不能不感慨萬千。

一年前，我與那位大學教師又有了一次遭遇。當時我正擔任上海市高等學校高級職稱評審委員會中文學科組組長，與其他幾位教授一起成天審閱著各大學申報的中文學科正副教授的材料。在已經退休而想評一個教授資格的名單中，我突然看到了他的名字。從材料看，他雖然一直在大學任教，卻主要從事著中學語文教學的研究和輔導，編寫過的東西很多，質量也不低，但按上海市各大學晉升正教授的標準，材料並不過硬，他沒有完整的學術著作，也沒有在某個領域處於國內領先、國際可比的地位。

很巧，幾天後，我在一個活動場所見到了他。是他先向我作自我介紹的，他知道我前些天在評職稱，但只隨口提了一句，沒有向我打聽什麼。我還能認出他來，他確實老了，體態沉重，白髮斑斑。他非常誠懇地告訴我，曾讀過我的哪些著作和文章。我很想告訴他，他還讀過我的另一篇文章，在三十年之前。但我終於忍住了，我不敢向他表白，我曾是他最虔誠的崇拜者，他曾作過一次決定我終生的指點，那年我才十四歲。

我怕什麼呢?此間複雜的心情也許只可意會。要是他並不是我走向社會的第一篇文章的評判者，而我也沒有在三十年後反而成了他職稱的評判者，事情絕不會如此尷尬。我並不認識這種前後因緣能給我增添一點什麼色彩，因爲我一直堅信人生並不是一場你勝我敗的角逐，而更像一場前赴後繼的荒野接力賽。誰跑得慢一點，很可能是環境和氣候使然，要是我也像他一樣遇到那麼多風霜雨雪、陡坡泥潭，步子也許比他還慢。他指點過我，那麼，他的力就接在我的腳下了，這裏只有一種互溶關係，不存在超越和被超越。但是，這一切，他能理解麼？如果他理解，他又能理解我能理解的麼？當這些溝通尚未具備，我不能為了揭開這種三十年前後的人生折疊而引起老人心頭哪怕淡淡一絲的窘態。

你看，做一個中年人就是這樣麻煩，僅僅為了一篇早年的作文，剛剛還在設法如何不使湖北那位小姑娘受窘，轉眼又要把這個難題轉向一位老人。多少年後，當我也成了老人，那位湖北小姑娘會不會也來這樣慰撫我呢？到那時，我能不能感受到這種慰撫呢？

小事一樁，但細想之下，百味皆備，只能莫名地發一聲長長的感嘆，感嘆人生的溫馨和蒼涼，感嘆歲月的匆迫和綿長。

西方一位哲人說，只有飽經滄桑的老人才會領悟真正的人生哲理，同樣一句話，出自老人之口比出自青年之口厚重百倍。對此，我不能全然苟同。哲理產生在兩種相反力量的周旋之中，因此它更垂青於中年。世上一切真正傑出的人生哲學家都是在中年完成他們的思想體系的。到了老年，人生的磁場已偏於一極、趨於單相。中年人不見得都會把兩力交匯的困惑表達成哲理的外貌，但他們大多置身於哲理的磁場中。我想，我在三十年前是體會不到多少人生的隱祕的，再過三十年已在人生的邊沿徘徊，而邊沿畢竟只是邊沿。因此且不說其他，就對人生的體味論之，最有重量的是現在，是中年。爲此，我爲短文《三十年的重量》寫下這個續篇。

漂泊者們

其一

很難相信一座如此繁華的城市會放逐出一塊如此原始的土地，讓它孤零零地待在一邊。從新加坡東北角的海岬僱船渡海，過不久就能看到這個島。

船靠岸的地方有三兩間簡陋的店鋪，一間廢棄的小學。小學操場上壅塞著幾十輛破舊轎車，據說是由於年老從城市裏退休下來的，但因性能完好不忍毀棄，堆在這裏，誰想逛島駛一輛走就是。車蓋車身積滿了泥灰，看來並沒有多少人來麻煩它們。

往裏走，就是密密層層的蕉叢和椰林了。遍地滾滿了熟落的椰子，多得像河邊的鵝卵石。荒草迷離，泥淖處處，山坡上偶爾能見到一兩家人家，從山腳開始，一層柵欄，又一層柵欄，層層包圍上去，最終抵達房舍。房舍並不貼地而築，都高踞吊腳臺上。背後屏擋著原始林，四周掩映著熱帶樹，煞似一座小小的城堡。沒見哪一座是開門的，也沒見哪一座閃現過一個人影，滿耳只是潮水般的鳥鳴。

這邊山崖上露出一角飛檐，似有一座小廟，趕緊找路，攀援而上。廟極小，縱橫三五步足矣，多年失修，香火卻依然旺盛。供品是幾枚染著豔色的米糕，一碟茶葉，一堆熱帶水果。另有一大疊問卜的籤條掛在牆上。直眼看去，彷彿到了中國內地的鄉窮僻壤，一樣的格局，一樣的寒傖，一樣的永恆。小廟供的是「大伯公」，一切闖南洋的中國漂泊者心中的土地神。家鄉的土地容不下他們了，他們踏上了搖擺不定的木船。但是，這羣世世代代未曾離開過黃土地的軒轅氏後代怎麼也捨棄不了心中的土地神，捨棄了，整個兒生命都失去平衡。因此，這兒也是大伯公，那兒也是大伯公，大大小小的土地廟一路蓋過去，千萬里海途蠕動著千萬里香火。就這麼一個彈丸小島，野林荒草間，竟也不聲不響地飄浮著一縷香火。這縷香火飄得有年頭了，神位前的石鼎刻於清朝道光年間。

離別了土地又供奉著土地，離別了家鄉又懷抱著家鄉，那麼，你們的離別又會包含著多少勇氣和無奈！在中國北方的一些山褶裏有一些極端貧瘠的所在，連挑擔水都要走幾十里的來回，但那裏的人家竟世世代代不肯稍有搬遷——譬如，搬遷到他們挑水的河邊。他們是土地神的奴隸，每一個初生嬰兒的啼哭都宣告著永久性的空間定位。你們倒好，背著一個土地神滿世界走，哪兒有更好的水土就在哪兒安營紮寨。你們實在是同胞中的精明人，但你們又畢竟是屈原的後代，一步三回頭，滿目眷戀，把一篇《離騷》化作了綿遠不盡的生命體驗。

其實，這個島的真正土地神不是大伯公，而是我去拜訪的老人。他叫林再有，八十多歲，福建人。很年輕的時候就到了南洋，挑著一副擔子做貨郎，貨郎走百家，漂泊者們的需求最了然於心。家家戶戶都癡癡地詢問著有沒有家鄉用慣了的那種貨品，林再有懂得這分心思，盡力一一採辦。天長日久，他的貨郎擔成了華人拴住家鄉生活方式的鎖鏈，而他的腳步，他的笑容，也成了天涯遊子的最大安慰。人們向他訴說苦惱，他也就學著一一排解，於是，家家的悲歡離合都與他有了牽連。

漂泊者中的絕大部分是獨身男子。在離開家鄉時，他們在父老兄弟面前發了誓，成了家的，則在妻兒跟前抹了淚，下決心不混出個人樣兒不回來。但是，他們之中能有幾個真正發達，可以衣錦還鄉或挾著一大筆盤纏把全家老小接來？當時的南洋，濕潺煙瘴，精壯男子一個個倒下了，沒有親人，沒有祠堂，沒有家族的墳山。一切還是請這位貨郎四方張羅吧，林再有不知掩埋過多少失敗者的遺恨，插立過多少寫不出準確姓名的木牌。每次做完這些事，他在第二天挑著貨郎擔挨家挨戶遊蕩的時候，會給大家簡略通報死者的情況，發幾聲感嘆，算是作了一篇悼詞，一篇祭文。

就這樣，林先生一年年老去，在地方上的威信也越來越高。他沒有擔任過任何職位，沒有積聚多少錢財，也沒有做過什麼了不起的大事，但每天，只要這位身材瘦小的老貨郎還在風雨驕陽中一搖一晃，這些村落也就安定了。

他的住所在全島離碼頭最遠的地方，一座高爽的兩層木樓，也有幾道柵欄圍著，卻又緊貼路邊。哪家發生了什麼事都來找他，他的家必須向大路敞開。柵欄門虛掩著，我輕輕推門時，老人正佝僂著身子在翻弄什麼。陪我去的陳小姐以前來過這裏，便大聲告訴他來了中國客人。

老人一聽，立即敏捷地跳將起來，伸著手朝我走來。他不是握手，而是捧著我的手輕輕撫摩著，口裏喃喃説著我不能完全聽懂的福建話。然後返身進屋，顫顛顛地端出一盤切開的月餅，又移過几案上原來就放著的一套喝功夫茶的茶具，開始細細篩茶。我猜想這些年來不大會有中國人像我這樣摸到這小島上來逛，因此見多識廣的老人稍稍有點慌張。鐵觀音一杯杯篩下去，月餅一塊塊遞過來，一味笑著，也不問我的職業，以及爲什麼到新加坡來。當我實在再也吃不下月餅時，他定睛打量我是不是客氣，然後說：「那好，就看看我的家。」

他先領我們朝檐廊東邊走去，突然停步，嘿嘿一笑。我擡頭四顧，竟然是幾十架巨大的鐵絲籠，裏邊鳥在飛翔，猴在攀援，蛇在蜿蜒，活生生一個動物園。我正待細細觀賞，他卻拉著我的手從邊門進入了屋內。屋內非常乾淨，一間間看去，直到廚房。廚房一角有一個碩大冰箱，大到近似一間房子，應該稱作冰庫才合適。老人見我注意到了大冰箱，非常滿意，便又請我上樓。樓梯很陡，樓上是他家臥室，更是一塵不染。朝南有一個木架陽臺，站在那裏擡眼一望，可看到小半個濃綠叢叢的島嶼。我相信，清晨或傍晚時分，老人會站在這兒細細打量自己的「領地」，雖然都是看熟了的地方，有時未免也會發幾聲感嘆。大大的中國不待，漂洋過海找到這麼一個小島，在這裏度過一生，又在這裏埋葬。這是一個多麼酸楚又多麼浪漫的故事啊。老人忽然拍拍自己的頭，對我說：「你看，差點給忘了，我那兒還有房！」說著指了指東南方向的海灘。

當然還得跟他去。路不近，一路上遇到不少島民，大家都恭敬地立在一邊向老人問好。老人莊重地向他們點點頭，然後趨身過去輕輕說一句：「中國來的！」他是在向他們介紹我，我都聽到了。

終於到了海灘，那裏有一個不小的魚塘，魚塘靠海的一邊有一道堅固的閘門。到這裏才知道，這是老人近年來的生活來源。這個魚塘和閘門，可以在海潮漲落之間爲老人提供爲數可觀的海鮮，大部分出售，小部分自享，廚房裏的大冰庫該是天天常滿。閘邊有一間小小的木屋，開門進去，見寬闊的牀鋪，日常生活器具，乃至炊事設備，一應俱全。老人打開南窗，赤道的長風鼓蕩進來，涼爽極了。海天盡頭隱隱約約處，已是印度尼西亞。不難設想，老人是經常住在這裏等待潮漲潮落的，有時風雨太大，懶得回去了，就在這裏過夜。他已不必出海捕魚，只是守株待免，開出一個小小的閘門靜等魚蝦自來。海明威《老人與海》中的老人太辛苦了，我們這個老人安詳得多，中國的血統給了他一種中庸委和的生態。

老人在小屋裏慢悠悠地對我說，現在他已不大到小屋來住了，小屋一直空著。如果我有心緒，有時間，要看點書或寫點什麼的，盡可以住到這間小屋裏來，與海作伴，伴海而眠，住上十天半月。

實在，這是一種天大的福分，要是我能夠。我一生做過許多有關居舍的夢，這間小屋，今後無疑會經常在我夢中徘徊。

等我們從海灘回到他的家，家門口卻等著兩個印度人。老人用英語與他們交談，才知他們是政府官員，前來考察這座島的開發問題了。是啊，剛才我還一直在驚訝寸金寶地的新加坡怎麼會讓這樣一個島嶼荒蕪著呢。新加坡政府做事乾脆俐落，只要他們下決心開發，過不了一兩年，全島會徹底換個模樣。是成爲一個國際俱樂部，一個度假別墅羣，還是一個大企業的所在地，或者一個廢品處理所？這一切都不知道了，等考察之後看。這兩個官員不知從哪裏打聽到老人對這個島的重要性，專程尋來了解一些資料。

老人聽罷，手忙腳亂地在檐廊堆雜物的桌上翻找，好半天找出幾本皺巴巴的小簿子，紙張都已發黃了，遞給官員。他沒有請這兩位高個兒印度人坐，只是仰著頭給他們說著什麼，聲音輕輕的。我突然覺得有點不忍去聽，一種不可避免的事情就要發生了，一種綿長的生態就要結束了，兩個高高的印度人站在這個華族老貨郎、島的老領主面前，大大的文件夾攤開在手上，老人遞上去的黃紙小簿落在文件夾中，鐵絲籠裏的動物衝著兩個膚色陌生的客人亂叫，這一切，老人都要承受了。

官員抄錄了一些什麼，很快就走了。我們也默默站起身，準備告辭。老人進屋換了件襯衫，說「我陪你們走」。我再三推阻，他全不理會，也不關門，已經走到了路上。

我不知道老人平時走路是不是這樣走的，一路行去，四處打量，仰頭看看樹頂，豎耳聽聽鳥鳴，稍稍給我指點一些什麼，有時又在自言自語。這神態，既像是一個領主巡行，又像是在給自己的領地話別。

我按著他的指引、他的節奏走著，慢慢地，像是走了幾十年。貨郎擔的鈴聲，漂泊者的哭笑，拌和著一陣陣蕉風椰雨。老人走了一輩子，步態依然矯健，今天陪著我，一個不知任何詳情，只知是中國人的人，一起搖搖擺擺，走出一段歷史。說實話，我真想扶他一把，但他用不著。

走到碼頭了，老人並不領我到岸邊，而是拐進一條雜草繁密的小徑，說要讓我看一看「大伯公」。我說剛才已經看過，他說「你看到的一定是北坡那一尊，不一樣。」說著我們已鑽到一棵巨大無比的大樹蔭下，只見樹身有一人字形的裂口，構成一個尖頂的小門形狀，竟有級級石階通入，恍若跨入童話。石階頂端，供著一個小小的神像，銘文爲「拿督大伯公」。老人告訴我，「拿督」是馬來語，意爲「尊者」。從中國搬來的大伯公冠上了一個馬來尊號，也不要一座神廟，把一棵土生土長的原始巨樹當作了神廟，這實在太讓我驚奇了。老人說，當初中國人到了這兒，出海捕魚爲生，命運凶吉難卜，開始懷疑北坡那尊純粹中國化的土地神大伯公是否能管轄得住馬來海域上的風波。於是他們明智地請出了一尊「因地制宜」的大伯公，頭戴馬來名號，背靠扎根巨樹，完全轉換成一副土著模樣，從樹洞裏張望著赤道海面上的華人檣帆。

老人很哲理地朝我笑笑，說：「入鄉隨俗，總得跟著變。」是啊，本來是捧著一尊傳統老神闖蕩世界，小心翼翼像捧著家譜，捧著根本，捧著一個到哪兒都散不了架的小天地。沒想到真的落腳一處，連老神在內，一切都得變。老人已經回身，招呼我去碼頭了。看著他的背影，我想，這位連英文也已熟習的「拿督大伯公」是會接受小島即將面臨的變化的，哪怕這個變化是那麼大，又發生在他晚年。他一生告別過太多的東西，最後靜靜地守著這座人丁稀少的島嶼。現在要他告別這種寧靜了，他的魚塘，他的海灘小屋，他的家庭動物園，也許都會失去。他會受得了的，作爲漂泊者，他已習慣於告別。

那好，我也要與他告別了。船碼頭那三兩間店鋪有點熱鬧，原來已到了吃午飯的時分。老人真誠地邀我們在一家小吃店坐下，要請我們吃飯。店鋪裏的人有點惶恐，好像總統突然宣布要在這裏舉辦國宴。老人大聲地對他們說：「這是中國客人！」衆人一律笑臉，唯唯稱諾。

我們婉謝了老人的好意，僱船解纜。半晌，老人還站在岸邊揮手。

其二

一天，我和一位朋友在一個鬧市區遊逛，朋友突然想要去銀行取款，我懶得陪他過馬路，就在這邊街口等。剛等一會兒就覺得無聊，開始打量起店鋪來了。身後正好是一家中藥店，才探頭，一股甘草、薄荷和其他種種藥材相交糅的香味撲鼻而來。

這是一種再親切不過的香味。在中國，不管你到了多麼僻遠的小鎮，總能找到一兩家小小的中藥店。都是這股氣味，一聞到就放心了，好像長途苦旅找到了一個健康保證，儘管並不去買什麼藥。這股氣味，把中國人的身體狀況、陰陽氣血，組織成一種共通的旋律，在天涯海角飄灑得悠悠揚揚。我覺得，沒有比站在中藥店裏更能自覺到自己是一個中國人的了。站在文物骨董商店也會有這個感覺，但那太高雅，太脫離世俗。不像在中藥店，幾乎和一切中國人有關，而那股味道又是那樣真切，就像直接從無數同胞的身心中散發出來的，整個兒把你籠罩。

很想多聞一會兒，但新加坡商店的營業員都很殷勤，你剛有點駐足的意思他們就迎過來打招呼了，因此我得找一點什麼由頭。正好，藥店深處有一堵短牆，牆側放一張桌子，有一老人正坐在邊上翻書，他頭旁的牆上貼著字幅，說明他是「隨堂中醫」。這種在一家藥店擺張桌子行醫的醫生，過去中國也很多，後來不知怎麼取消了。我想，如果有重病，當然還是到醫院去妥當，但大多數的小毛小病請這種隨堂醫生看看倒是十分方便的，犯不著堂而皇之地到大醫院去掛號、預檢、排隊、問診、配藥、付款，一關一關走得人真地生起病來。我在這位老醫生身邊的一張椅子上坐下，用輕鬆的口氣說：「醫生，我沒什麼病，只是才來南洋幾個月，總覺得有點內熱。」

這是真的，我所說的「熱」不是西醫裏的 fever，體溫很正常，根本沒有發燒。如果說給西醫聽，多半會被趕出來，只能說給中醫聽，他們才懂。這位老中醫會怎麼做我也知道，不等他要求，我已伸出手去讓他按脈，並且張開嘴讓他看舌苔。

「是啊是啊，是有點熱。」他說。於是開藥方，他用握毛筆的手法握著鋼筆直行書寫，故意在撇捺之間發揮一下，七分認真三分陶醉。一切上了年紀的中醫都是這樣的，在這種時候，你的目光應該既讚嘆又佩服地看著他的那枝筆，這比說任何感謝的話都强。

正事很快辦完了，我拿起藥方要去取藥，老醫生用手把我按住了，說：「不忙，過會兒我去取。先生從國內來？府上在哪裏？」這裏年老的華人不習慣說「從中國來」，而是說「從國內來」，光這麼一個說法就使得我想多坐一會兒了。他顯然也是想與我聊一會兒。我轉頭看看店外街口，朋友正在東張西望找我，趕緊出去說明情況。朋友說：「那你們就好好談一會兒吧，我正好可以在隔壁超級市場買點東西。」

老醫生是客家人，年輕時離開中國大陸，曾在臺灣、香港、馬來西亞等地行醫，晚年定居新加坡。「人就是怪，青年時東闖西闖不在乎，年紀一過五十就沒完沒了地想起老家來。」他說，「變成一個長長的夢，越做越離奇，也越做越好看。到了這時候，要是不回去，就會變成一種煎熬。

「十多年前，可以回去了，你知道我有多緊張。那些天也不行醫了，成天扳著手指回憶村子裏有哪些人家，那麼多年沒回去，禮物一家也不能漏。中國人嘛，一村就像一個大家。

「我就這樣肩扛、手提、背馱，拖拖拉拉地帶著一大批禮物回去了，可是在中國海關遇到了麻煩，因爲太像一個走私犯了。我與幾個年輕的海關人員說了半天，說我不是走私犯，而是聖誕老人，分發禮物去了。海關人員愣愣地看著我。

「我又說，其實這些禮物送給誰，我也不知道。村子裏的人我還能認識幾個？你們收下也可以，我的心盡了。我說的是真話，但海關人員以爲我在諷刺他們，非常生氣。

「我知道我錯了。他們這麼年輕，哪會理解老華僑瘋瘋癲癲的一片癡心？最後我只得與他們商量，有沒有年老的負責人出來與我談一談。他們真的找來一位，沒談幾句，全都理解了。很快辦了手續，放了我這位聖誕老人。

「接著是一路轉車換船，好不容易摸回到了村裏。奇怪的是，那些老鄉不知怎麼回事，拿了禮物掂量著，連聲謝謝也不太願意說。我腆著臉想與他們敘家常，卻總也敘不起來。

「屋後那座山，應該是翠綠的，卻找不到幾棵像樣的樹了。我左看右看，有點疑惑，也許原來就是這個樣子。反正幾十年翠綠色的夢褪了顏色了，我該回來了。

「但回來剛安定下幾個月，又想念了。夢還在做，變成了瓦灰色，瓦灰色也牽腸掛肚。於是再籌劃回去一次。不瞞你說，這些年來，我一共已經去了七次。每次去都心急火燎，去了都有點懊喪，回來後很快又想念，顛來倒去，著了魔一般。

「從去年開始，我與此地幾個同鄉華僑商議，籌款爲家鄉辦一所小學。到今年已籌到二十萬，上個月我又回去了，與地方上談辦小學的事。可惜那些人不大喜歡多談校舍設計和教師聘用，喜歡談錢。

「現在我的氣又消了。錢不夠就再多籌一點吧，只要小學能辦起來。」

……

老醫生就這樣緩緩地給我說著。他抱歉地解釋道，很少有地方可以說這樣的話。說給兒孫們聽吧，兒孫們譏笑他自作多情、自作自受、單相思；說給這兒的同鄉華僑聽吧，又怕籌不到款，他只能在籌款對象面前拚命說家鄉可愛。他把許多話留在嘴裏，留得難受了，就吐給了我，一個素昧平生卻似乎尚解人意的中國人。除了感動得有點慌亂的目光，我不知道該怎麼來安慰他，哪怕是幾句比較得體的話。

老醫生面前的桌子很小，只有小學生的課桌那麼大，這是自然的，藥店本身就不大，勻不出那麼多地方給隨堂醫生。桌上放著幾本早就翻舊了的中醫書籍。他與我講話時不斷請我原諒，說佔了我的時間。最後在要不要付醫藥費的問題上又與我爭執起來。我懇求他按照正常計價收取醫藥費，他終於算出來了，一共八元。報了這個低廉的數字，他還連聲說著「真不好意思！真不好意思！」

我在他跟前足足坐了二個小時，沒見另外有人來找他看病，可見他的生意清淡。「回去都以爲我是華僑富商，哪兒啊。你看我這，打腫臉充胖子罷了。」他的語氣帶著靦腆和羞愧，羞愧自己沒有成爲百萬富翁。

其三

本地的報紙陸續刊登了我講學的一些報導，他看到了，託一位骨董店的它闆來找我。帶來的話是：很早以前，胡愈之先生曾託他在香港印了一批私用稿紙，每頁都印有「我的稿子」四字，這種稿紙在他家存了很多，想送幾刀給我，順便見個面。

這是好愉快的由頭啊，我當然一口答應。他七十多歲，姓沈，半個世紀前的法國博士。在新加坡，許多已經載入史册的國內國際大事他都親身參與，與一代政治家有密切的過從關係。在中國，他有過兩個好友，一個吳晗，一個華羅庚，都已去世，因此他不再北行。他在此地資歷深，聲望高，在我見他那天，骨董店老闆告訴我，陪著我想趁機見他一面的人已不止一個。其中一個是當地戲劇界的前輩，廣受人們尊敬，年歲也近花甲，但一見他卻恭敬地彎腰道：「沈老，四十年前，我已讀您的文章；三十年前，我來報考過您主持的報社，沒有被您錄取……」

沈老從骨董店那張清代的紅木凳上站起身來，遞給我那幾刀大號直行稿紙，紙頁上已有不少黃棕色的跡斑。稿紙下面，是一本美國雜誌Newsweek，他翻到一頁，那裏介紹著一個著名的法國哲學家E.M. Cioran，有照片。沈老說，這是他的同學、朋友，今年該是七十八歲了。我一眼看去，哲學家的照相邊上印著一段語錄，粗劃黑體，十分醒目：

Without the possibility of suicide, I would have killed myself long ago.

沈老説，這本雜誌是最新一期，昨天剛剛送到，不是因爲有這篇介紹才特意保存的。「一輩子走的地方太多，活的時間又長，隨手翻開報刊雜誌都能發現熟人。我的熟人大多都是遊蕩飄零的人，離開了祖國，熬不過異國他鄉的寂寞，在咖啡館蹲蹲，在河邊逛逛，到街心花園發發呆，互相見了，眼睛一對就知道是自己的同類，那分神情，怎麼也逃不過。不管他是哪個國家來的，同是天涯淪落人，相逢何必曾相識？一起上酒吧，一起嘆氣説瘋話，最後又彼此留地址，一來二去，成了好友。很快大家又向別的地方遊蕩去了，很難繼續聯繫，只剩下記憶。但這種記憶怎麼也淡忘不了，就像白居易怎麼也忘不了那位琵琶女。你看我和這個 Cioran，幾十年前的朋友，照片上老得不成樣子了，我一眼就認了出來。」

顯然這是確實的。Newsweek 編輯部説 Cioran 原是羅馬尼亞人，一九三七年他二十六歲時才到巴黎，一個典型的漂泊者。現在，七老八十的他，已經成了世界上讀者最多的哲學家之一，一接受採訪開口還是談他的故鄉羅馬尼亞，他説由於歷史遭遇，羅馬尼亞人是世界上最大的懷疑主義者。可以設想，在巴黎的酒店裏，年輕的 Cioran 和年輕的沈博士相遇時話是不會少的，更何況那時中國和羅馬尼亞同時陷於東西方法西斯鐵蹄之下。

我們一夥，由骨董店老闆作東，在一家很不錯的西菜館吃了午餐。餐罷，談興猶濃，沈博士提議，到一家「最純正的倫敦風味」的咖啡座繼續暢談。

新加坡幾乎擁有世界各地所有種類的飲食小吃，現在各店家之間所競爭的就是風味的純正地道與否了。要精細地辨別某地風味，只有長居該地的人才有資格。沈博士在這方面無疑享有廣泛和充分的發言權。他領著我們，一會兒過街，一會兒上樓，一會兒乘電梯，七轉八彎，朝他判定的倫敦風味走去。一路上他左指右點，說這家日本餐館氣氛對路，那家義大利點心徒有其名。這麼大年紀了，步履依然輕健，上下樓梯時我想扶他一把，他像躲避什麼似地讓開了，於是他真的躲開了衰老，在全世界的口味間一路逍遙。終於到了一個地方，全是歐美人坐著，只有我們一羣華人進去，佔據一角。

「完全像在倫敦。你們坐著，我來張羅，」沈博士說，「別要中國茶，這兒不會有。這兒講究的是印度大吉嶺茶，一叫『大吉嶺』，侍者就會對你另眼看待，因爲這是一種等級，一種品格，比叫咖啡神氣多了。茶點自己去取，隨意，做法上也完全是倫敦。」

當「大吉嶺」、咖啡、茶點擺齊，沈老的精神更旺了。那架勢，看來要談一個下午，就像當年在巴黎，面對著 Cioran 他們。他發現我對漂泊世界的華人有興趣，就隨手拈來講了一串熟人。

「我在巴黎認識一個同胞，他別的事情都不幹，只幹一件事，考博士。他沒有其他生活來源，只有讀博士才能領到獎學金，就一個博士學位、一個博士學位地拿下去。當我離開巴黎時，他已經拿到八個博士學位，年歲也已不小。後來，他也不是爲生計了，這麼多學位戴在頭上，找個工作是不難的。他已經把這件事情當作一種遊戲，憋著一口氣讓歐洲人瞧瞧，一個中國人究竟能拿到幾個博士！也許他在民族自尊心上受過特殊刺激，那在當時是經常有的事，也是必然有的事，我沒有問過他。見面只問：這次第幾個了？

「他是一個真正的、無可救藥的酒鬼。只要找到我，總是討酒喝。喝個爛醉，昏睡幾天，醒來揉揉眼，再去攻博士。漂泊也要在手上抓根纜繩，抓不到就成了無頭蒼蠅，他把一大串學位拿酒拌一拌，當作了纜繩。我離開巴黎後就沒聽到過他的消息，要是還活著，準保還在考。」

我忙問沈老，這個酒鬼的八個博士學位，都是一些什麼專業？沈老說，專業幅度相差很大，既有文學、哲學、宗教，也有數學、工程、化學，記不太清了。這麼說來，他其實是在人類的知能天域中漂泊了，但他哪兒也不想駐足，像穿了那雙紅鞋子，一路跳下去。他不會不知道，他的父母之邦那樣缺少文化，那樣缺少專家，但他卻賭氣似地把一大羣專家、一大堆文化集於一身，然後頹然醉倒。他已經變成了一個永不起運的知識酒窖，沒準會在最醇濃的時候崩坍。

他肯定已經崩坍，帶著一身足以驗證中國人智慧水平的榮耀。但是，不要說祖國，連他的好朋友也沒有接到噩耗。

「還有一位中國留學生更怪誕，」沈老說，「大學畢業後沒找到職業，就在巴黎下層社會瞎混，三教九流都認識，連下等妓院的情況都瞭如指掌。不知怎麼一來，他成了妓院區小教堂的牧師，成天拯救著巴黎煙花女和嫖客們的靈魂。我去看過他的布道，那情景十分有趣，從他喉嚨裏發出的帶有明顯中國口音的法語，竟顯得那樣神祕；我們幾個朋友，則從這種聲音裏聽出了潦倒。」

「虧他也做了好幾年，我們原先都以爲他最多做一二年罷了。不做之後，他開始流浪，朝著東方，朝著亞洲，一個國家一個國家逛過來。逼近中國了，卻先在外圍轉悠。那天逛到了越南西貢，在街上被一輛汽車截住，汽車裏走出了吳廷琰，他在巴黎時的老熟人。吳廷琰那時正當政，要他幫忙，想來想去，他當過牧師，就在西貢一所大學裏當了哲學系主任。據説還當得十分稱職，一時有口皆碑，儼然成了東南亞一大碩儒。後來越南政局變化，他不知到哪裏去了……」

我想，這個人的精神經歷，簡直可以和浮士德對話了。他的漂泊深度，也許會超過那位得了很多博士學位的人。如果以這樣的人物作爲原型寫小説，該會出現何等的氣魄！中國近代的悲劇性主題，大半匯集在陳舊國門的隆隆開啓之中。一代文人把整個民族幾個世紀來的屈辱和萎靡，馱著背著，行走在西方鬧市間，走出一條勉强可以跨步的人生路。現代喧囂和故家故國構成兩種相反方向的磁力拉扯著他們，拉得他們腳步踉蹌，心神不定。時間一久，也就變得怪異。

這麼想著，我也就又一次打量起沈老本人。他還是一徑慢悠悠地講著，也不迴避自己。他自己的經歷由於常與著名的政治人物和政治事件牽涉在一起，難於在這裏複述，我只能一味建議：「沈老，寫回憶錄吧，你不寫，實在太浪費了。」

沈老笑著說：「爲什麼我家藏有那麼多稿紙？還不是爲了寫回憶錄！但是我寫過的幾稿都撕了，剩下的稿紙送人。」

我問他撕掉的原因，他說：「我也說不清，好像是找不準方位。寫著寫著我就疑惑，我究竟算是什麼地方的人？例如有一年在一個國際會議上一位政府首長要我尋找中國大使，我找了幾次都錯了，亞洲國家的人都長得很像，最後我憑旗袍找到大使夫人，再引出大使本人。這樣寫本來也不錯，但是寫到最後出問題的是敍述主體。我是誰？算是什麼人？在找什麼？……我回答不了這些問題，越寫越不順，把已經寫了的都撕了，撕了好幾次。」

我問沈老，什麼時候會回中國大陸看看？他說，「心裏有點怕，倒也不怕別的，是怕自己，就像撕那一疊疊的稿紙一樣，見到什麼和感到什麼，都要找方位，心裏毛毛亂亂的。何況老朋友都不在了，許多事情和景物都變了，像我這樣年紀，經不大起了。」

「但我最後一定會去一次的。最後，當醫生告訴我必須回去一次的時候。」他達觀地笑了。

在等待這最後一次的過程中，老人還會不會又一次來了興致，重新動手寫回憶錄？我默默祝祈這種可能的出現。但是，他會再一次撕掉嗎？

他畢竟已經把一疊稿紙送給了我。稿紙上，除了那一點點蒼老的跡斑，只是一片空白。

華語情結

語言有一個底座。說一種語言的人屬於一個（或幾個）種族，屬於身體上某些特徵與別人不同的一個羣。語言不脫離文化而存在，不脫離那種代代相傳地決定著我們生活面貌的風俗信仰總體。

語言是我們所知道的最龐大最廣博的藝術，是世世代代無意識地創造出來的無名氏的作品，像山岳樣偉大。

——Edward Sapir：《語言論》

其一

說得真好，語言像山岳一樣偉大。不

管哪一種，堆疊到二十世紀，都成了山。華語無疑是最高大幽深的巨岳之一了，延綿的歷史那麼長，用著它的人數那麼多，特別有資格接受E. Sapir給予的「龐大」、「廣博」這類字眼。一度與它一起稱雄於世的其他古代語言大多已經風化、乾縮，惟有它，竟歷久不衰，陪伴著這顆星球上最擁擠的人種，跌跌撞撞地存活到今天。就是這種聲音，就是這種語彙，就是這種腔調，從原委巫覡口中唱出來，從孔子莊子那裏說下來，從李白杜甫蘇東坡嘴裏哼出來，響起在塞北沙場，響起在江湖草澤，幾千年改朝換代未曾改掉它，《二十五史》中的全部吆喝、呻吟、密謀、死誓、乞求都用著它，偌大一個版圖間星星點點的茅舍棚寮裏全是它，這麼一座語言山，還不大麼？

但是，山一大又容易讓人迷失在裏邊。東坡早就寫好一首哲理詩放著呢：「橫看成嶺側成峯，遠近高低各不同。不識廬山真面目，只緣身在此山中。」終身沉埋在華語圈域中的人很難辨識華語真面目，要真正看清它，須走到宅的邊沿，進出一下山門。

我揣想最早進出山門的比較語言學家是絲綢之路上之客商。聽到迎面而來的駝鈴，首先要做的是語言上的判斷。那時唐朝强盛，華語走紅，種種交往中主要是異邦人學華語。這就像兩種溶液相遇，低濃度的溶液只能乖乖地接受高濃度溶液的滲透。儘管當時作爲國際都市的長安城大約有百分之五的人口是各國僑民、外籍居民及其後裔，華語反而因他們的存在而顯得更其驕傲。請讀這一闋詞：

「雲帶雨，浪迎風，釣翁回棹碧灣中。春酒香熟鱸魚美。誰同醉？纜卻扁舟篷底睡。」

這竟然出自一個沿著「絲綢之路」而來的波斯商人後代的手筆！他叫李珣，在唐代詩歌領域已佔有一席之地。就從這幾句便足可看出，華語，連帶著它背後的整個華夏文化人格，曾經被一個異邦人收納到何等熨貼的程度。語言優勢與心理優勢互爲表裏，使得唐代的中國人變得非常大度。蕭蕭灑灑地請一位波斯大酋長代表中國出使東羅馬，請一位日本人擔任唐朝國家圖書館館長（祕書監），科舉考試也允許外國留學生參加，考上了稱作「賓貢進士」，也能在朝廷擔任官職。這些外國人當然都講華語，都在一種無形强磁波的統攝下，不必深加防範的。在這種情況下，華語對於別種語言，不太平等。

抱著極平等的心態深入往返於兩種語言文化間的，或許應首推玄奘。他如此艱辛地走啊走，爲的是走出實在太遼闊也太强大的華語文化圈。但是，無論是他的出去還是回來，他對華語文化和梵文文化完全不存一丁點兒厚此薄彼的傾向，在他的腳下和筆下，兩種語言文化只有互補性的發現，還不構成爭勝式的對峙。於是，一些極爲溫煦的場景出現了：並不太信仰佛教的唐太宗愉快地召見了這位遠遊歸來已經多年沒說華語的大師，還親賜一篇《聖教序》來裝點玄奘帶回來的一大堆梵文經典。這位很有文化見識的皇帝特地請人用晉代書法家王羲之的字拼集出這篇《聖教序》，讓華語文化更增添一層形式美去與域外文化聯姻。從此，玄奘安靜地主持弘福寺和慈恩寺譯場，天天推敲著兩種語言間的宗教性轉換。在他身後，九州大地佛號聲、誦經聲此起彼伏，無數目不識丁的中國老太太的癟嘴中，傾吐出一種鑲嵌著不少梵文詞彙的華語方式，並且代代相傳，他無意中實現了對華語文化吞吐能力的一次測試和開拓。

到得明清時期，華語文化與西方文化的交往就再也不會出現玄奘那樣的安詳氣韻了。不管是歐洲傳教士的紛至沓來還是語言文人的厠身洋務，心情都有點怪異、敏感、窺測、自尊、嘆息，拌和成一團驅之不散的煙霧，飄浮在兩種語言的交接間。這全然不是個人的事，歐洲文明的崛起使曾經極爲脆響的華語稍稍變得有點囁嚅。另一種不太平等的態勢出現了，而且越到近代越甚，在國內國外有些地方，華語簡直有點「虎落平陽」的景況了。

一個蒼老而疲憊的母親常常更讓兒女們眷戀，於是，就從華語在國際交往中逐漸不大景氣的時候開始，在語言的文化漂流者心中，一種「戀母情結」產生了。當然並不能與Oedipus Complex（俄狄浦斯情結）完全等同，但那種隱潛，那種焦慮，那種捧之棄之，遠之近之的矛盾心理，那種有時自慚形穢、有時又恨不得與人厮殺一場的極端性搖擺，還是頗得「情結」三昧的。

這些年在華語圈邊沿上晃蕩進出的人數之多，可能已達到歷史之最。青年知識分子中很少有完全不理會外語的，這實在是語言走向世界、走向現代、走向未來的吉兆，一點也不應該抱怨。從趨向看，進出華語圈的人還會多起來。幾乎所有大城市裏的父母親，都在關注著子女們的外語成績。至於華語的好不好，反而已不是關心的重點。前不久聽一位中年學者演講，他講到自己曾默默與一個外國同行作過對比，覺得除了英語，其他都可超過。「我英語不如他，但他華語不如我呀，扯平了！」學者說到這裏引得全場哄笑。大夥不能不笑，他們似乎已經不習慣把華語放在與英語平等的地位上。據說產生笑的機製之一是把兩個完全沒有可比性的東西比到了一起，釀發出一種出人意料的不諧調感。難道，華語在世界語言叢林中真已變成了這樣的角色？笑容只能在臉上凝凍，心底捲來綿長的感嘆。

其二

黃皮膚，黑眼睛，整個神貌是道地的華人，一位同樣是華人的記者在採訪他，兩人說的是英語，這在南洋各國都不奇怪。

採訪結束了，記者說：「您知道我們是華文報，因此要請教您的華文名字，以便刊登。」

「我沒有華文名字。」他回答得很乾脆。

記者有點犯難：把一個寫明是華人的採訪對象稱作傑克遜或麥克斯韋爾之類，

畢竟有點下不了手。採訪對象看出了記者的顧慮，寬慰地說：「那你就隨便給我寫一個吧！」

這種經常發生的對話是如此平靜，但實在足以震得近在咫尺的土地神廟、宗鄉會館柱傾樑塌。時間並不遙遠，那些從福建、廣東等地漂流來的中國人登陸了，在家鄉，隔一道山就變一種口音，到了南洋，與馬來人、印度人、歐洲人一羼雜，某種自衛意識和凝聚意識漸漸上升，這種自衛和凝聚是一種多層構建，最大一個圈圈出了全體華人，然後是省分、縣邑、宗族、姓氏，一層層分解，每一層都與語言口音有關。不知經過多少次災禍、爭鬥，各種地域性、宗教性的會館競相設立，而最穩定、最牢靠的「會館」，卻屹立在人們的口舌之間。一開口就知道你是哪兒人，除了很少的例外，多數難於逃遁。

怎麼也沒有想到會渦捲起一種莫名的魔力，在短短數十年間把那一圈圈、一層層的自衛、凝聚構建一股腦兒軟化了，把那一些由故鄉的山樑承載的、由破舊的木船裝來的華語，留給已經不大出門的爺爺奶奶，留給宗鄉會館的看門老漢，而他們的後代已經拗口。用英語才順溜，儘管這種英語帶著明顯的南洋腔調，卻也能抹去與故鄉有關的種種分野，抹去家族的顛沛、時間的辛酸，就像從一條渾濁的歷史河道上潛泳過來，終於爬上了一塊白沙灘，聳身一抖，抖去了渾身渾濁的水滴，鬆鬆爽爽地走向了現代。不知抖到第幾次，才抖掉了華語，然後再一用力，抖掉了姓氏，只好讓宗鄉會館門庭冷落了，白沙灘上走著的正是黃皮膚黑眼珠的傑克遜和麥克斯韋爾。

在這一個過程中，我所關注的理論問題是，一個羣體從學習外語到不講母語需要經歷多大的心理轉換，大概需要多長的時間；再進一步，從不講母語到遺落家族姓氏又需要經歷多大的心理轉換，還需要多長的時間。當然，更迫切的問題還在於，這一切是不是必然的，能在多大程度上避免。不管怎麼說，我已看到了大量不爭的事實：語言的轉換很快就造就了一批斬斷根脈的「抽象人」。

新加坡實踐話劇團演過一個有趣的話劇《尋找小貓的媽媽》，引起很大的社會轟動。這個話劇，確實是以「話」作爲出發點的。一個三代同處的家庭，第一代講的是福建方言，第二代講的是規範華語，第三代只懂英語，因此，每兩代之間的溝通都需要翻譯，而每一次翻譯都是一次語義和情感上的重大剝落。如果是科學論文、官樣文章，可能還比較經得起一次次翻譯轉換，越是關乎世俗人情、家庭倫理的日常口語，越是無奈。結果，觀衆們看到的是，就在一個屋頂之下，就在一個血統之內，語言，僅僅是因爲語言，人與人的隔閡是那樣難於逾越。小小的家庭變得山高水遠，觀衆在捧腹大笑中擦起了眼淚。

無數家庭都在經歷著的這類文化悲劇，人們並不是輕而易舉就能避開的。恨恨地罵幾句「數典忘祖」，完全不能解決現實問題。就拿新加坡來說，一代政治家急切地要把這個以華人爲主的年輕國家快速推入現代國際市場，就必然要强悍地改換一套思維方式和節奏方式，那麽，沒有比改換一種語言氛圍更能透徹有效地達到這個目的的了，因爲語言連帶著一個整體性的文化——心理基座，把基座「移植」過來，其他一切也就可以順水推舟了。當然也可以不這樣做，但這樣做的效果卻顯而易見。整個國家是這樣，每個家庭也是這樣。年幼的孩子如果學好英語，中學畢業後可以直接投考歐美各國的名牌大學，即使不讀大學也能比較順利地進入這個國際商市的大多數公司企業。至少在目前，華語水平確實不是新加坡青年謀職的必需條件，而要學好華語，耗費的時間和精力卻遠超英語。在中國大陸通過很自然的方式已經學好了華語的中國青年也許不會痛切地感到學習華語之難，而在新加坡，竟有華人小孩因華語課太難而準備自殺，使得父母不得不搬家到澳洲或別的用不著學華語的地方。是的，華語牽連著遠祖的精魂，牽連著五千年的文明，他們都知道；但門外的人生競爭是那麼激烈，哪一位家長都不太願意讓孩子花費幾十年去死啃一種極其艱難又不太有用的語言。儘管年邁的祖父在一旁不滿地嘀咕，儘管客廳的牆上還掛著中國書法，父母代孩子填下了學英語的志願，把華語的課目輕輕劃去。血緣原則、情感原則、文化原則暫時讓位給了開放原則、實用原則、經濟原則。誰也無法簡單地判斷怎麼是對，怎麼是錯，這裏赫然橫亘著一個無可奈何。

我認識一位流浪過大半個中國的華僑著名髮型師，他對華人黑髮的造型有精湛的研究。求他做頭髮造型的華族小姐絡繹不絕，但不少小姐總是把母親也帶到美髮廳裏來，原因只在於，這位髮型師有一個怪脾氣，爲華人黑髮造型時他只說華語，小姐們的母親是來充當翻譯的。年老的髮型師力圖營造一個髮色和語言相協調的小天地，保存一點種族性的和諧，但他實際上並沒有成功。中國人的頭髮幾萬幾千年一直黑下來，黑過光榮，黑過恥辱，將來還會一直黑下去，但語言卻並不是這樣固執。或許最終還是固執的，但現在卻已不易構成與中國人的生理特徵一樣穩定的審美造型。對此，髮型師是痛苦的，小姐們是痛苦的，母親們也是痛苦，這是一種不願反悔、更不願譴責的痛苦，一種心甘情願的痛苦，而這種痛苦正是最深切的痛苦。

這種痛苦早就有過，而且都已老化爲沉默。我想「牛車水」這個地名就是這樣的沉默物。三個字本身就是一種倔强的語言硬塊，渾身土俗地屹立在現代鬧市間。據說新加坡開發之初很缺淡水，就有一批華人打了深井，用牛拉盤車從井裏打水，然後又驅趕著牛車到各地賣水。每天清晨，這座四面環海卻又十分乾渴的城市醒來了，來自各國的漂泊者們都豎起耳朵期待著一種聲音。木輪牛車緩緩地碾在街石上，終於傳來一個極其珍貴的字眼：

水……！

當然是華語，那麼婉轉，那麼迴盪，那麼自豪和驕傲！一聲聲喊去，一天天喊去，一年年喊去，新加坡一片滋潤。

如今，牛車水一帶街道的舊屋門口，有時還能看到一些閒坐著的古稀老人。也許他們呵出過太多的水氣，乾癟了，只剩下滿臉溝壑皺紋。眼前，是他們呵出的一個現代化的城市，但在這座城市間，他們已成了陌生人。

看著他們木然的神情，我總會去思考有關漂泊的最悲愴的含義：出發的時候，完全不知道航程會把自己和自己的子孫帶到哪裏。

直到今天，不管哪一位新一代的華人漂泊者啓程遠航，歡快的祝願和告別中仍然裹捲著這種悲愴的意緒。

其三

英語裏的 billionaire 翻譯成華語成了「億萬富翁」，但她是女性。市民小報中有「富婆」的字眼，我當然不會用在她頭上，人家是高品位的文化人。華語還沒有來得及爲各種巨富調理好足夠的詞彙，我們不正在評説華語嗎，這是華語的缺憾。

她在一家豪華飯店的「李白廳」裏請我吃飯。在李白的名字下請中國文人顯然是合適的，但爲什麼要請我呢？我想主要是因爲我從上海來。

在新加坡要找一個上海人，遠比紐約、舊金山、東京困難。好像華僑也有個分工，南洋顯然是被福建、廣東包了，上海人乃至江浙人擠在這裏顯得無趣，跑到別處去了。結果，一個上海人要在這裏聽幾句道地的上海話成了一種奢侈的願望。我在這裏遇到過幾次沒有前因後果的聚會，參加者就是幾個偶爾相識的上海人。名字還沒有一一搞清呢，卻來邀請吃飯了，主菜是「腌篤鮮」、嗆蟹什麼的，當然要去。有次我請當地一位演員駕車載我赴約，爲了不使這位演員受冷落，預先在電話裏講明「不全講上海話」。結果是，一進門大夥就忘情，弄得演員在飯桌一隅呵欠連連、昏昏欲睡。

我進李白廳時，她已坐在那裏，整個大廳就她一個顧客，一羣女招待顯然都認識她，極其恭敬地站在一邊看著她，注意她有什麼最細小的要求，例如要移一下茶杯、挪一挪椅子之類，陪她等。我風風火火闖進去，她的上海話就劈頭蓋腦地過來了，講得十分流利和純正。華語的龐大家族中有許多分支是很難學道地的，上海話就是其中的一種。一開口就聽出來，半點馬虎不過去，說了兩三句，已可充分表明你和上海的早期緣分。

話題一展開，她的上海話漸漸有點不夠用了，她離開上海已經整整半個世紀，而現今的談話，多數詞彙都是這半個世紀來新冒出來的，她不知道用上海話該怎麼說。她開始動用上海腔很重的「普通話」，還是不解決問題，最後只好在一切名詞概念上統統用她最純熟的語言——英語來表達了。

突然，奇蹟一般地，她嘴裏又冒出來一大堆湖南話。原來她原籍並非上海，而是湖南，父親是長沙郊區一個菜農的兒子，靠刻苦讀書考上了官費留學，學成回國成了上海一個著名的工程師，但還是滿口湖南腔。她在上海出生、長大，讀中學時，在魯迅小說中了解了中國農民，因此有意去摹仿父親的湖南話，希圖從中找到一點祖父的面影。結果是，八年前她第一次到長沙，滿口長沙話把湘江賓館的服務員小姐嚇了一跳。

語言實在是一種奇怪的東西，有時簡直成了一種符咒，只要輕輕吐出，就能托起一個湮沒的天地，開啓一道生命的閘門。我知道，這位多少年來一直沉溺於英語世界中的女士真正說湖南話和上海話的機會是極少極少的，但那些音符、那些節奏，卻像隱潛在血管中的密碼，始終未曾消失。她曾經走遍了世界各地，人生的弓弦繃得很緊，但是，不管在什麼地方，當她在繁忙的空隙中一人靜處，喚回自我的時候，湖南話和上海話的潛流就會悄悄泛起，然後又悄悄消褪。如果不是這樣，就無法解釋爲什麼幾乎半個世紀沒有真正說過的湖南話和上海話依然如此純正。「年紀大了就喜歡回首往事，哪怕在夢中」，她說，「做夢是一截一截的，每一截都講著不同的方言語言。」

她年輕時在上海的居住地是斜橋。斜橋地區我很熟悉，根據她的依稀描述，我一條街一條街地在腦子裏爬梳過去，想找到一幢帶花園的影影綽綽的樓，找不到。她不記得路名，不記得門牌，記得也沒有用，五十年間，什麼沒變？她找不回去了，只剩下那一口上海話，留在嘴邊。

她說，她明天去泰國，那兒他們家正在籌建一座餐廳。「李白廳」的名字已被這兒用掉了，她打算把泰國的那一家叫做「杜甫廳」。可是，這個名稱用湖南話一說就成了「豆腐廳」。「豆腐雖然我也愛吃，卻不能這麼去糟蹋中華民族的一個偉大詩人。」因此直到今天，她還在爲餐廳的名字苦惱著。

她從泰國回來，又邀我到她家去了一次，一起被邀請的還有參加當時正巧召開著的世界華文教育會議的好幾位其他國家的教授。邸宅的舒適華貴可以想像，印度門衞，馬來西亞僕人，菲律賓女傭，忙忙碌碌地圍著幾個客人轉。客人與主人一樣，是華人，講華語。今天晚上在這個院子裏，華語就像在唐代一樣神氣。

客廳裏擠擠地擺設著世界各地的工藝品，而兜門正牆上卻懸掛著一幅垂地長軸，上面以楷書抄錄著孟郊的《遊子吟》：

慈母手中線，遊子身上衣。
臨行密密縫，意恐遲遲歸。
誰言寸草心，報得三春暉。

這些毛筆字寫得生硬、稚拙，但又顯得極其認真。這是女主人的女兒寫給媽媽的，女兒從小受英語教育，是一位造詣和名聲都很高的英語作家，曾榮獲過聯合國主辦的英語小說大獎。這麼一位女才子，不知怎麼一來，竟揑著一枝毛筆練起中國字來，一定是練了好久才寫得下這一幅字的；至於孟郊那首詩，要由這樣一位立足英語背景的作家來找到、讀通，以至感同身受，更是要花費好些時日的。但她畢竟寫出來了，亮堂堂地掛在這兒，就像一個浪跡天涯的遊子揣摩了好久家鄉口音只爲了深情地叫一聲「娘！」這當然是對著她的母親，但不期然地，也同時表現了對母語的恭敬。她把這兩者混在一起了，即便對精通英語的母親，她也必須用華語來表示感情。我們不妨順著她的混同再往前走出一步：如果把華語也一併看作是「慈母」，那麼，從她手中拉牽出來的線真是好長好遠，細密地綰接著無數海外遊子的身心。事實上，這條線已成了種族繁衍的纜索，歷史匍匐的纖維。

其四

我聽很有特點的馬來西亞華語，是在一個不到二十歲的小伙子口中。他叫K．L，華裔，馬來西亞怡保市人，剛從中學畢業。瘦瘦的，靜靜的，眼睛清澈透明，整天埋頭幹活，一擡頭，見有人在看他，立即臉紅。這是華人傳統觀念中最老實本分的「乖孩子」，可是無論在大陸，在臺灣，在香港，乃至在新加坡，都不很容易找到了，冷不丁從馬來西亞走出來一個，我十分驚奇。

K·L曾與我在同一幢樓裏相鄰而居。當時他正在為實踐話劇團的一次演出幫忙，每天搞得很晚回來。半夜，這個高級住宅區闃寂無聲，突然每個院子門口的狗都叫了起來，我知道，那是他回來了。他進門要開好幾道門：花園的鐵門，樓房的柵欄門，屋子的木門，以及他的房門，但他竟然可以不發出任何一點聲音，為的是怕驚動我。有幾次我簡直懷疑起剛才狗叫的準確性，推開房門探頭一看，他的房門底沿下已露出一線燈光。第二天，等我起牀漱洗，他卻早已出門，證據是：大門口報箱裏的兩大疊中、英文早報，已經取來整整齊齊放在會客室的茶几上。

我奇怪了，晚回來是因爲演出，但那麼早出門又是爲了什麼呢？

終於有一天，他沒出門，對我説，明天就要回馬來西亞，今天整理行李。他的行李全是書，層層疊疊堆在桌上、椅上、牀上，絕大部分是華文藝術書籍。我知道，要在新加坡收集這麼多華文藝術書籍是極不容易的，原來他每天一早出門是在忙這個。

他告訴我，在馬來西亞讀中學時愛上了中國的文學藝術，但靠著這種愛是無法在今日南洋立足謀生的，因此父母親要他到日本去讀大學。父母親是城市平民，經濟不寬裕，他只得先到新加坡打工，籌措留學經費。但一到新加坡，就像鬼使神差一般，他不能不欺騙父母和自己了。他什麼賺錢的工作也不找，專奔新加坡唯一的專業華語劇團來，十分投入地參與他們的各種藝術活動，得到一點報酬就買華文書。有中國大陸或臺灣來的華語演出和電影，再貴也咬咬牙買票看。現在他的居留期已滿，不能不回去了，明天，父母親一定會問他去日本的經費的，他會如何回答呢?他本來想，沒賺下錢，至少買一身像樣的衣服回去讓父母眼睛一亮，但一猶豫，衣服又變成了兩本華文書，他隨身的衣物放進一個小小的塑料食品袋裏就可帶走。鞋破了，趿著拖鞋回去。

臨別，他細細地關照我，菜場在哪裏，該坐什麼車，哪家的狗最兇，最近的郵箱在何處。我只是一味地問他回去後如何向父母親交代，他沉默了一會兒，然後用使我驚異的老成語調向我引述一位行將退休的新加坡政治家的話。這位政治家的意思是，一百年後，朝鮮還將是朝鮮，日本還將是日本，越南還將是越南，但新加坡會怎麼樣，卻很難想像，因爲我們最注意的是英語，但我們的英語講得再好，英國人、美國人也不會承認和接納我們。要維繫住一個國家的本體面貌，不能不重新喚醒溶解在我們血脈中的母語文化。

是的，我記起來了，幾天前我在電視屏幕前聽過這位政治家用緩慢的華語發表提倡華語的講話。嫻熟地講了一輩子英語的他，在晚年已不止一次地提倡過華語，銀髮蒼然，目光誠懇，讓人感動。

但是，K·L不一會兒又憂鬱起來，他深知他的父母能理解這位政治家的話，但爲了兒子的現實生計，還是會要求他去日本讀大學的。何況，他們家不在新加坡，是在馬來西亞。

背著一大堆華文書，背著一個不知來自何處的眷戀，他回國了。他肯定會去日本或其他國家的，但華文書太重，他走得很慢。他還不習慣出遠門，不會打行李包，稀稀拉拉地幾乎是抱著華文書走的。他回過頭來向我招手，但不願大聲地說什麼，因爲他對我說過，他的華語有很重的馬來腔，怕別人笑話。然而他不怕別人笑他抱著行李、趿著拖鞋回國。啪噠、啪噠，他的拖鞋已踩過了國境線。

其五

那天，許多年老的新加坡華人都擠到了一個劇場中，觀看一臺從臺灣來的相聲劇，相聲劇的編導是三十五歲的賴聲川博士，獲得美國加州柏克萊大學戲劇研究所有史以來最高成績的畢業生，目前在臺灣文化界極孚聲望。他還沒有到過大陸，但他的多數作品卻引導觀衆反覆品嚐中華民族離異的苦澀，從而來驗證一種歷史的歸屬感。這次帶來的相聲劇也是如此。

這樣的戲，不管給海峽兩岸的哪一邊看，都會引起强烈迴響，儘管是相聲劇，觀衆也會以噙淚的笑聲來品味「中國人」這一艱辛的課題。但是，今天這齣戲是在新加坡演出，劇場裏的反應會是怎樣的呢？相聲作爲一種語言藝術，最能充分表達一個社會中某些微妙的共鳴，那麼，今天中國人埋藏在插科打諢背後的離合悲歡，還能不能被其他國家的華人理解？如果不能，那麼，我們深深沉浸其間的一切，豈不成了矯揉造作、顧影自憐？賴聲川代表著中國人來接受一次自我拷問，他膽子很大，但在開演前卻對我說，他準備啓幕後好久聽不到掌聲和笑聲。如果真是這樣，他就會沮喪地坐下來，重新苦苦思考華語在當今世界的表達功能和溝通功能。

毫無疑問，與賴聲川先生抱有同樣擔憂的只能是我。新加坡劇場的朋友也會擔心，但那完全是另一回事。幕拉開了，在場的海峽兩岸中國人的心也就懸起來了。也許我們還太年輕、太敏感，生怕數千年歷史的擁有者在異國街市間丟臉，生怕自己的哭聲讓人發笑，自己的笑聲讓人掉淚。我這個人由於職業關係，曾安然地目睹過無數次劇場波瀾，可今天，竟戰戰兢兢、如饑似渴地期等著新加坡觀衆的每一絲反應。我無法預計，如果臺灣相聲中的俏皮話今晚引不出應有的笑聲，我會多麼難堪。

好了，終於放心了，此地觀衆的反應非常熱烈。華語，我們的華語，還有控制各種海外華人笑聲的能力。謝謝新加坡！——這種感謝自然有點自作多情，就像那天看到一批歐洲觀衆對一臺從中國搬來的傳統舞蹈熱烈鼓掌，我幾乎想站起來向他們鞠躬一樣荒誕。

賴聲川先生是我的老熟人。初次見到是在香港召開的國際比較文學會議上，後來很巧，同在兩年前被新加坡戲劇界邀來演講，這次相遇是第三次。記得兩年前我們同住一家賓館，天天神聊到深夜，肚子餓了就到附近一處小販中心吃宵夜。我們互相「盤剝」著海峽兩岸的種種社會規範、生活細節、心理習慣、世俗趣聞，出於自尊，彼此還為自己一方辯護，說到許多相似或相左的用語常常樂不可支、笑作一團。西哲有言，劇場裏一句微妙的臺詞引起一片笑聲，那是素不相識的觀衆在逞示著一種集體的一致性。莫非我們一代真的已到了可以用語言和笑聲來認同的時分？對此我與賴先生還沒有太大的信心，但是賴先生並不甘心於此，他把兩年前的笑語擴充成一個藝術作品，仍然帶回到新加坡，兌換成滿場歡騰。正巧我又在，這還不值得慶祝一下？演出結束後我們又去了兩年前天天去的那個小販中心，儘管明知那裏的小販喜歡欺侮外國人。

理直氣壯地用華語叫菜，今天晚上，這座城市的笑聲屬於中國人。坐在我身邊的演員李立羣先生是今夜無可置疑的明星，我對他說：「你在臺上學遍了大陸各地的方言，維妙維肖，惟獨幾句上海話學得不道地。」大陸的相聲演員學各地方言早已司空見慣，說實話，我對這一招已經厭煩，但現在聽臺灣相聲演員學來卻產生了另一種感覺，諧謔的調侃猛地變成了淒楚的回憶、神聖的呼喚。學一種方言就像在作一種探尋，一種腔調剛出口，整個兒身心就已在那塊土地間沉浸。因此，我不能讓他們學不像上海話，這會對不起他們，也對不起上海。於是就在小販中心的餐桌旁，我依據那幾句臺詞一句句地教開了。賴聲川先生的母親在上海住過，因而他對我的發音並不生疏，頻頻點著頭。李立羣先生從我的發音想起了他以前一位江浙師傅，邊摹仿邊首肯：「是這樣，師傅當年也這樣說的。」一句又一句，一遍又一遍，輕一聲，重一聲，已經認真到了虔誠。這顯然已不完全是爲了演出，相聲演出中的學語用不著那麼標準。

學會了那幾句上海話，一陣輕鬆，開始胡亂漫談。大家竟當著情同手足的新加坡東道主郭寶崑先生的面，極不厚道地嘲諷起新加坡人的華語水準。我想郭寶崑先生一定會原諒的：這些遠隔兩岸的中國人好久沒有這麼親熱了，一親熱就忘乎所以，拿寬厚的朋友們嘲諷一遍，好像共同獲得了一種優越感，背靠著艱深的華夏文化，驅走闊別的憂傷、海潮的寒冷。特別是那位李立羣先生，專找那些只有中國人才能聽懂的話與我對仗，跳跳躍躍，十分過癮。講禪宗，講怪力亂神，講文天祥會不會氣功，講天人合一的化境。這種談話，即使翻譯了，也幾乎沒有多少西方人能真正聽懂。今晚大家像是在發狠，故意在異國土地上翻抖中華語文中的深致部位，越是睹湊和就越貼心。

上茶了，少不了又講陸羽，講《茶經》的版本，講採茶的山勢、時機，煮茶的陶壺、爐炭，當然講得最神往、也最傷心的是水。喝了幾千年茶的中國人，還能找到多少真正清洌的水來潤喉嚨？如果不多了，那麼今後講出來的華語會不會變得渾濁一點呢？

我告訴李立羣，古代文人爲喝幾口好茶，常常要到某座山上，「買泉兩眼」……

李立羣來勁了：「好個買泉兩眼！蕭灑之極！不是我吹噓，我臺灣老家山上確有好泉，想法去買它一眼，你什麼時候來，我領你去喝茶！」

我趕緊叮囑李立羣先生，趕快回去買下那眼泉，好生看管著，別讓它枯了。我們還不算老，也許真能喝得上一口。但是，仔細一想又覺得悲哀，這樣的泉眼無論如何不會太多了，那種足以把華語晤談的環境推到極致的陣陣茶香，已不會那麼純淨。華語自然還會講下去的，但它的最精雅蘊藉的那部分，看來總要漸漸堙沒了。還會出現新的精雅部位嗎？但願。

這裏眞安靜

1

我到過一個地方，神祕得像寓言，抽象得像夢境。

很多長住新加坡的人都不知道有這麼個地方，聽我一說，驚訝萬分。

是韓山元先生帶我去的。韓先生是此地一家大報的高級編輯，又是一位滿肚子掌故的鄉土歷史學家。那天早晨，他不知怎麼摸開了我住所的大鐵門，從花園的小道上繞到我臥室的南窗下，用手指敲了敲窗框。我不由竦然一驚，因爲除了一位輕手輕腳的馬來亞園丁，還從來沒有人在這個窗下出現過。

他朝我詭祕地一笑，說要帶我去一個很少有人知道的奇怪地方。我相信了他，他一定會發現一點什麼的，就衝他繞來繞去繞到我這個窗下的勁頭。

我打開大門，那裏還等著兩位女記者，韓先生的同事，也算我在這裏的學生。她們都還年輕，對探幽索祕之類的事，興趣很大。於是，一行四人。

其實韓先生也不太記得路了。在車上他托著下巴，支支吾吾地回憶著、囁嚅著。駕車的女記者每到岔道口就把車速放慢，好讓他猶豫、判斷、罵自己的記性。韓先生尋路的表情越艱難，目的地也就變得越僻遠、越離奇。

2

目的地竟是一個墳地。

新加坡的墳地很多，而且都很堂皇。漂泊者們葬身他鄉已經夠委屈的了，哪能不盡量把墳地弄得氣派一點?但是，這個墳地好生奇特，門面狹小，黑色的舊鐵欄萎萎縮縮。進得裏面才發現佔地不小，卻冷冷清清不見一個人影。一看幾排墓碑就明白，這是日本人的墳地。

「世界上沒有哪一個墳地比它更節儉的了。你看這個碑」，韓先生用手一指，那只是許多墓碑中的一個矮小的方尖碑，上面刻著六個漢字：

納骨一萬餘體

碑下埋著的，是一萬餘名侵略東南亞的「皇軍」的骨灰。

「再看那邊」，順著韓先生的指點，我看到一片廣闊的草地上，鋪展著無數星星點點的小石椿，「一個石椿就是一名日本妓女，看有多少！」

用不著再多說話，我確實被震動了。人的生命，能排列得這樣緊縮，擠壓得這樣侷促麼？而且，這又是一些什麼樣的生命啊。一個一度把亞洲攪得暈暈乎乎的民族，將自己的媚豔和殘暴揮灑到如此遙遠的地方，然後又在這裏劃下一個悲劇的句號。多少倩笑和吶喊，多少脂粉和鮮血，終於都喑啞了，凝結了，凝結成一個角落，凝結成一種躲避，躲避著人羣，躲避著歷史，只懷抱著茂草和鳥鳴，懷抱著羞愧和罪名，不聲不響，也不願讓人靠近。

是的，竟然沒有商人、職員、工人、旅遊者、水手、醫生躋身其間，只有兩支最喧鬧的隊伍，浩浩蕩蕩，消失在這麼一個不大的園子裏。我們不能不把腳步放輕，怕踩著了什麼。腳下，密密層層的萬千雲魂間，該隱埋著幾堆日本史，幾堆南洋史，幾堆風流史，幾堆侵略史。每一堆都太艱深，於是只好由艱深歸於寧靜，像一個避世隱居、滿臉皺紋的老人，已經不願再哼一聲。

3

到底是日本人，擠到了這麼一個地方，依然等級森嚴。

一般士兵只立集體墓碑。除了「納骨一萬餘體」外，還有一個含糊其詞的所謂「作業隊殉難者之碑」，也是一個萬人碑，爲太平洋戰爭時戰死的士兵而立。另一個「陸海軍人軍屬留魂之碑」，則是馬來西亞戰爭中戰死日軍的集體墓，原在武吉知馬山上，後被抗日人士炸毁，日本人在碎墟中打點收拾殘骨，移葬這裏。一根根細長的木樁緊緊地排著，其中稍稍高出周圍的是準尉。軍曹、兵長、伍長，乃至準尉級的仕官，皆立個人木碑。少尉以上均立石碑，到了高級軍銜大佐，則立大理石碑。

讓開這所有的羣體，獨個兒遠遠地坐東面西的，則是赫赫有名的日本陸軍元帥、日本南方軍總司令寺內壽一的大墓。這座墓，傲氣十足，俯瞰著自己的數萬屬下。

作爲一個中國人，我對寺內壽一這個名字十分敏感。一九三七年七月七日蘆溝橋事變後，寺內壽一曾被任命爲日本華北方面軍司令官，在他的指揮下，日軍由北平進佔華北一線。在著名的平型關戰役中遭受中國軍隊慘重打擊的板垣師團，也屬於他的部下。這麼一個把古老的黃河流域整個兒浸入血泊的軍閥，最終竟然躲到了這個角落！

我呆呆地佇立著，死死地看著這座墓。我深知，幾乎未曾有過中國人，會轉彎抹角地找到這裏，釘著它看。那麼，今天也算是你寺內元帥與中國人的久別重逢吧。你躲藏得好偏僻，而我的目光背後，應是華北平原的萬里雲天。

寺內壽一改任南方派遣軍總司令是在一九四一年十月東條英機上臺組閣之後，他與山本五十六的海軍聯合艦隊相配合，構成了震動世界的太平洋戰爭。他把他在華北的兇殘傾洩到了南洋，從西貢直搗新加坡。他的死亡是在日本投降之後，死因是腦溢血。

元帥的死亡，震動了當時由英軍看守的日軍戰俘營。正是那些早就被解除武裝、正在受到公審、正在受到全世界唾罵的戰俘，張羅著要爲寺內壽一築墳，而且是築一座符合元帥身分的墳。從我接觸到的一些資料看，爲了眼前這座墳，當時日軍戰俘營裏所發生的事，今天想來依然怵目驚心。

這些戰俘白天在英軍的監視下做苦工，到了夜晚空下來，就聚集在宿舍裏密謀。他們決定，寺內壽一的墓碑必須採用柔佛（今屬馬來西亞）南部的一座石山上的石料，因爲這座石山上曾發生過日軍和英澳聯軍的激戰，好多石塊都浸染了日本軍人的鮮血。他們要悄悄派出幾個目睹當年激戰的人去，確定當年日軍流血最多的地方，再從那裏開採巨石，躲過人們耳目，拚死長途運來。

這些戰俘開始行動了。他們正兒八經向看守他們的英國軍官提出申請，說想自己動手修建戰俘營的宿舍，需要到外面去採伐、搬運一些木料石料。同時，他們又搜集身邊帶著的日本小玩意兒來籠絡英軍及其家屬。英軍同意了他們的申請，結果他們開始大規模地採運石料，不僅爲寺內壽一，而且爲其他戰死的日軍築墳。柔佛那方染血的巨石完全不像修宿舍的材料，只能在星夜祕密偷運。運到離現在墓地八公里之外一座荒棄的橡膠園裏，搭起一個帳篷，用兩天時間刻琢碑文，刻好之後又運到墓地，恭恭敬敬豎好，澆上水泥加固。我現在死死釘著看的，就是這個墓碑。

這一切，竟然都是一個戰敗國的俘虜們偷偷做成的，實在讓人吃驚。我想，如果有哪位電影大師拍一部影片，就表現一羣戰俘在黑夜偷運染血巨石來作元帥墓碑的艱苦行程，一定會緊扣人心。山道上，椰林下，低聲的呼號，受過傷的肩膀，勒入肌肉的麻繩，搖晃的腳步，警覺的耳朵，尤其是月光下，那一雙雙不肯認輸服罪的眼睛……

資料告訴我，即使在國際法庭公審和處決戰犯之後，那些日軍戰俘，竟還想盡各種辦法，通過各種途徑，弄到了每一戰犯處決時濺血的泥土，匯集起來到這個墳地「下葬」，豎起一個「殉難烈士之碑」。這個碑，我進入墓園不久就看到了的，不知底細的人怎會知道「烈士」是誰？

韓山元先生曾聽守墓人說，別看這個墳地冷清，多年來，總有一些上年歲的人專程從日本趕來，跪倒在那幾座墓碑前獻酒上香，然後飲泣良久。這些年，這樣的老人看不到了，或許他們也都有了自己的墓碑。於是，墳地真正冷清了，不要說戰爭，就是那星夜運石的呼號，也已成了遙遠的夢影。但是，只要你不小心走進了這個地方，在這些墓碑間巡睃一遍，你就會領受到人類精神中極其可怖的一個部分，陰氣森森。這裏上下有序，排列整齊，傲骨嶙峋，好像還在期待著某種指令……

4

現在該來看看那些可憐的日本妓女了。

論資格，這些妓女要比埋在近旁的軍人老得多。大概從本世紀初年以來，日本妓女蜂擁來南洋有過幾次高潮，每次都和日本經濟的蕭條有關。而當時的南洋，由於橡膠和錫礦的開採，經濟頗爲繁榮，大批在國內不易謀生的日本少女就不遠千里，給南洋帶來了屈辱的笑顏。

日本女子的美貌和溫柔使她們很快壓倒了南洋各地的其他娛樂項目，轟轟烈烈地構成了一種宏大的職業。從野心勃勃的創業者到含辛茹苦的錫礦工人，都隨時隨地能找到適合自己的日本娼寮。各國、各族的嫖客，都在日本妓院中進進出出。在這個時候，日本民族在南洋的形象，顯得既柔弱又可憐。

既然日妓南下與日本經濟蕭條有密切關係，而經濟蕭條又是日本必須向外擴張的根本動因，那麼，不妨說，日本妓女的先來和日本軍人的後到，確實存在著某種因果關係。讓他們的墳墓緊緊靠在一起，好像是故意在搭建一種歷史邏輯。

當日本軍隊佔領南洋時，原先在這裏的妓女再加上軍妓，日妓的數量更是達到空前，連著名的南華女子中學也解散而成了日本藝妓館。這簡直成了一支與「皇軍」可以並駕齊驅的隊伍，有人戲稱爲「大和部隊」。據說還有一位日本官員故意向寺內壽一總司令報告：「大和部隊已經打進來了。」寺內壽一因此而把不少軍妓遣送回國，但日本妓女真正在南洋的銳減，則是在日本投降之後。這些已經夠屈辱了的女子，無法在更屈辱的大背景下繼續謀生了。事實上，即便是戰敗的苦難，她們也比軍閥們受得深，儘管她們遠不是戰爭的發動者，也沒有因戰爭而有任何得益。

日本妓女在南洋的悲慘命運，已由電影《望鄉》表現得淋漓盡致。但是依我看，那畢竟是日本人自己搞的作品，在某些歷史關節上無法冷靜地開掘。日本妓女在南洋的遭遇，只有與以後日本軍隊的佔領南洋疏通起來，現代日本民族的心態和命運才能梳理得更加完整和透徹。僅僅表現她們在屈辱中思念故鄉，顯然是把題目做小了。

《望鄉》中一個讓人難忘的細節是，日本妓女死後安葬南洋，墓碑全都背著故鄉。我在這個日本墳地中看到的情景完全相同：三百多個妓女的墓碑，全部向著正西，沒有一座向著北方！

也許是不敢，也許是不願，她們狠狠心擰過頭去，朝著另一方向躺下了，不再牽腸掛肚，不再幽恨綿綿，連眼角也不掃一掃那曾經天天思念的地方。

豈止不再眼巴巴地望著故鄉，在她們這麼多的墓碑上，連一個真名字也沒有留下。石碑上刻著的都是「戒名」，如「德操信女」、「端念信女」、「妙鑒信女」，等等。這些姑娘，身陷可怕的泥淖之中，爲了保持住一點點生命的信念，便都皈依了佛教，希望在虔誠的祈求間，留住些許朦朧的微光。但是我覺得，她們不具真名，與其說是爲了佛教信仰，不如說是要隱瞞自己家族的姓氏，不使遙遠的族人因自己而招腥惹臭。

這種情景，與邊上那些耀武揚威地寫滿軍銜、官職的軍人墓碑有多大的差別啊。我仔細地撥開草叢，讀著那一個個姑娘自己杜撰的假名字。她們都有過鮮亮的青春，但很快都羞縮成了一枚枚瑣小的石丁，掩埋在異地的荒草中。我認出那些字來了，顯然都是死者的小姐妹們湊幾個錢託人刻上去的，卻又像死者在低聲地自報家門。她們沒什麼文化，好不容易想出幾個字來，藏著點兒內心的悲涼：「忍芳信女」、「寂伊信女」、「空寂信女」、「幽幻信女」……

我相信，這些墓碑羣所埋藏的故事，一定比那邊的墓碑羣所埋藏的故事更通人性。可惜，這些墓碑羣什麼資料也沒有留下，連讓我胡亂猜想的由頭也十分依稀。

例如，爲什麼這座立於昭和初年的墓碑那麼精雕細刻呢，這位「信女」一定有過什麼動人的事跡，使她死後能招來這麼多姐妹的集資。也許，她在當時是一位才貌雙全、俠骨慈心的名妓？

又如，爲什麼這些墓碑上連一個字也沒有呢？是因爲她們做了什麼錯事，還是由於遭致什麼意外？

還有，這五位「信女」的墓碑爲什麼要並排在一個墓基上呢？她們是結拜姐妹？顯然不僅是這個原因，因爲她們必須同時死才會有這樣的墓，那麼，爲什麼又要同時死呢？

……

這些，都一定有故事，而且是極其哀怨、極其絢麗的故事，近乎中國明清之間的秦淮諸豔。

發生在妓院裏的故事，未必都是低下的。作爲特殊時代的一個特殊交際場所，那裏會包藏著許多政治風波、金融搏鬥、人生滄桑、民族恩怨乃至國際諜情。也許，日本史和南洋史的某些線頭，曾經由這些「信女」的纖纖素手縮接。我在這片草地上走了一圈又一圈，深深可惜著多少動人的故事全都化作了泥土。當地不少文學界的朋友常常與我一起嘆息當今南洋文學界成果寥寥，恕我魯莽，我建議南洋文化的挖掘者，多找找這些墳地。軍人的墳地，女人的墳地，哪怕它們藏得如此隱蔽。

5

「軍人，女人，還有文人！」韓山元先生聽我在自言自語，插了一句。

是的，這個墳地裏，除了大批軍人和女人，竟然還孤零零地插進來一個文人。這位文人的墓，座落在墳地的最東邊。本來，寺內壽一的墓座東朝西，俯瞰整個墓地；但這座文人墓卻躲在寺內壽一墓的後邊，把它也當作了俯瞰的對象。僅僅這一點，就使我們這幾個文人特別解氣。而且墓主還是一位挺有名的日本文學家；二葉亭四迷。我記得他的相片，留著鬍子，戴著眼鏡，頭上的帽子很像中國的毡帽。我應該是在研究魯迅和周作人的時候順便了解這位文學家的，他葬在這裏，對我也是個意外。不管怎麼說，整個墳地中，真正能使我產生親切感的只能是他了。

他墓碑上的字也寫得漂亮，是一種真正的書法。這又使我們幾個多了一分高興。那些軍官的墓碑既然都是戰俘們偷偷張羅的，字能好到哪裏去？

二葉亭四迷一九〇九年二月在俄國遊歷時發現患了肺結核，但是這位固執的文學家不相信醫生，胡亂自己服藥，致使病情嚴重，後由朋友幫助，轉倫敦坐輪船返日本治療。但是，他並沒有能夠到達日本，而是死在由哥倫坡駛向新加坡的途中。就這樣，他永久留在新加坡了。他進墳地是在一九〇九年五月，不僅那些軍人的墳墓還一座也沒有，連妓女的墳墓也不會有幾座，因爲當時，日本妓女還剛剛向南洋進發。

二葉亭四迷早早地踞守著這個墳地，他萬萬沒有料到，這個墳地以後會有這般怪異的擁擠。他更無法設想，多少年後，真正的文人仍然只有他一個，他將永久地固守著寂寞和孤單。

我相信，如果二葉亭四迷地下有靈，他執拗的性格會使他深深地惱怒這個環境。作爲日本現實主義文學的一員大將，他最爲關注的是日本民族的靈魂。他怎麼能忍心，日日夜夜逼視著這些來自自己國家的殘暴軍士和可憐女性。

但是，二葉亭四迷也許並不想因此而離開。他有民族自尊心，他要讓南洋人民知道，本世紀客死外國的日本人，不僅僅只有軍人和女人。「還有我，哪怕只有一個：文人！」

不錯，文人。並沒有什麼了不起，但死的時候不用像那些姑娘那樣隱姓埋名，葬的時候不用像那些軍人那樣偷偷摸摸、鬼鬼祟祟。

我相信，每一次妓女下葬，送葬的小姐妹們都會在整個墳地中走走，順便看看這位文學家的墓碑，儘管她們根本讀不懂他的作品；我相信，那些戰俘偷偷地把寺內壽一的墳築在他的近側，也都會對他龍飛鳳舞的墓碑端詳良久。二葉亭四迷爲這個墳地提供了陌生，提供了間離。軍樂和豔曲的渦漩中，突然冒出來一個不和諧的低沉顫音。

不能少了他。少了他，就構不成「軍人、女人、文人」的三相結構，就構不成一種寓言式的抽象。現在夠了，一半軍人、一半女人，最邊上居高臨下，端坐著一位最有年歲的文人。這麼一座墳地，還不是寓言？

這個三相寓言結構竟然隱匿於鬧市，沉澱成寧靜。民族、歷史的大課題，既在這裏定格，又在這裏混沌。甜酸苦辣的滋味，彌漫於樹叢、彌漫於草地。鐵柵欄圍住的，簡直是個歷史的濃縮體。我走過許多地方，未曾見過如此具有概括力的所在，概括得令人有點難以置信。

6

離開墓地之後，我們的車又在鬧市間胡竄亂逛。不知怎麼，大家對街上的日本人特別注意起來。

顯而易見，今天的日本人在這座城市地位特殊。前幾天讀到本地一位女作家的一篇作品，其中寫到一個年輕繁忙的華族母親把自己幼小的女兒託養在公婆家裏，沒想到一年以後，女兒牙牙學語吐出來的第一句話不是華語，不是方言，也不是英語，而竟然是日語。原來公婆家通用的是夾著日語的英語，而日語的成分又日見提高。這位年輕的母親真正地發怒了，大聲吼道：「我不能眼看著自己十月懷胎生下來的孩子，成爲一個是華人又不像華人的怪物！」

這種現象，在這裏比較典型。日本是亞洲首富，經濟界人士競相趨附是不奇怪的。你看，就在我們的車窗外，那些最豪華的商店門口，停得最多的是日本旅遊團的大客車。一大串專供旅遊的人力三輪車從我們的車外慢慢前行，不用細看，坐的大多是日本人。

這時我心中忽起一個念頭，真想走上前去告訴那些坐在人力車上興高采烈的日本朋友：就在這座城市，一個草木掩蔭的冷僻所在，有一個墳地。無論如何，你們應該去看看的。我們剛去看過。

真的，你們應該去看看。

後記

這本書中的部分篇目曾在《收穫》雜誌上以全年專欄形式連載，後來又陸續被海外報刊轉載，所以讀到和聽到的評論也就很多。在所有的評論中，我覺得特別嚴肅而見水平的是鄂西大學學報所設「《文化苦旅》筆談」專欄中該校中文系五位教師發表的文章。我很驚訝鄂西大學對中國歷史文化和當代散文藝術的思考水平，後來曾到武漢打聽，得知這所大學躲在該省的邊遠地區恩施，從武漢出發也要坐很長時間的火車，有一位女作家曾到那裏去過，竟像探險家一樣述說著那裏的風土人情。我問能不能坐飛機去，被告知：「坐飛機也得好多小時，是小飛機，而且常常降不下去又回來了，因爲那裏霧多山多。」我不知道這種說法是否準確，卻深感中國大地上藏龍臥虎的處所實在不少。

也許是沾了巴金先生主編的《收穫》雜誌的光吧，《文化苦旅》一開始兆頭不壞，北京、上海、天津、廣州等地的七家著名出版社和海外出版公司都寄來過出版約請，但不知怎麼一來，我竟然被一位專程遠道而來的組稿編輯特別謙恭忠厚的口氣所感動，把文稿交給了他所在的外省的一家小出版社。結果是，半年後來信說部分稿件在「審閱」過程中被丢失要我補寫，補寫稿寄去整整一年多之後他們又發現我的文章並不都是輕鬆的遊記，很難成爲在每個旅遊點兜售的小册子，因此決定大幅度删改後付印，並把這個消息興高采烈地寫信告訴我。當時我遠在國外講學，幸虧《收穫》副主編李小林女士風聞後急忙去電話强令他們停止付印，把原稿全部寄回。寄回來的原稿已被改劃得不成樣子，難以卒讀，我幾次想把它投入火爐，又幸虧知識出版社的王國偉先生、上海文藝出版社的陳先法先生、上海教育出版社的魯萍小姐都有心救活它，最後由王國偉先生僱人重新清理抄寫使之恢復原樣，才使這本書死裏逃生。

這件事其實怪不得那家出版社，他們是按照自己的工作規範和處世準則在辦事，誰叫我事先不打聽清楚呢。但我就此聯想到，一本書的出版就像一個人的成長一樣，都得經歷七災八難，越是斯文遇到的麻煩可能越多。只要一步不慎便會全盤毀棄，能像模像樣存活下來其實都是僥倖。況且文人本身的毛病也多，大多既有點孤傲又有點脆弱，不願意爲了一種精神成果而上下其手、四處鑽營、曲意奉迎，往往一氣之下便憤然投筆，毀琴焚稿。在我們漫長的文化延續史上，真不知有多少遠比已出版的著作更有出版資格的精神成果就這樣煙消雲散了，其間自然還包括很多高人隱士因不想讓通行言詞損礙玄想深思而故意的不著筆墨。從一定意義上說，人類精神成果的大量耗散和自滅帶有一定的必然性，而由於一時的需求、風尚、機遇、利益而使歷史上某些人的某些書得以出版面世，則帶有很大的偶然性。因此，連篇累牘的書籍文明的隱顯有無本身就是一個讓人十分困惑的現象。我記得有一位當代青年美術家曾將幾十萬個木刻印刷漢字層層疊疊地披掛在屋頂和四壁，而細看之下卻沒有一個字能被我們認識。這個奇特的作品傳達出一種難以言表的文化怪誕感，曾使我深深震動。當然話又說回來，歷代總有不少熱心的文化人企圖建立起一種比較健全的社會文化運行機制以求在偶然性和怪誕感中滲入較多明智的選擇，儘管至今這還是一種很難完全實現的願望。

既然如此，我這些零篇散章的出版也仍然是一種僥倖。許多因不趨時尚而投遞無門，或因拒絕大删大改而不能付梓的書稿一定會比它好得多。能僥倖就僥倖了吧，讀者諸君如果不小心碰到了它，那就隨便翻翻。

一九九一年夏

關於本書作者

余秋雨，大陸著名美學專家。一九四六年生，浙江餘姚人。曾任上海戲劇學院院長，現任上海寫作學會會長。上海市諮詢策劃專家、中國科技大學和上海交通大學兼職教授。著有「戲劇理論史稿」、「戲劇審美心理學」、「中國戲劇文化史述」、「藝術創造工程」、「文化苦旅」等書，爲當代中國傑出文化史學者、散文作家。一九八七年獲頒「國家級突出貢獻專家」榮譽稱號。一九九三年，獲「上海文學藝術大獎」（每兩年才由上海市政府頒發一次）。「文化苦旅」一書在台北出版後，榮獲一九九二年聯合報「讀書人」最佳書獎；金石堂一九九二年度最具影響力的書；誠品書店一九九三年一月「誠品選書」。

余秋雨除在中國大陸教書，爲巴金先生主編的「收穫」雜誌長期寫稿之外，也經常到香港、新加坡、馬來西亞等地講學，一九九二年，和一九九六年底曾二度來台，特別是第二次接受代表國立歷史博物館館長黃光男的邀請，在台北、台中、高雄各地演講，均造成高潮，報章雜誌的文化版甚至稱爲是一種「余秋雨現象」。

關於本書版本說明

本書根據上海知識出版社（滬版）版本（作者稍有修删）發排。

原書爲簡體字，橫排，850×1168毫米開本，三二〇頁。一九九二年三月第二版，至一九九二年八月，第二次印刷，已印貳萬册。

本書係余秋雨教授一九九二年十月初應邀來臺演講時，獲其授權在臺印行。初版貳千册。

余秋雨著作簡目

一、「戲劇理論史稿」，中國大陸第一部完整闡釋世界各國自遠古到現代的文化發展和戲劇思想的史論著作，一九八三年上海文藝出版社出版，次年獲北京全國首居戲劇理論著作獎，十年後獲北京文化部全國優秀教材一等獎。

二、「戲劇審美心理學」，中國大陸第一部戲劇美學著作，一九八五年四川文藝出版社出版，次年獲上海市哲學社會科學著作獎。

三、「中國戲劇文化史述」，中國大陸第一部以文化人類學的觀念研究中國戲劇文化通史的著作，一九八五年湖南文藝出版社出版，一九八七年台灣駱駝出版社出版繁體字版。

四、「藝術創造工程」，自成體系的藝術學著作，一九八七年上海文藝出版社出版，一九九〇年台灣允晨文化實業股份有限公司出版繁體字版。

五、Some Observations On The Aesthetics of Primitive Chinese Theatre, Asian Theatre Journal, vol. 6, no. 1, Spring 1989, Published by University of Hawaii Press.

六、「文化苦旅」，文化系列散文集，一九九二年上海知識出版社出版，同年台灣爾雅出版社有限公司出版繁體字版。獲上海文學藝術優秀成果獎、一九九二年台灣《聯合報》「讀書人」最佳書獎等。

七、「山居筆記」，文化系列散文集，一九九五年台灣爾雅出版社有限公司出版。獲《聯合報》「讀書人」一九九五年最佳書獎，同年獲「大學生票選十大好書」。

八、「余秋雨　臺灣演講」，文化系列散文集，一九九八年臺灣爾雅出版社有限公司印行。

九、「霜冷長河」，散文集，一九九九年北京作家出版社出版，同年台灣時報文化出版公司出版繁體字版。

十、「掩卷沉思」，散文集，一九九九年台灣爾雅出版社有限公司出版繁體字版。

有關本書評介一覽表

篇名	作者	刊出日期	出處
「文化苦旅」	黃碧端	八十一年十二月十八日	中國時報「開卷」版
「文化苦旅」	曾永義	八十一年十二月二十四日	聯合報「讀書人」版
「人文山水」中的文人冥想	黃子平	八十一年十二月二十七日	中時晚報「時代文學」版
作家談書	簡媜：陳映真 許悔之：張默等	八十二年一月五日	「爾雅人」七十四期
美麗的山水人文	應鳳凰	八十二年一月七日	新生報副刊
文化之旅何其苦	漢寶德	八十二年一月十六日	民生報「讀書周刊」
一本與美術有關的書	蔣勳	八十二年二月	幼獅少年一九六期
試「讀」陽關雪	林貴真	八十二年二月號	婦女雜誌「心靈廣場」
「文化苦旅」隨想錄	林貴真	八十二年三月	明道文藝二〇四期

篇名	作者	日期	出處
文化苦旅中的大樂	王鎮華	八十二年八月十五日	汎達旅遊雜誌第二六期
「文化苦旅」——走出一個燦爛的華夏文化	隱　地	八十二年九月	明道文藝二一〇期
呼喚——一種面對現代的豪情	李瑞騰	八十二年九月號	「交流雜誌」
一本令人動容的散文集「文化苦旅」	王錫璋	八十二年九月二十六日	國語日報
困惑到感悟的歷程——賞讀「文化苦旅」之一	歐陽子	八十二年十月五日	中國時報「人間副刊」
「道士塔」的劇場效果、反諷效果及其他——賞讀「文化苦旅」之二	歐陽子	八十二年十一月十一日	聯合報副刊
「文化苦旅」	蕭　蔓	八十三年二月號	天下雜誌第一五三期
「老屋窗口」的女性角色、漂泊主題及其他——賞讀「文化苦旅」之三	歐陽子	八十三年二月二十六日	中華副刊

「莫高窟」一文及莫高窟的奧密　歐陽子　八十三年三月八日　中央副刊
——賞讀「文化苦旅」之四

壯頭書　林錫嘉　八十三年五月一日　中華日報副刊
——與妻夜讀「文化苦旅」

「牌坊」與「廟宇」的主題及其他　歐陽子　八十三年七月號　「明道文藝」
——賞讀「文化苦旅」之五

人文山水中的文人冥想　宇　黎　八十五年三月二十二日　中央副刊

美學家眼中的「沙原隱泉」　歐陽子　八十七年三月六日　中央日報副刊
——賞讀「文化苦旅」之六

「臘梅」的多種影射含義　歐陽子　八十七年三月十五日　台灣新聞報副刊
——賞讀「文化苦旅」之七

「夜航船」與中國歷史文化的反思　歐陽子　八十七年四月六~七日　青年日報副刊
——賞讀「文化苦旅」之八

「信客」的人物刻劃、社會呈現及主題含義　歐陽子　八十七年四月五日與四月十二日　花蓮更生日報四方文學週刊
——賞讀「文化苦旅」之九

「這裏真安靜」的氣氛釀造　歐陽子　八十七年四月號　明道文藝
和廣大深遠的主題
——賞讀「文化苦旅」之十

附註：歐陽子的賞讀「文化苦旅」系列十篇，已結集成「跋涉山水歷史間」——賞讀「文化苦旅」一書，於八十七年四月由爾雅出版社出版。

本書榮獲

・聯合報「讀書人」一九九二年最佳書獎

・金石堂一九九二年年度最具影響力的書

・入選誠品書店一九九三年一月「誠品選書」

爾雅題字：王北岳　爾雅篆印：張慕漁
有版權・翻印必究　封面設計：曾堯生

文化苦旅（爾雅叢書之270）

作　者：余秋雨
校　對：吳美幸・彭碧君
發行人：柯青華
出版・發行：爾雅出版社有限公司
臺北郵政三〇一一九〇號信箱
臺北市中正區一〇〇
廈門街一一三巷三十三之一號
電話：二三六五四〇三六　電傳：二三六五七〇四七
郵政劃撥：〇一〇四九二五一一
網路位址：http://www.books.com.tw
法律顧問：蕭雄淋律師
臺北市師大路八十六巷十五號一樓
印刷者：崇寶印刷廠有限公司
三重市三和路四段八十九巷四號
一九九二（民八一）年十一月二十日初版・一九九九（民八八）年十月二十日五十三印
行政院新聞局版臺業字第〇二六五號
定價300元（如有破損或裝訂錯誤請寄回本社更換）

ISBN 957-639-083-4

國家圖書館出版品預行編目資料

文化苦旅 / 余秋雨著. --初版. --臺北市：爾雅, 民81

面；　公分. --(爾雅叢書；270)

ISBN 957-639-083-4(平裝)

855　　　　81006335